光文社文庫

アルゴリズム・キル

結城充考

光 文 社

目次

一

風が過ぎ、クロハは瞼(まぶた)を開ける。

一瞬、見当識(けんとうしき)が弱まるのを感じた。なぜ今、自分がアスファルトの広場に立って目を閉じたのか、その理由を見失ったように。実際は、強い風に舞う砂埃(すなぼこり)から顔を背けた、というだけにすぎなかった。湿り気のある風。雨の気配。クロハは目頭を人差し指で擦(こす)る。あなたはマネキンみたいに睫毛(まつげ)が長いから砂も埃も目に入りっこない、という姉さんの言葉が全くの嘘であるのを再確認していた。それを本人の前で主張する機会は永遠にないことも。事実が胸の中で棘(とげ)となる。

目前に存在するのは、瞼を閉じる前と少しも変わらない景色。連想したのは、灰色の海の起伏だった。競輪場前の広場はアーケードを張り渡した低い建物に囲まれ、曇り空からの弱い光線を浴び、あちこちに薄い影を落としている。競技非開催日のために閉鎖された硝子(ガラス)張りの券売場、その近くにパイプ椅子が並べられ、数十人の聴衆が時折吹きつける冷たい風をこらえつつ、警察音楽隊の演奏を待っていた。老人と小さな子供の数が多かった。中列の端のパイプ椅子に座る桃色のダウンジャケットを着た女の子は、傍に立つ私服の女性警察官が気になるらしく、クロハの方を見上げてばかりいた。目が合って微笑む度に、少女は満面の笑みを返してくれる。

年齢は七歳だという。さっき少女自身がそういっていた。父親に連れられて広場を訪れ、大人しく演奏を聴いているようにいわれ、娘へそう指示した父親自身は大通りを挟んで隣接する競馬場の方へ向かった、ということだった。その話を思い返してまた憤りがくすぶるが、表情には出さないよう気をつけた。父親が戻るまでこの子からできるだけ離れないようにしよう、とクロハは決めていた。

後列に座る男の子が、こちらから目を逸らしたのが分かった。神経質そうな色白の少年は携帯ゲーム機を抱きかかえるように持って画面を覗き込んでいる。あの少年は十歳前後だろう、とクロハは見当をつける。やはり一人でいるのだろうか。身に着けた合成繊維のパーカーは薄手で、少し寒そうに見えた。折り畳み椅子を広げ、それぞれの楽器を用意する音楽隊、その様子をじっと眺める隣の老人が身内なのかもしれなかった。譜面台を立て終えた音楽隊が青いジャージの上着を脱ぐと、白色のジャケットと臙脂色のネクタイが現われた。

警察署が区役所、県警本部と共催した交通安全を呼びかけるイベントは、警察音楽隊の演奏を最後に閉会する運びとなっている。本部の広報県民課の女性警察官とともに案内役を務めるクロハの役割も、終わろうとしていた。県警本部の人間も所轄署の警務課員、交通課員も皆、催し物の運営に慣れていて、イベントは滞りなく進行し、緊張するような場面もなかったが、それでも閉会の気配を感じると安堵の溜め息が自然と唇から漏れ、白い霧となった。

自転車用の反射材シールを配り終えた黄色い着ぐるみの県警マスコット・キャラクタが、アーケードの覆いの下にさり気なく隠れ、立ったまま休んでいるのが見えた。パイプ椅子の列から少し離れた場所には乗車体験用の交通取締用自動二輪車が設置されていて、母親に抱えられ座席に乗せられた幼児は、車体よりもデジタル化された計器に目を奪われているらしい。クロハの上司となる警務課所属の専門官が、その前を通り過ぎる。こちらを認め、軽く頷いたようだった。青い制服姿の、三十歳を少し過ぎた男性の顔には疲れの色が見えた。日に日に、疲労が深くなってゆくようにも思える。クロハもわずかに顎を引き、目顔で上司のねぎらいの視線に応えた。

専門官の疲労には原因があり、それは警察署内の上層部全員の共通項でもあるはずだった。外部には知られていない事実だったが、一人の会計課員が三ヶ月前——クロハが県警本部から所轄署へ異動する約ひと月前――に自宅で扉のノブとベルトを用い、座り込んで縊死(いし)している姿が発見されたのだという。憂鬱な心理状態を書き綴った遺書のある自殺、という話を知るだけで本人と面識のないクロハは、今でもその事件をうまく認識できずにいる。同情は感じても、それ以上深く知るべきかどうかは分からなかった。会計上の問題が絡んでいるのかもしれなかったが、数年前に県警内の組織的な不正経理が報道によって暴露され、関与者を五百人以上も処分するに至った事態が沈静化したのちは、類似する話を耳にしたこともない。

両目を大きく見開き、悪戯(いたずら)っぽい顔で女の子がまたこちらを見上げている。互いが同時に微笑んだ。不意に寂しさが胸中をよぎった。どうしても、思い出してしまう幼い顔があった。

警察音楽隊の前で、警察署長がマイクロフォンを手に一礼した。音楽隊の両脇に置かれた黒いスピーカから、自転車事故についての注意が流れ出す。定年間近の小柄な初老の男性の言葉は熱を帯びていて、説得力をクロハは感じる。自転車事故に備える保険の話を伝え、署長はマイクロフォンを女性広報課員に返した。

警察音楽隊がパイプ椅子から一斉に立ち上がった。性別も年齢も様々な音楽活動を専務とする警察官達は、聴衆との間に立った指揮者の動きに合わせ、お辞儀をして座り直し、それぞれの楽器を静かに構えた。

コンクリートの建物に囲まれた空間に音楽が流れ始め、広場の空気が色付き、変化する。やや小編成の音楽隊による屋外での演奏は、音が曇り空に吸い込まれてゆくようで迫力に欠ける気もしたが、それでも体の芯と頭の奥に響くものはあり、次第にクロハはその音色に集中し始める。金色の吹奏楽器が奏でる音階を、大小の打楽器が慎重に支えていた。

一曲目が終わり、客席から拍手が起こった。少女も今では目を輝かせ、演奏に聴き入っている。普段署内で過ごすことの多い警務課員としては、野外での任務自体が気晴らしとなり嬉しくもあった。

次の曲が始まり、銀色のチューバが低音を響かせ、音楽をゆっくりと盛り上げてゆく。三曲目に入ると傍に座る少女の集中力が切れ始め、そわそわし出したようだった。それも、微笑ましく感じる。

警務課に不満があるわけではない、と思う。捜査だけが警察の仕事と考えるつもりもなかった。警邏（けいら）に出ることも被疑者確保に向かう機会も存在せず、術科訓練や射撃訓練の必要を感じない日々、ほとんど事務仕事に終始して当直さえなければ定時で帰ることも許される毎日を物足りなく捉えるのは、間違っている。不満があるとすれば……仕事中にも時折、空白の時間が生まれてしまうこと。

忙しさは、薬。忙しければ忙しいだけ、余計なことを考えずに済むから。

肩の力を抜け、と色々な人間から何度も諭されていたのをクロハは思い起こす。休養が必要なのだろうか。精神的な休日が。でもそれは、警察署の上層部に広がる疲弊とは全然別の種類のものだ。警察官募集、と印刷された幟の傍で音楽隊の演奏に耳を傾ける署長の眉間には深い皺が刻まれ、どこか落ち着きがなく、上の空に感じられる。

小さな女の子の隣に立っていると、捜査の先端に身を置きたいという望み自体が、事件の発生を期待する、浅ましい欲求に思えてくる。

少女がクロハを確認するように見てから、背後を振り返った。四曲目の佳境に入った演奏に聴衆の大人達は聴き入っていたが、子供達の落ち着きは目に見えて失われ、まるで自分にしか聞くことのできない高周波に反応してその発生源を確かめるように、周囲を見渡している。後列に座るパーカーを着た少年は、完全に後ろを向いてしまっていた。

女の子がこちらのスーツの袖を指先で摘み、小さく引っ張っている。

「何……」

身を屈め、耳を寄せて訊ねるが低い演奏音が重なり、うまく聞き取ることができない。

見上げる少女は不思議そうな面持ちでいた。少しだけ首を傾げ、クロハの理解の鈍さをいぶかしむように。

不意に、滑らかな楽器の音の中に異物が混じった気がした。音の一つが擦れ、途切れる。音楽隊を見やると、最前列の女性警察官がクラリネットのマウスピースから口を離してしまっている。指揮者の方を見ていなかった。クロハの聴覚が、乱雑に奏でられた甲高い異音を捉えた。音楽隊の中から聞こえてくる音色ではない、と気付いた。

少女が袖を引き、後方を指差した。白い影が揺らぐのを見たように思った。低い建物とアーケードに区切られたアスファルトの広場、駐車場と接するその入口付近に、叫び声を上げる何かが立っていた。

クロハは咄嗟に少女を抱き上げて立ち上がり、自分の背後に隠した。現世には存在しない何者かを、見ているようだった。

花模様のちりばめられた白い薄着を身に着けた広場への侵入者は、垂らした両手を引き攣らせるように突っ張り、口を大きく開き、声として認識できないくらいの高い音程で叫んでいた。長い髪が顔のほとんどを隠している。骨格が浮き上がるほど痩せ細り、年齢も性別もはっきりしなかった。けれど、身に着けた白い薄着がワンピースだとすると、やはり女性なのだろう。

クロハと少女のいる場所からは、十メートルは距離が隔たっていた。動かないで、とクロハは背後へ声をかけた。緊張が喉を迫り上がり、無意識のうちに、所持していない自動拳銃を腰の辺りに探していた。女性の叫びが途絶えた。全ての力を使い果たしたようにその場に膝を突いた。

その時になって、クロハは女性の薄着の表面に散った模様が装飾ではないことに気がついた。

血痕。すでに時間が経過し、褐色となっている。侵入者ではない、と悟った。

――彼女は被害者だ。

クロハは客席を離れ、女性へ駆け寄ろうとするが、スーツを後ろから摑まれ動くことができなかった。少女がクロハを放そうとしない。両目を硬く閉じ、泣き出しそうな顔でいた。その場に屈むと首元にしがみつかれ、ダウンジャケットのナイロン地が大きく鳴った。小さな体を支え、大丈夫、とクロハは話しかける。

姿勢が低くなったせいで、周囲の状況を把握することができなくなった。演奏は中断されていた。広場にいる全員が異変に気付き始め、混乱が広がり、聴衆も皆立ち上がって、逃げ出すべきかどうかを迷っているように見え、被害者女性の方へ走り寄ろうとする大勢の警察官の動きが、揺れ動く市民の隙間から窺（うかが）えた。

子連れ客の数組が、広場の奥へ避難し始めたようだった。広報県民課の男性警察官がスピーカを通して、落ち着いて誘導に従って行動してください、と呼びかける声が聞こえる。

幼児の泣き声が、増え始めた。

緊急配備の要請を、と怒鳴る署長の擦れ声が耳に入った。

少女の細い両腕がクロハにきつく抱きついている。シャツの内側に着けた首飾りのバロック真珠が鎖骨に当たり、小さな痛みが走った。

＋

クロハはノート・コンピュータのキーボードを打つ手を止め、天井を見上げてしまう。誰かがまた二階で、大声を上げたらしい。

深夜の時間帯に入っても、刑事課からは殺気立った空気が滲み出るようだった。照明の落とされた入口の二重の自動扉を、先ほどまでは何度も忙しく出入りしていた刑事課員や地域課員の姿も消え、警察署の一階はようやく静けさを取り戻したように感じていたが、時折二階の怒鳴り声が捜査の進展の鈍さを伝え、クロハを落ち着かない気分にさせた。

首を回し、凝りを解そうとする。少女の重みが今も少しだけ残っている。クロハは自分にしがみついていた女の子を、無事に父親へ引き渡すことができた。無精髭の散らばった中年男性の顔を視界に入れた途端、少女はクロハから飛ぶように離れ、泣きながら父親に抱きついたのだった。男性が息を切らせながら娘へ謝る様子と、お揃いの型のダウンジャケットを認めると、賭事へ向かった父親への憤りは急速に萎んでいった。慌ただしく署長が閉会を告げ、音楽隊は撤収し、クロハは警察署の警務課に戻り、その後はずっと、刑事課の捜査に協力して電話による目撃情報等を受けることになった。

刑事課が最も必要とする情報は、被害者らしき女性がどこでどんな危害を受けたのか、またその現場からどういう道筋を辿ってイベント会場まで移動したのか、という点だったが、有力な目撃証言は得られておらず、時間が過ぎるにつれ情報提供の電話も減り、ついには外線の呼出音が鳴ることもなくなってしまった。

――加害者は発見されたのだろうか。

緊急配備中には結局、被疑者を確保できず、路上での捜査態勢も広域から重点警戒まで縮小されることになり、現在でも複数警察署の刑事課員、地域課員等が警戒にあたっているはずだったが、事案の進展を伝える知らせは一階のカウンタ内に聞こえてこなかった。把握する事実は、刑事課内でも少ないのだろう。連絡が錯綜し、塞がりがちな内線やFAXに頼ることができず、直接目撃情報を二階へ届ける際に自然と耳に入った会話からすると、警察病院に搬送された被害者女性は事情聴取に応じるのも不可能なほどの栄養失調状態で衰弱し、しかも全身には様々な打撲箇所が見られるという。

女性の状態を知った時、クロハは恥ずかしさと怒りで顔が上気するのを感じた。私は叫びが聞こえたあの時、まるで被害者を悪鬼のように捉え、異常な侵入者として扱おうとしたのだ。

第一、女性に気付くこと自体が遅かった、と思う。あの場にいた子供達の方が先に、異変を察していた。悲鳴の高音に反応したというのではなく、先入観を持たないために、演奏会場では本来ありえないはずの人の叫び声を逸早く聞き分けることができたのだろう。

二階からの喧騒が聞こえなくなり、クロハは書類の作成に集中しようとする。一時間ほど前に署長が通りかかり、署長室へと入るのが見えたが、休憩を取っているらしく室内は静まり返り、物音も話し声も届いてはこなかった。こちらとは背中合わせに座る交通課員は新規配属された巡査で、余り会話を交わしたことのないミズノという名の女性警察官だったが、署内の空気を慮っているのだろう、無言で机に向かい続け、ほとんど言葉を発しようとはしなかった。二人分のキーを打つ音だけが、一階フロアの天井に響いていた。

エレベータの到着を知らせる小さなチャイムが聞こえ、扉が開いた途端、専門官が慌ただしく現われた。部下であるクロハは自然と立ち上がり用命が伝えられるのを待ったが、専門官は一瞥すらせず、署長室の扉を乱暴に叩き、返事を待たず入室していった。直立の姿勢を緩めて着席しようとした途端、専門官が署長を伴って部屋から現われエレベータへと走り、そのまま二人とも階上へ消えた。

同じように交通課員も立ち上がっていて、複雑な視線をこちらへ送った後、音を立てるのを恐れるようにそっと回転椅子に座った。クロハも小さく溜め息をつき、座り直す。

事案に展開があったのかもしれなかったが、いい方向へ向かった、という気配を感じなかった。捜査の現在状況が全く分からず、犯人像を予想するどころか、被害者について想像することすらできずにいた。

署長と専門官の顔色が蒼白だったのを思い起こす。

今、一番心身を疲弊させているのは署長だろう、と考える。会計課員の自殺に加え、新たな事案までも抱え込むことになったのだから。管轄区域内どころか自らが仕切るイベントのさなかに事件が発生し、しかもどうやら、現在に至っても被疑者を確保することには成功していない。体面だけでなく現実的な立場さえ危ういのでは、と思われた。定年間近のこの時期の不運にどれほど焦り、神経を尖らせているものか、思い至ることができなかった。

キーを叩く指先が、止まりそうになる。コピー&ペーストの繰り返しで目撃情報を箇条書きにまとめ直しているだけでは、意識は表計算ソフトウェアの画面表示を上滑りし、すぐに別のことを考えようとしてしまう。

署長以上に、直属の上司である専門官が心配でもあった。神経の太い性格には見えない。

事態が少しでも、進展するといいのだけど……

クロハさん、と背後から突然呼ばれ、振り返った。取り留めのない思索を咎められた気分だったが、交通課員は少し緊張した面持ちで、自分のノート・コンピュータを指差していた。

床を軽く蹴って、回転椅子を近付ける。モニタへ顔を寄せ、クロハは眉をひそめた。ウェブ・ブラウザのウィンドウの上部に、短文投稿形式のソーシャル・ネットワーク・サービスが表示されている。怖かった、というひと言。それに。

クロハの目を釘付けにしたのは文章に添付された、一枚の画像の方だった。

記憶が、広場での混乱した感覚とともに蘇った。アスファルトに立つ一人の女性。手振れが加わり、完全に鮮明な画像とはいえなかったが、それでも乾いた血液を模様のように散らせた薄着の女性と周囲の状況を生々しく伝えていた。

写真はクロハの記憶よりも、より近い位置から被害者を捉えていた。目を背けたくなる気分をこらえ、画像から少しでも留意すべき点を読み取ろうとする。

女性はひどく痩せていた。腕には骨格が浮き上がり、肘が皮膚を突き破りそうに尖っている。両脚も同様で、少し内側へ湾曲した膝関節がはっきりと視認でき、そして裸足だった。腕と脚には、ところどころに紫色になった箇所が窺え、それがきっと打撲痕なのだろう。両腕両脚は筋張っていて、強い力が込められているのが分かる。

最初に考えていたよりも、女性の年齢は若いのかもしれない、という気もした。細い四肢に内包された筋肉には、充分な張りが感じられた。

女性は大きく口を開けている。両目は長い髪に隠され――写真の中でも髪質はかなり乾いているように見える――、表情は読めなかったが、体内の残りの力を全て振り絞るように叫んでいることだけは、間違いなかった。写真の一ヶ所が、クロハの目に留まった。

女性の、深い穴のように開いた黒い口に注目していた。その中には、一本の歯も見当たらなかった。上顎にも下顎にも、前歯も奥歯も存在しない。光の加減でそう写っただけだろうか？　違うように、私には思える。よく見ると口の周りの汚れも、乾いた血液のような気がしてくる。女性の歯は、全て折れているのでは。

――いや、全て折られているのでは。

ぞっとする気持ちの中に、痛みが重く冷たい金属のように現われた。もっと早く彼女を発見していれば、という後悔。それこそが、警察官としての職務ではなかったのか。普段路上から離れてしまっているために、深刻な事件との突然の遭遇を想像できずに警察官として油断が生じていたのは、否定しようがない。

クロハは、遠慮がちにこちらを見やるミズノの視線を感じる。画像に対する判断を求めている。

「……この画像は、個人情報(プライバシー)を侵害しているかもしれない」

年下の交通課員へ、

「それも合わせて諸々の判断は、刑事課にしてもらうべきだと思う。保存しておいた方がいいわ。今はまだ、上も混乱しているかもしれないから……夜食か何かで、次に呼び出された時にノート・コンピュータを持って、直接見せにいくといい」

「犯人が写っている、とか」

「まさか……」

血痕の状態を見ても、暴力を受けた時点から少なくとも一時間前後は経過しているものと推測できたし、たとえ加害者がずっと傍にいたとしても、画像の中では被害者の周囲に存在する人物達の写りは小さく、性別すらはっきりとせず、個人の特定は難しいものと思われた。

「いえ」

それらは私の決めることではない、と考え直し、

「分からないわ。それも刑事課が確かめるでしょう。絶対に写っていない、とはいい切れ

ないし」

「クロハさんが持っていった方が……私には、刑事課の経験はないですから」

「……私ももう、刑事としての考え方を忘れてしまったから」

何か、後ろめたい気分になる。嘘をついたつもりはないにしろ。

「その写真、お手柄よ、きっと」

そう伝えても、交通課員は嬉しそうな顔はしなかった。他の部署からすると、殺伐とした状態の刑事課が近寄り難いのは分かっていたが、彼女の警察官としての小さな好機を横取りするような真似はしたくなかった。

「事案発生の状況を、明確に説明している。もっと検索するべきかも」

はい、と何か残念そうにミズノが答え、画像を保存し、ウェブ・ブラウザを消して仕事を再開させた。制服の肩章まで届いた髪。軽く跳ねた健康そうな硬い毛先。クロハも書類の作成に戻った。

それからはほとんど無言で、二人とも背中を向け合ったまま、互いのコンピュータ上で仕事を進めた。小さな吐息が何度か聞こえ、ミズノは女性被害者の画像を発見してしまったのを居心地悪く感じているらしく、もう話題にするつもりもないようだった。

それとも、しんとしたフロアに時折小さく届く二階からのくぐもった怒鳴り声に、気が滅入っているのかもしれない。クロハの高ぶった気分も次第に落ち着き、体内のどこかに隠れていた疲労が少しずつ表面に現われるようで、瞼に熱っぽさを感じるようになっていた。ただ時々は、被害者女性の長髪にほとんど隠れた白い顔が、脳裏に浮かんだ。

クロハは証言をまとめ上げた。深夜の時間帯に入って以来、電話での情報提供は完全に途絶えている。目撃情報の収集用に文章の雛形(テンプレート)を作っておいた方がいい、と思いついた。被害者に関係のある情報か無関係なものかをすぐに判断できるよう、幾つかの質問事項を用意しておくべきだった。県警本部機動捜査隊から所轄署に移って二ヶ月が経ち、ようやく警務課員としての要領が分かってきたような気がする。

室内の小さな窓を見た。雨滴が当たったように思えた。夜明けは訪れておらず、当直の終了までまだ時間はあった。いつ県警本部へ戻られるのですか、と急にミズノに訊ねられたクロハは椅子を少しだけ回転させ、背後を顧(かえり)みた。

「何の話……」

「いえ。あの」

交通課員は、クロハの反応に驚いたようだった。慎重になり、

「地域課の上司がそう話しているのを、聞きましたので。いえ、何かの悪口ということではなくて」

肩の力を抜きなさい、とクロハは心の中で自分へいう。

「私が本部へ戻る、と？」

「はい。捜査一課へ。異動する前に一段階置くため、所轄署に入った、って」

「そんな話、嘘よ」

クロハは困惑し、

「私がここに在籍するのが何かの腰掛けのため、なんてありえない。そう誰かから説明されたことも、仄めかされたこともない」

「でも、自分で望んだ異動ではないのでしょう……」

ミズノはたぶん、素朴な疑問を口にしただけなのだろう。詮索しようという態度は窺えなかった。新人である彼女が、機動捜査隊所属時の詳細を知るはずもない。そこで発生した大きな事案の影響により、私の大切なもの達がどんな風に奪われ、去っていったのかを。

ミズノに悪気があるわけでもない。クロハは少し考えてから、

「……私がここに異動したことに、何か上の理由があるとしたら」

特別捜査本部の雛壇に居並ぶ、灰色の髪をした幹部達の厳しい顔つきが頭に浮かぶ。

「特捜本部の捜査方針に従わずに行動しすぎたから、ということになるのだと思う」

一種の懲罰として。でも、そのいい方はおかしい、と気付いた。県警本部よりも所轄署

を見下したように聞こえたかもしれない。どういい繕うか迷っていると、

「だからいったん、所轄署に異動させられたのでしょう」

ミズノは気にする様子もなく、

「後で拾い上げてやるまで、頭を冷やしていろ、って」

率直ないい方にクロハは驚くが、間違っている、と決めつけることもできなかった。あるいは、その可能性も零ではないようにも思える。幹部の考えは時にとても政治的であり、一警察官の窺い知ることのできるものではなかった。返答に困っていると、

「戻るべきかもしれません」

ミズノは意外なほどはっきりとした口調で、

「クロハさんの住民への対応、丁寧ですけど、うまくはないですから。目付きが怖くて」

少し首を傾け、緊張を解いた様子でそういった。クロハは思わず苦笑する。不思議と悪い気分ではなかった。

「……戻ることができる、という気はしないけど」

クロハは正直に、

「たぶん私は今、県警本部の捜査に必要とされていない。もし上に、一課へ引っ張るつもりがあったとしても、そのうちにきっと忘れてしまう。刑事は本部に沢山いるから。それ

に……」

　数秒間、自問してみる。

「それに私自身、戻りたいのかどうか、よく分からないし」

　喋(しゃべ)っているうちに、漠然とした思考がようやく言葉になった気がし、クロハはほっとする。あなたは、と逆に訊ねてみる。

「本部へいきたい？　あるいは刑事課に転属、というのはどう？」

「いえ」

　ミズノは迷いのない声音で、

「私がずっと希望しているのは、少年係なんです」

　青い制服の裾を直す仕草をみせ、

「元々、子供が好きで……大学でも子供の発達について勉強していて、言語聴覚士の資格を取ったのですけど……もっと直接、守ってあげる人間も必要に思えてきて」

　蛍光灯の光を受け、表情が青白く曇り、

「それもきっと、子供っぽい発想なのでしょうけど。警察官というものを、悪人から子供を守る、TVの中の正義の味方のように捉えていて。実際は……地道な仕事ばかりなのに。報告書とか、事故処理の書類とか」

クロハを見やり、

「でも、正義の味方ですよね？」

不意の質問に口ごもってしまう。大きな責任を、唐突に押しつけられた気分だった。

「そう」

自分にもいい聞かせるつもりで、

「その通りよね」

安心したように、交通課の女性警察官が微笑んだ。クロハも自分の頰が緩むのを感じる。仲良くなれそうだ、とそんなことを思い、未だに一員として所轄署に染まりきっていない自分を再認識した。静かに息を吐き出し、すると不要な強張り(こわば)も体から抜け出てくれるような気がする。クロハは腕時計を確かめ、ノート・コンピュータを閉じた。

「私達も、今のうちに交代で食事を……」

そういい出した時、二階から荒々しい物音が聞こえてきた。大勢の人間が階段を駆け降りて来る。ミズノと同時にクロハもその場で立ち上がり、刑事課員達が深刻な様子でカウンタの前を走り過ぎてゆく姿を、呆然と眺めていた。専門官だけがカウンタ内へ入って来た。摑みかかるような勢いで、トナーを、といった。

「朝一番で複合機のトナーとA４用紙、同じサイズのファイル、段ボールを発注して欲しい。今は、インスタント食品の買いつけを頼む。取り敢えず署内の珈琲(コーヒー)、紅茶を集めて給湯器具と併せ講堂へ運んでくれ。レンタルの必要な品は後で指示を出す……そう、そういうことだ」

責めるような硬い口調で、

「特別捜査本部が、設置されることになった」

クロハは一瞬、呼吸を忘れる。何とか、はい、と返答した。

「被害者女性が、亡くなった」

専門官は息苦しそうに、身に着けたネクタイを緩め、

「暴行事件が殺人へ移行した。警察署のイベント中……」

その言葉には悔しさが混じり、語尾は力なく消え、専門官はフロアへ戻ると来訪者用の長椅子に座り、身じろぎもせず床の灰色のタイルを見詰めていたが、やがて夢遊病者のように立ち上がり、通路の奥へと去っていった。

＋

クロハは受話器を頬と肩に挟んで通信設備に関する警察庁通信部からの問い合わせを手

帳に書き留め、隣の席の警務課員へ断り、カウンタを出た。

警察署内は、すでに最大限の速度で回転していた。同時に複数の細かな案件が発生し、誰もが混乱しつつことに当たり、忙しさの緩む兆しもなかった。腕時計に視線を落とすと正午近くになっている。机から離れるというだけで、わずかに気分が晴れるのを感じる。

通路を歩きながらエレベータの表示を見るが、大型設備の搬入に独占され、すぐには一階へ降りて来そうになかった。長椅子では専門官が壁に背をつけ、目を閉じてじっと座っているものの苦々しい表情を作り、眠っているのではないらしい。階段で最上階の講堂へ向かう。六階分を駆け上がると、流石(さすが)に息が切れた。

クロハの足が講堂の入口で止まった。

講堂内は机と椅子が並んでいるだけで、珈琲メーカーどころか内線電話の設置も済んでいない有り様だったが、もう特別捜査本部として機能し始めており、署長や副署長、捜査一課長の姿までがあり、配置班長は捜査員へ次々と、聞き込みと防犯映像の回収を指示している。

管理官の姿も見え、クロハは室内へ足を踏み入れるのをためらった。痩せぎすな皺の多い横顔。所轄署の内勤への転属を懲罰として指示する人間がいるとすれば、管理官以外に存在しないはずだった。

管内で何が発生しようとも、捜査に参加することのできない部署。クロハの方でも、幾度も命令に背いた過去を自覚しているだけに、まともに顔を合わせる気にはなれなかった。

自分が出入口の一つを塞いでいて、備品を用意する警務課員の邪魔になっているのに気付いた。けれど太い電源ケーブルの束を抱える中年の女性警察官は、クロハの空けた場所を通り抜けようとせず、

「ナツメさんが……専門官が呼んでいます」

クロハとは同階級だったが丁寧に、

「至急、ということです。署長室に来て欲しい、と。用事は私が引き継ぎますが」

講堂へ入室しないための、口実ができたことになる。安堵しつつ、クロハは警察電話の設置本数についての、外部からの問い合わせを警務課員へ伝え、

「管理官へ訊ねれば、分かると思います」

お願いします、といい添えて、視線を落としたまま素早くその場を離れた。

＋

木製の扉を拳で軽く叩くが、返事はなかった。少し迷ったのち、ノブに手を掛けて静か

に扉を開けると、照明を消した室内でたった一人、応接用のソファに前屈みに座る専門官の姿が視界に入った。ナツメは片手で顔を覆っていた。顔色の悪い渋面が現われ、閉めてくれ、といった。

クロハは数歩分、前に出た。けれどナツメは呼び出したのを忘れたように、壁に貼られた管轄区域の白地図を見詰めたまま、思索を続けている。沈黙は長く続き、クロハは署長室の窓を流れ落ち続ける小さな雨滴を眺め、そして以前のことを思い出していた。

署内の食堂で自殺を図った男性警察官がいた。その出来事の直後、男性について考え、クロハが苦悩していた場所がこの部屋だった。ナツメは当時も警務課員として事情聴取のためにクロハに接していたが、自殺未遂の現場にもいたこちらを決して責めたりはせず、むしろ男性警察官を救ったものとして、本部へ報告してくれたのだ。

クロハが所轄署に配属された後に知ったのは、ナツメは署長がこの警察署に異動した際にも付き従った腹心の部下であり、『専門官』の肩書き——本来であれば古参の熟練警察官に与えられる職名——を持つ警務係長としては異例に若く、離婚を経験し、一人娘がすでに中学生になっている、という大まかな経歴だった。

優秀な人材であるはずの警察官が、追い詰められた様子を隠すこともなく座ったまま呆然とする姿は、クロハの目に痛々しく映った。部下として今度は私が補佐をするべきだ、

と思う。専門官、とこちらから話しかけ、

「少し、休まれてはいかがですか。代わりにできることがありましたら……」

「今日はもういい」

提言を封じるように、専門官が突然口を開き、

「当直明けだったな。今日は非番のはずだ。ご苦労だった。自宅へ戻りなさい」

クロハは言葉をなくした。特別捜査本部の設置を担当する警務課員へ、現在の状況で休暇を勧めるとは、上司の発言とも思えなかった。専門官は降りかかる沢山の案件に圧迫され、混乱しているのだろうか。ナツメのやや充血した両目がクロハを見詰め、

「君自身、どう思う。所轄署の職務というものを」

「どう、とは……」

唐突な質問。ナツメの下からの視線は、まるで恨みを含むかのようで、

「県警本部へ戻る日取りが内定した際には、すぐに上司である私に知らせるべき、とは思わないか」

クロハはゆっくりと深く、息を吸う。

完全に、自らの置かれた状況を理解できたわけではなかった。ただ自分が独り歩きする噂のために、何か不自然な立場に追いやられつつあるのを認めただけだ。姿勢を正し、

「本部に戻る、という予定は全く存在しません」

口調が反抗的にならないよう心掛け、

「そのような話を、誰かから聞かされたこともありません。私は現在、この警察署の一員として働いております」

「君個人の考えを確認しているのではないんだ……つまり、いずれにせよ」

専門官の声にも興奮はなく、

「君には捜査員としての功績があり、それは恐らく所轄署の範疇(はんちゅう)を超えている。誰かがいずれ再び、君を本部へ戻そうとするだろう。むしろそうした動きを、君自身が自覚するべきではないか？　大きな組織の中には当然、様々な駆け引きがある。職務上の功績を誰かが求めた場合、君は本部内の駆け引きの道具となる可能性さえある。あるいは逆に、駆け引きのために誰かが君の評価を下げようとするかもしれない。どちらの方向へ力が働くにせよ、本当に何かが動き出した時、君は所轄署にとって重荷となってしまうだろう。心の準備が必要なんだ。君にとっても、署にとっても。だからこそ今は」

視線が強くなったように思え、

「君は特捜本部という、県警本部に近い場所へ迂闊(うかつ)に近付くべきではないはずだ。これは君自身の問題であり、君自身のためでもある……というと押しつけがましく聞こえるだろうな。率直に、我々が何を望んでいるのか、いっておこう。この警察署のために、できるだけ静かにしていて欲しい。知っての通り、この署はただでさえ通常においても騒がしい場所だ。鉄道駅と繁華街、港湾、工場地帯が管轄内に存在し、人口も交通量も多く、発生する事案の数は県内の他の署とは、比べものにならない。我々の職務はこれまでも、これからも続く。多少にかかわらず、君のことで仕事に負荷を加えたくないんだ。わずかでも問題が生じている、と本部に判断された際は、ただでさえ下落し続けている署の評価を危険なほど下げてしまうだろう。特捜本部が立ち、我々の仕事は倍増している。これ以上、混乱を持ち込むような、いや、その素振りであっても控えてもらいたい」

「……お言葉ですが」

我々、というナツメの言葉に自分が入っていないのを、クロハは感じ取っていた。

反論せずにはいられず、

「それは私への過大評価です。私は捜査員としては、本部の生意気なお荷物にすぎず

……」

「今日のところは、帰りなさい」

専門官はクロハの話を遮(さえぎ)ると、今度は教え諭すように、

「私は君よりも、高い場所で空気を吸っているんだ。その空気の中でしか知り得ない話と

いうものは、確実にあるのだよ。君は恐らくいずれ、望むと望まざるとにかかわらず県警本部へ戻る。それまでは所轄署員として大人しくあるべきだし、周囲の動きには敏感になるべきだ。そして実際に動きがあった際には、まず上司である私に報告してもらいたい」

　クロハは口をつぐむ。納得はできなかったが、異を唱えるのに相応（ふさわ）しい立場にいないのも自覚していた。もしも、と思う。

　もしも、私についての話がそれほど誇張されたものではないのだとしたら、専門官は私の知らない事情を把握していることになる。あるいは、本当のところ——緊張に晒（さら）され続けたことで心労が募り、何か被害妄想的な気分に陥っているのでは。ナツメへの、クロハの以前の印象は署内の問題に冷静に対処する警察官であり、これほど神経質な人物ではなく、どこかで何かがねじ曲がってしまったように思える。昨日よりも、ナツメの目の周りが落ち窪んでいるのを認め、クロハは視線を逸らした。

　それとも、ただ私が彼のことを、署内のことを知らないというだけの話だろうか。

　ナツメは再び、力なく白地図を見詰めている。思索の中へと沈んでゆくのが、手に取るように分かった。深く一礼して、クロハは署長室から退出した。

ノート・コンピュータを閉じ、机の上を軽く片付けて、引き出しから折り畳み傘とショルダーバッグを取り出し、クロハは立ち上がった。

忙しく立ち働く周囲へどう説明するべきか、今も迷っていた。警務課の席に戻ってみると、専門官からの帰宅命令が何か悪い冗談のように思えてくる。机上の電話の、代表番号宛ての外線着信を知らせるランプが瞬いていて、誰もそれを取る気配がなかった。クロハは着席し、受話器を取り上げる。

着信は、区役所の子供支援室からの依頼だった。全く想像していなかった要請に、クロハはその内容をなかなか把握することができなかった。区役所の女性職員へ、何度も聞き返した。

用件を理解した途端、緊張で首筋が強張った。これから児童相談所の職員とともに虐待の疑いのある少年の保護に向かう、という。念のため警察からも一人立ち会って欲しい、という依頼だった。

分かりました、向かいます、と返答した。

自分のパンツスーツ姿を見下ろす。動いたわりには、それほど皺になっていない。

振り返って課長の不在を認め、腕時計を確認し、クロハはメモ用紙に現在時刻と依頼内容を書き留めて破り、机の中央に置いた。少し迷ったのち、引き出しを開けて特殊警棒を探し、ショルダーバッグに差し入れ立ち上がった。

＋

女子化粧室の洗面台で口紅だけを直し、警察署を出た。警丈(けいじょう)を突いて立番をする制服警察官へ軽く頭を下げ、クロハは折り畳み傘を広げる。

敷地の外に、数名の人の動きがあった。金網の向こうの歩道に人影があり、こちらを窺う様子で門の方へ移動しようとする。副署長は、いったん報道記者全員を署内から追い出していた。そのせいで、情報に飢えた彼らは何とか殺人事件について問い質そうと、ここのところ昼夜関係なく門の外で待ち構えている。

記者達と目を合わせないようにして、小走りに門を出た。そもそも自分が事件について、記者以上の知識を持ち合わせているとは思えなかった。

徐行運転するタクシーが目に入り、片手を挙げた。

指定された番地の数十メートル手前で、タクシーを降りた。細かな道を曲がるのは運転手の負担になりそうだったし、少しでも目立つ振る舞いは避けた方がいい、と考えてもいた。

クロハは低層の住宅街を見渡す。雨が、道路の表面を細かく毛羽立たせている。色褪(あ)せた冷たい湿気を肌に感じたが、空気そのものは澄んでいるように思えた。

携帯端末(スマートフォン)で地図を確認し、シャッターを下ろした酒屋の脇道に入り、しばらく進むと打ち放しコンクリートの一軒家の隣に、小振りな三階建てのタイル張りの共同住宅が見え、そこが目的地だった。

それぞれの階の、ベランダのない硝子窓が道路に面していて、一階の窓を守る鉄柵がへこみ、歪(ゆが)んでいる。白いタイルで覆われた建物の壁を黴(かび)の黒い筋が幾つも流れ、縞模様を描いていた。三階まで真っ直ぐに繋がる、折り返しのない急な階段が目の前に。建物からは、何の物音も聞こえなかった。

クロハは周囲を確かめた。十字路があり、垂直に交わる幅の広いもう一方の道路に縦列駐車されたミニバンと軽自動車が見え、車内で揺れる人影があり、クロハは先頭の車両へと近付いていった。

スライドドアが目前で開き、紫色のダウンジャケットを着込む中年の女性が顔を覗かせた。警察の方ですか、と訊ねられ、クロハが外套（がいとう）から警察手帳を取り出して身分証を提示すると、相手はほっとしたように頷き、

「すみません、本来は生活安全課へ相談するべきお話なのですが。どうしても、電話が繋がらなくて……区役所子供支援室のイマイです」

「警務課警務係、クロハです……こちらこそ、申しわけありません。発生した事件の関係で、警察署は現在、少々立て込んでいます」

乗車を促され、クロハは畳んだ傘を道路へ向けて振り、ミニバンに乗り込んだ。ドアを閉じると、車内に満ちる熱を帯びた雰囲気に気がついた。運転席も助手席も、後部座席も全て人で埋まっていた。六人のうち、イマイも含め女性が半数を占めている。順に紹介され、中央の席に座るクロハはそれぞれへ会釈を返した。二人が区役所の者で他は皆、児童相談所の児童福祉司だった。全員の顔に、緊張の色がありありと表れている。

「後続するもう一台にも、四人の職員が乗っています」

そう説明するイマイの表情も同様で、

「そちらは全員、児童相談所の者です」

「皆で、保護に向かうのですか」

クロハは一人の子供の保護に、大人数が動員されていることに少し驚いていた。イマイは頷き、

「運転担当以外は。すぐに発車したいので」

「父親と同居する七歳の少年の一時保護、というお話でしたが……児童虐待の可能性があると。父親は、危険人物なのでしょうか」

「いえ……そこまでは」

イマイは曖昧に否定し、

「これまで、訪問した児童相談所の人間や小学校教師に暴力的な言動を見せたことはありませんし、私も電話を通じて二度ほど会話をしております。その際も、怒りを露にするようなことはありませんでした。そういった意味では明確な緊急性は今のところ、存在しません。この執行も区役所と児童相談所の職員だけで行うつもりだったのですが、より慎重を期すべきという意見も直前になって出まして、警察の方に立ち会いをお願いすることになりました。やはり……何があるか分かりませんから」

児童の保護に職員が弱腰になるというのは、普段、確保や職務質問に無縁な機関だけに分からない話ではなかった。それに、自動車警邏隊や機動捜査隊に在籍した経験からする

と、突然態度を急変させ激昂する人間も珍しくはない。運転席に座る中年男性は、ルームミラー越しにこちらをずっと窺っているようだった。視線の中に、女性警察官がやって来たことへの失望が微かに見えた気がする。

私にも備えはある。クロハはショルダーバッグの中の、真っ黒な伸縮式の特殊警棒を意識する。

車内に沈黙が流れるが、保護に動き出そうとする気配はなく、クロハは質問を続けることにして、

「少年には、戸籍上の問題があるのだとか」

「いえ……戸籍があるにもかかわらず、不登校でいる、ということです」

イマイは透明なビニル傘を握り締め、

「正確には、父親が小学校に入れる手続きをしておらず、一度も登校させていないのです。父親は生活保護を受けています。外出は父親だけで夜遅く、という話で、子供の姿を目にした者は近所にもほとんどいません」

いったん言葉を切ってから、

「特にここ一年は、全くいない、という状況です」

「その少年は――」

次の言葉の残酷な意味に、クロハ自身が戸惑いながら、

「――今も存在するのでしょうか」

「恐らく」

ビニル傘が、イマイの手の中で音を立てる。

「父親は扉をほとんど開けませんが、その後ろを走る小さな子供の動きを感じた職員はおります」

「健康かどうかは……」

「そこまでは、全く分かりません」

ようやく、事情の概要は呑み込めるようになったが、胃の中の緊張が小さくなることはなかった。イマイへ最終確認をするつもりで、

「不登校を子供に強要している、という状態そのものが虐待にあたると判断した、と」

「立入拒否により、緊急一時保護の必要がある……そう判断したのは児童相談所長ですが、私も同意見です。子供だけをこの車に乗せ、保護施設へ運び、支援するつもりでいます」

「了解しました」

緊張が覚悟へ変わろうとする。

「では……今から」

「父親は在宅しています。今から執行します」

そこで、イマイは初めて小さな笑顔を見せた。目尻に人懐こい皺が寄り、携帯電話を取り出しつつ、

「結局私達は皆、権限はあっても、こういった行為に慣れていないのですよね……踏み込む心の準備がなかなかできなくて……でも、いきます」

電話へ向かい、イマイです、事情説明が終わりました、始めましょう、と連絡を入れると後方の軽自動車からドアを開けて次々と人が降り、傘を広げる音が聞こえてきた。

クロハも路上に降り立った。初対面の人達へ、簡単な自己紹介をする。女性の割合の方が多いのが、少し意外でもあった。児童相談所の職員四人が揃って小さくお辞儀を返した。


職員達は駐輪された自転車を除(よ)けつつ、敷地の中へ静かに足を踏み入れた。上階へ伸びるコンクリート製の階段が一階通路の頭上を覆い、雨を遮っている。建物の外通路は、階段と境界ぎりぎりまで迫る隣の住宅の陰となり、暗かった。樋(とい)から流れ落ちる塊(かたまり)のような水が排水溝とぶつかり、通路の隅で飛沫(しぶき)を上げていた。全員が傘を閉じつつ足音を殺し、奥へ進んだ。

児童相談所の女性職員が一人、硬い表情で最奥の扉の前に立った。イマイと男性職員が

傍に寄り、クロハはイマイへ近付く。他の職員は全員、少し離れた場所で息を潜めて待機している。通路を完全に塞いでいるが、扉が開いた時にも、室内からは見えない位置を取っていた。女性職員がイマイへ頷き、チャイムを押した。皆が血の気を失うほど真剣な顔つきでいる。クロハも息を凝らした。

反応を待つ間が、数分にも感じられた。

やがて、金属の扉の奥に人の気配が起こった。クロハは片手をショルダーバッグの中へ差し入れる。もう一方の手で持った折り畳み傘からの滴が外套の裾を濡らしていたが、気にかける余裕はなかった。

解錠の音が空間に響き、扉がゆっくりと開いた。男性職員が、さりげなく靴の爪先――恐らくは硬質樹脂の入った――を隙間に差し込み、閉じられるのを防ぐ様子が見えた。クロハからは室内は窺えず、バッグの中で自分が特殊警棒の柄、その滑り止めの感触を何度も確かめていることに気付いた。

女性職員が首から下げた小さな身分証票を手にし、室内へ提示している。イマイとともに、クロハも扉へ近寄った。薄暗い部屋が視界に入り、プラスチック容器やビニル袋が玄関にまで散乱する様があり、その中に、フリース姿の中年男性が立ち竦んでいる。

異臭がし、クロハの緊張が高まった。

生気のない、灰色の髪を長く伸ばした、やや肥満した中年男性。職員から来訪の理由を聞くうちに、視線が動揺で定まらなくなるのが分かり、クロハは突発的な行動に備え、そっと警棒を取り出し背中に隠した。女性職員の手招きを合図に待機中の職員全員が動き出し、扉を囲んで扇状に集まった。

父親は明らかに怯えている。クロハは臭いの原因を想像しようとする。過去の経験からすると、人の腐る臭いではないように思える。残飯の蓄積が、原因かもしれない。

児童福祉法三三条に基づく行政処分としてお子さんを一時保護します、という女性職員の要請に対し、男性は小さな声で理由にならない反論を繰り返した。部屋は見せられません。ですが大丈夫です、もっと静かに暮らしていきます。食料は足りています。外には出たくなさそうなので……

突然、父親の腕を潜り、扉の隙間を抜けて俊敏な何かが通路へ飛び出して来た。

男の子だ、とクロハは認める。女性職員と男性職員の制止を無視して、道路へと走り出ようとする。予想外の事態に反応は遅れ、手を伸ばすこともできなかった。捕まえて、とイマイが声を上げた。

道路に近い女性職員が、子供の腕を摑んだようだった。少年の勢いは止まらず、そのまま職員を引っ張っていこうとし、他の職員が駆けつけ、もう一方の腕を取った。行動を制限された少年は職員達の先導に従い、飛び跳ねながら十字路の方へと、あっという間に歩き去っていった。

少年は一度も振り返らなかった。外出できたことの喜びを全身で表している、とクロハは考えようとする。苦味のようなものが、口の奥に残った。

室内で一人、呆然と立つ父親の姿。言葉をなくしていた。俯いたのは、涙をこらえるためらしい。

またご連絡します、と伝え、イマイが静かに扉を閉めた。職員達に続き、クロハも雨の中に出た。子供の小さな後ろ姿が見え、車の中へ乗り込むところだった。


イマイがミニバンの前で振り返った。改めて名刺が差し出され、クロハも急ぎ名刺入れを取り出した。色の濃い窓硝子と雨粒のせいで、車内の様子を窺うことができなかった。子供の声は聞こえてこない。スライドドアに手を掛けたイマイが、すみません、といった。

「警察署へお送りするべきなのですが、その用意もなくて……」

構いません、とクロハは上の空で返答した。報告書を作成する必要はあったが、今から警察署へ戻るつもりもなかった。そんなことより車内の様子が気になった。イマイ越しに、どうしても窓硝子へ視線を送ってしまう。小さな横顔が見えた気がした。

「……予想はしていました。あくまで可能性の話だったのですが」

イマイが落ち着いた声で、そう切り出した。

「子供は恐らく、何か器質的な問題を抱えています」

一瞬、息が詰まったようにクロハは感じる。

「父親が子供を外に出さなかったのは、偏屈だったからでも、虐待の意図があったためでもないのでしょう」

イマイは静かな口調のまま、

「ただ、どうしていいのか分からなかったのだと思います。一人息子を、人目に晒すのを避け続けていただけでしょう」

クロハの胸の中で、感情が複雑な模様を描いた。

「大勢の職員で出向いたのはその予想があったため、ということもあるのですが……児童相談所と区役所、発達相談支援センター。もっと広く連携を作っていかなくては、と思います」

ご足労ありがとうございました、といって、イマイが丁寧に頭を下げた。思わずクロハは、ダウンジャケットの袖を握り、

「何か進展がありましたら」

出すぎた頼みなのは分かっていたが、

「お知らせください」

イマイは少し驚いたようだったが、分かりました、と柔らかく返事をしてくれた。スライドドアが開かれた時、中央の座席の奥に座る子供の姿を目にしたクロハは咄嗟に体を傾け、覗き込んでしまう。

少年は落ち着いていた。こちらへは後頭部を向け、頬と鼻の先のラインが見え、傍の窓硝子を流れる水滴の動きに目を奪われていた。

ドアが閉じられ、夢から覚めたような心地でクロハは一歩後ろへ下がった。車二台が発進し、十字路を折れてすぐに視界から消えた。

頭上の街灯が点くまで、クロハはその場でぼんやりと考え事をしていた。自分がどこにいるのかを思い出し、今居都見、と記された名刺を仕舞い、バスの停留所を目指して歩き出した。

父親の俯いた泣き顔が、頭から離れない。

警察署の一階、警務課の席でクロハはふと目線を上げる。二週間後に赤煉瓦倉庫で開催される、薬物乱用防止の催し物の警備に関する書類を作成している最中だった。会計課の中年男性が、視線を逸らしたのが分かった。クロハは深く考え込まないよう、自分へ忠告する。

周囲の警察官が不親切なわけでも、悪意を向けてくるわけでもなかった。署内に設置された特別捜査本部と関連する仕事は決して回ってこなかったが、そのことに不満があるわけでもない。一種の気遣いと考えるべき、と思っていた。

それでも日々、少しずつ見えない溝が周りに掘り込まれる感覚があり、特に会計課員の一人――名前は確か、ニシ、といった――は、署内の問題をいずれ県警本部へ持ち帰る人間として、こちらのことを完全に異物と捉えているらしく、その警戒心は言動にもはっきりと表れていた。

今はもう、何の感想も思い浮かばなかった。特捜本部が立ち上げられたことで所轄署以外の警察官の出入りが激しくなり、時折知った顔が一階カウンタの前を歩き過ぎていった。

理事官や管理官、鑑識課員、本部捜査一課員達が足早に通ってゆく。こちらに気付く者は、誰もいなかった。

　警務課員としてのデスクワークにも慣れてきた、とクロハはそう思う。

　配給品の携帯電話が机の上で振動した。見慣れない番号が小さな液晶画面の中で光っている。通話ボタンを押して応答すると、子供支援室のイマイです、という声が聞こえ、体内で心臓が大きく鳴った。

『続報をお知らせしようと……』

　携帯電話を強く押し当てた耳に鈍い痛みを覚えたが、力を緩めることができない。

『父親ともう一度、話し合うことになりました』

　イマイの声は冷静だったが、わずかに喜色が滲んでいるのが分かる。

『子供は、父親の元へ戻すことになりました。発達支援施設と小学校に通わせるのを条件として。これで完全にうまくいく、という保証はありませんが……少なくとも、世の中から子供が消えた状態でいるのを防ぐことができるのでは、と』

　クロハは久し振りに、首筋の緊張がほぐれるのを感じる。ありがとうございました、と礼を口にすると、一瞬イマイは言葉を詰まらせ、それはどうやら、こちらの反応が意外だったせいらしい。

『……もう一つ、用件があるのですが』

イマイは慎重な口調で、

『これからそちらへ伺っても、よろしいでしょうか。もうすぐ終業時間になってしまうのですが……』

「……どんなご用件でしょう」

促すが、躊躇(ためら)いがちに、

『差し迫った用件ではありません。相談ごとですが、区役所からの正式な依頼、という形でもないのです。もちろん、ご都合が悪ければ後日でも構いませんし……』

クロハは机上に重ねた書類、次回の催し物に必要な申請書の量を急ぎ指先で確認した。

残りの枚数は幾らもない。

「一時間後でよろしければ、こちらから伺います」

と返答した。

+

更衣室で私服に着替え、二重扉を抜けて駐車場に出たクロハは、そこで名前を呼ばれた気がして、辺りを見回す。駐車場の隅に見慣れた覆面警察車両があり、運転席の扉が薄く開き、機動捜査隊の班長、かつての上司がこちらを見詰めていた。近付くと、

「防犯映像を届けに来た」

古株の警察官に、帰宅か、と低い声で訊ねられ、

「区役所に用事があるので……」

「近いな。送ろう」

断る理由もなかった。礼をいって助手席に乗り込むと、ダッシュボードに無線機や無線自動車動態表示（カーロケータ）システムの組み込まれた光景があり、液晶画面の下には新しく、禁煙、と印刷されたシールが貼られていた。クロハは静かに深く息を吸い、古巣に戻った気分を味わった。車が警察署の敷地を出た。

「元気にやっているか」

そう質問されたクロハは、はい、と返事をする。分駐所の様子を訊ねると、

「何も変わらない」

という答えが返ってきた。いい添える言葉もなく、クロハはしばらくフロントグラスを透して雲に映る夕焼けの色を眺めていた。

「……その場その場で、するべきことをしていればいい」

話しかけてきた班長の横顔を見やった。

「全てが、警察官としての仕事だからな」

班長の顎の線に沿って、引き攣りのような細い傷が耳の下まで走っている。それはずっと以前に、路上で果物ナイフによる自傷行為をしていた薬物中毒者へ近付いた際、急に切りつけられてできたもので、ブルゾンの襟もその古傷を隠しきれてはいなかった。はい、と短く返答するクロハへ、

「……被害者の話だがな」

厳めしい顔立ちが一瞬だけこちらを向き、

「お前も現場にいたのだろう。死亡した、あの少女の話だ。身元が判明した」

話題の内容を把握し、クロハは息を呑む。TVや新聞で報道された以上の情報を得る機会がなく、事案の進展は心の隅にずっと引っ掛かっていたことだった。

「司法解剖の結果、被害者は上下の前歯が、ほとんど折れていた。そのために、歯科医師

会への個人識別の依頼もうまく結果は出なかった。結局、残された幾つかの奥歯の摩耗から推定年齢を割り出し、特捜本部がそれを頼りに行方不明者届を広範囲に調べ上げた。被害者は、県内の十七歳の少女だった。法医学教室で冷蔵保存された遺体を先程、ご両親が確認した」

「被害者は」

緊張で、声が掠れた。

「家出人だったということですか」

班長は無言で頷き、

「少女は両親との折り合いが悪く、かなり荒れた生活をしていたらしい。薬物使用、暴行で逮捕された過去があり、結局は医療少年院へ送致された、という。仮退院の際に行方をくらました。次に姿を現わしたのが、競輪場前の広場、ということになる」

「どんな経路を辿って広場に現われたのか、分かったことはありますか」

感覚が、機動捜査隊に所属していた頃に戻ろうとしている。

「難しいようだ」

班長は言葉を濁すように、

「競輪場内と投票所以外、撮影機器はほとんど設置されていない。新しい施設ではないからな……警察音楽隊の演奏が始まった時、周囲の人間は皆、音楽に意識を奪われていたのだろう。わずかな目撃情報を総合して、被害者は第一駐車場から現われたのでは、という推測が特捜本部では有力となっている」

「駐車場から、ですか」

「監禁されていた車内から逃げ出した、と考えられているらしい」

「駐車場内の防犯映像で、確認は……」

班長は口元を引き結んで、小さく首を振り、

「あの屋外の無闇に広い駐車場を、お前も見ただろう。地面にただ、白線が引いてあるだけのものだ。当日は来場者の車で一杯になっていて、その分死角も多くなっていた。駐車場と広場は隣接している。あの時、現場保存として少しでも多くの車両をその場に留め、車体に付着した被害者の指紋、掌紋を採取できていれば、出現場所も明確になったかもしれないが……それも結果論だな。当時は被疑者確保に全力が注がれていた」

体を支えるために車体に手を突きながら歩く少女の姿を、クロハは想像する。警察音楽隊の方を目指し歩いたのは、救助と保護を求めての懸命な行為……

「……奥歯以外、ほとんど折れていた、という話でしたが」

自分が深入りできる事案ではない、ということは理解していたが、

「これは加害者に折られた、と考えていいのですか」

「唇にも傷があり、全身にも打撲箇所があった。交通事故が疑われたが、関連する報告は付近一帯に存在せず、事故にしては内出血の箇所が方々に細かく散りすぎている。むしろ鈍器で何度も殴られたと見るのが自然、という話だ……加害者に折られたのだろうな、やはり」

痛みが体内で再現された気がし、息が詰まる。

「薬物を注射された痕も発見されたが、性的な暴行の痕跡はなかった、という。栄養失調。脱水状態。主要臓器の萎縮。警察医の話では、現場で生きていたのが不思議なほどの衰弱状態だったらしい」

被害者の、大きく口を開け叫ぶ姿。少女は火花を散らすように、最期に自らの生を主張したのだろうか。クロハが言葉をなくしていると、

「……分かっているとは思うが」

班長の声が、いっそう低くなった。

「お前は今、謹慎に近い立場にいる。下手な行動を起こそうとするな。お前は、事案発生の現場にいた。捜査の進展が気にならないはずはないが、今のお前にできることはない。事案の概略なら、教えてやる。だが、それ以上は求めるな」

返答は少しだけ遅れ、それからは無言で、助手席から空に滲む鮮やかな色を見上げていた。班長も口を開かなかった。区役所を含める高層ビルの、屋内駐車場の暗い灰色の空間へ警察車両が進入し、カーブに沿って二階まで走ると、金属製の扉の前で停まった。送ってもらったことに礼をいい、シートベルトを外した時、

「皆が、思い通りの職務に就くことができるわけじゃない」

班長がいう。

「目の前の仕事を処理することだけを、考えるんだ」

クロハは逆らわず、はい、と答えて薄暗い駐車場内へ出た。警察車両の発進を見届け、扉へ向かう。すぐ傍で、消火栓の半球形の標示灯が赤く光っている。あるいは、とクロハは考えていた。

あるいは、所轄署へ私を転属させたのは班長の差し金かもしれない。

＋

扉を出ると、建物の外通路に面した吹き抜けがすぐ前にあり、歩きながらでも、商店街に囲まれたタイル張りの小さな広場を見下ろすことができた。

全館総合防災訓練日、と記された垂れ幕が反対側の通路の手摺り(てすり)に括り(くくり)つけられている。広場での催しは、消防署の隊員が消火器の使い方を子供とその保護者に教える体験会のようで、地面に多くの消火用器具が並べられていたが人々の動きにまとまりはなく、すでに散会の雰囲気があった。

子供の笑い声。挨拶(あいさつ)を交わす母親と隊員。皆、満足そうに見える。区役所の扉が近付き、広場の様子がクロハの視野から消えた。

+

建物に足を踏み入れると、受付カウンタがずっと先まで続く細長い内部があり、数名の相談者が椅子に座り、職員からの説明を受けている。クロハは椅子の並びと壁に沿って置かれたパンフレット・スタンドの合間を通り抜け、最奥のエレベータ乗り場を目指す。老人の集団に交じり階数表示器を眺めて待っていると、杖で体を支える小柄な老婆が、随分と大きい目をしてるね、と話しかけてきた。それに、睫毛も凄く長い。

クロハはちょっと驚いたが、そうですか、と小さく笑顔を作った。エレベータを待つ者達が全員、区役所の一階の出入口へ向かおうとしているのに気がつき、上階に用のあるクロハは、階段でいきます、と伝えてその場を離れた。若い人は元気ね、といって老婆は目尻に皺を寄せ、見送ってくれた。

壁に設置された案内パネルに従って奥へ進み、子供支援室で来意を告げた。窓口の女性はこちらの来訪を知っていたらしく、警察官であることを確認するとすぐに、児童家庭課と高齢課の間にある狭い通路へクロハを案内した。職員は、相談室、と書かれた小部屋の扉を開け、腰掛けてお待ちください、イマイが参ります、と丁寧にいって、こちらが入室すると扉を閉めた。

クロハは長机の周りに用意された椅子の一つに座り、脱いだ外套を軽く畳み、膝の上に置いた。机が空調の振動でわずかに震えていたが、低い唸りが止まり、終業と同時に暖房は切られたらしい。

記録用の手帳を取り出して机に並べているうちにイマイが現われ、深々とクロハへお辞儀をした。灰色のスカート・スーツ姿の四十代らしき女性は前回会った時よりも細身に、そして綺麗に見えた。クロハの前に湯飲みを置いて温かい緑茶を注ぎ、正面に腰掛け、しばらくは今も残る外気の寒さについての話をしていたが、やがて意を決したように、

「区役所からの、正式な依頼というわけではありません」

表情を引き締め、

「本来なら、今の段階でお話しするような案件でもない、ということも分かっているのですが……やはり、警察の誰かに事情を知っていただいた方がいい、と子供支援室の方で判断しまして」

単純な話をするつもりがないのは、その口調からも読み取ることができる。クロハは少し顎を引き、両手を机の上で組み合わせる。どうぞ、と促した。

「戸籍についてのお話です」

そうイマイは続け、

「先日、立ち会っていただいた事例とは、逆の形になります。先日は、記録上存在するはずの児童が消失した、という案件でした。全国では今、多くの児童が社会から消えています。これは区にとっても市全体にとっても、もちろん大きな問題です。が……今からお話しするのは、全く別の事例となります。記録上は存在しないはずの児童が現れている、という状況です」

「……無戸籍者、ということですか」

「その通りです」

イマイは深く頷き、

「法務省の調べでは、全国に五百人以上の無戸籍者が存在しています。無戸籍に陥るパターンは幾つか存在しますが、離婚後の三百日問題にしても、両親が何らかの理由で子供の戸籍の登録を避けた場合にしても、それが発覚するのは、無戸籍者が自ら行政へ名乗り出たからです」

空気が冷え始めたようだった。首筋の辺りに冷気を意識し出した時、足音が聞こえ、扉が開いた。現われた背の高い、白髪の初老の男性職員がお辞儀をして、同席させてください、と申し出た。

「区民課のタカシロです」

と名乗り、背広の裾を整えつつイマイの隣に腰を下ろし、

「無戸籍についてのお話、ということですので……戸籍の届け出や証明書の申請を、区民課で扱っております」

クロハは受け取った名刺を机の端に置き、名刺入れと並べた。高代直之（タカシロナオユキ）。初老の男性職員はこちらが渡した警察の名刺を興味深そうに、しばらく眺めていた。

イマイはタカシロと目を合わせ頷いたが表情は硬いままで、咳払いののち話を再開した。

「つまり問題が発覚するのは……無戸籍者が幾らかの年齢に達して自ら名乗り出たか、あるいは全く別の事案、例えば虐待の通報などから、その子供の戸籍のない事実が判明した

など、ごく限られた場合となります。逆にいえば基本的に、こちらも児童相談所も発覚しなければ動きようがありません」

タカシロが隣で生真面目に、首を縦に振った。老練で几帳面な教師、といった印象。

「地域の民生委員、児童委員が子供の気配を感じようにも、委員の絶対数が多くない現状では難しく、無戸籍の、発信力を持たない児童達を積極的に発見する方法は今のところありません。ですから……」

イマイは俯き、

「ですから是非、警察の方々にも、地域を巡回する際にはできるだけ耳を澄ませていただきたいのです。昼間に徘徊する少年少女についての目撃談。部屋に閉じ込められた児童の噂。未成年の非行だけではなく、表面に現れることのない、子供達の話に」

「……了解しました」

クロハは、イマイの表情を観察している。

「警察署の地域課員へ、伝えさせていただきます」

そう答えはしたものの、どの程度実際の効力があるものか、疑わずにいられなかった。それに内心、少し気がそがれてもいた。密室で話し合うほどの依頼内容とも思えない。イマイは机の表面を凝視していた。タカシロも下を向き、室内に重たい空気が流れ、そこに何かが内包されているように思えてならない。話の終了を示す兆候は誰の態度からも窺えず、クロハは何かが始まるのを待った。静かにイマイが顔を上げる。やや目付きが険しく、

「もう少し、具体的なお話をさせてください」

クロハは、もちろんです、と答える。

「いえ……具体的、というのは間違ったいい方かもしれません」

イマイの声は、ほんのわずかに震えている。

「風聞にすぎませんから。ただ、実在してもおかしくはない、と私個人は考えています。全身に傷を負った少年の話です」

競輪場前広場の、被害者少女の姿。閃光のような一瞬の連想。

「何かの機会に、その地域の民生委員が保護者達から噂を聞いたのです。去年の夏、小学生二人が放課後に溜め池で遊んでいた際、現われた少年が仲間に入った、と。水遊びの最中、その少年がTシャツを脱いだ時、体の所々が黒く変色していて小学生達を驚かせた、という話でした。少年は隣の地区の小学校に通っている、といっていたそうですが、私達が調査したところ、そのような児童は見当たりませんでした」

「その子供が無戸籍者である、と……」

「可能性はある、と考えています」

「警察には届け出ましたか」

思わず口にしたクロハの確認に、イマイは小さく首を振り、

「いえ……その子供と遊んだ、というのは小学五年生の児童二人なのですが……」

言葉を選ぶ様子だった。タカシロが後を引き継ぎ、

「証言に、少し曖昧な部分がありまして。小学生二人は、虚言癖とまではいいませんが……」

少し考えてから、

「……問題児であるのは確かなんです。落ち葉を集めて火を点けたり、小さな子供達に蛙を投げつけたり……どこまで二人の証言を信用するべきか、正直いって私達もよく分からないのです。二人とも共働きのご両親が夜遅くまで仕事をしているために、放任されている部分もあって、挙動が多少不誠実になるのも仕方のないこと、とは思うのですが」

「ただ、周囲の保護者達の話でも、それらしき少年を見た、という情報はありまして」

今度はイマイが思い詰めた表情で口を挟み、

「保護者達の間で、噂にはなっていたんです。日中、小学校があるはずの時間帯に見掛けた少年がそうなのでは、と。複数の証言があり、やや長い直毛の髪、顎の細い顔立ち、という点も一致しています。ですが……やはり噂の段階を脱しきれず、結局、警察へ訴える

には時期尚早と判断せざるを得ませんでした。ただ、実際に何かがあった場合……」

その口調が硬くなり、

「責任を、警察へ押しつけるつもりはありません。とにかく一度、警察の方のお耳に入れておきたいと、これは個人的な考えです。どうしても、もし本当の話だったら、と想像してしまうのです。曖昧なお話で申しわけありませんが……地域課の方に気にかけていただくだけでも、お願いいたします」

机に額をつけるように首を垂れる。タカシロも隣で背筋を伸ばし、軽く頭を下げた。

クロハは二人に好感を持った。特に、相談を持ちかけたイマイの誠実な態度に触れ、小さな灯火に手を翳すような温かさを覚えていた。この女性は実在するかどうかも分からない一人の子供を心配し、自分の職務を超え、部外者にまで協力を懇請している。

そして、クロハは考え込んでしまう。正式な訴えではないなら警察も大きく動くことはできず、結局は地域課へ注意を促す程度の他にやり様がない。今は地域課員も通常任務の他に特捜本部の補助があり、ほとんどイマイの懸念に応えることはできないはずだった。

私が動けばいい、とそう思い至る。聞き込み程度であれば、県警本部や警察署の上層部とぶつかることもないはず。

「……今現在、警察署は管内で起こった殺人事件のために、手一杯になっています」

クロハは正直に、

「当該の子供に関して何か進展が見られるようでしたら、正式に警察へ届け出ていただけたら、と思います。その方が警察としても、大規模に動くことができます。それまでは、ご期待に添えるほどの活動は正直申し上げて、やはり難しいと思います」

強張った表情で頷くイマイへ、

「ですが専従捜査とはいかなくとも、私達の方でも事実確認程度であれば、可能かと」

イマイの頬に赤みが差し、安堵するのが手に取るように分かった。タカシロも呼吸を思い出したように、大きく息を吐き出した。

クロハは手帳を広げ、該当する地域を教えてください、と訊ねた。

＋

警察署に戻り、私服のますぐに報告書を書き上げ、残業の疲れを襟の皺に刻んで仕事を続ける警務課長へ提出した。

課長は報告書を机に置いて丁寧に読んだ後、地域課へ連絡ですか、と呟くようにいった。

「明日仕事の合間に、事実確認のために外出してもよろしいですか」

直立姿勢で申し出ると、上司は不思議そうな顔でクロハを見上げた。何かいいたそうだったが、思い直したらしくいったん口を閉じたのち、どうぞ構いません、といった。断られることはないだろう、とクロハもそう考えていた。一礼し、自分の机に戻り、帰宅の用意を始める。

たぶん私は今、できるだけ署内にいない方が、いいのだから。

＋

電磁調理器(IH)でパスタを茹(ゆ)でながら、立ち昇る湯気の先の、調味料の列に交じったアルコールの瓶をクロハはぼんやりと眺めていた。水色のジンの瓶。独身寮から引っ越した際、友人をもてなすために購入した、その残りもの。中味が半分以上残っているのは、皆がその風味を好きになれなかったせいだ。たぶん、割り方が下手だったのだろう。ラベルに印刷された老女の肖像画に初めて気付き、注目し出した時、キリからの連絡が届いた。一ヶ月振りの着信だった。

シンクの傍に置いた携帯端末の液晶画面に、キリ、と名前が表示された途端、クロハの体内にほっとする気分が広がった。キリには、知り合ってから今も自暴自棄な面が変わらずあり、連絡が少しでも途絶えると不安を覚えてしまう。

画面へ顔を寄せると、箱庭アプリの立ち上げをキリが求めている。キリの作製中の世界に、招待されていた。操作をし、陶器製のカップを支えに端末を立て、クロハは菜箸(さいばし)でパスタをかき混ぜつつ、元気？　と話しかけた。

液晶画面の中に、複雑な構造物が現われた。キリは直方体のブロックを積み上げ、驚くほど精巧な建物を構築して見せる。コンピュータが関わるなら、色々なものにキリは手を出すが、最近では自分の造る箱庭の世界の中にクロハを招いて言葉を交わすのが彼なりのコミュニケーション手段になっている。

世界は、沢山の黒色の梁(はり)と柱が交差し合って構成されていた。前回招待された時より、さらに拡張されている。小さな光がところどころに窺え、階段や平らな空間が組み合わされ、ケーブルが垂れ下がり、生き物の気配があった。キリの化身(アバター)——ブロック状の、粗いテクスチャで覆われたキャラクタ——は見当たらなかったが、この世界で話をするのに距離の隔たりは関係がない。

『アゲハ、僕のチームに参加しない？』

キリの言葉に、クロハは微笑んだ。十九歳の男子の喋り声が可愛らしい女性の音声に変換されているのは、もう聞き慣れていた。思わず笑ったのは、切り出された話題がひと月前と全く同じものだったからだ。

『ねえ、アゲハ』

キリはもう一度、クロハにハンドル・ネームで呼びかけ、

『今ならまだ全員のレベルが低いから、すぐに追いつくよ。つわものになれる』

「流行(はや)ってないってこと?」

『これから流行りそう、ってこと』

「どうかな……」

何度か聞かされた話でもある。感想は、以前と変わらない。特に興味を引かれる誘いではなかった。

冷蔵庫に貼りつけたタイマーから電子音が聞こえ、クロハは調理器をオフにする。

液晶画面の中に小さく、キリの姿が見えた気がした。少しずつ伸ばされる梁の先端で動いているのが、たぶんそうなのだろう。キリはまたもや熱心に、一種の多人数同時参加型オンラインRPG(MMO)らしき携帯端末用のアプリを説明している。高密度の仮想空間に入り浸っていたキリが、素朴で単純な箱庭に鞍替えした理由を本人に訊ねた時には少し考えた後、反動と動作の究極的な軽さ、と答え、よほど気に入ったのだろう、いつも喋りながら取り憑かれたように世界を拡大し続けていた。けれど今、話題にしている

のは別のアプリのことだ。

キリの説明を聞きながら適当に相槌を打ち、クロハは他のことを考えていた。もしかするとキリは、そういう形で話を逸らしているのかもしれない。そうやって、私との約束から逃げているのかも。

……携帯ゲーム機でも利用できるアプリなんだけど……ちょっと運営側のサーバが弱くてさ……アゲハを招待すると、僕の実績になるし……

何かとても、キリの年齢が実際以上に若く感じられる。幼い、といってもいいくらいに。羨ましくもなった。キリには悲観的な部分がある反面、とても無邪気で、世界をより純粋に捉えているようにも思える。自作の構造物の中でかいがいしく立ち働く、小さな姿。

クロハからすると、キリは限りなく空想上の生きものに近い気がする。中性的で、私利私欲がなく、どこか天の邪鬼でもあり、翅を摘んだだけで弱ってしまいそうな。

だから、キリが外へ出て仕事をしていなくても、クロハは感覚的にそれを受け入れることができる。時折仄めかされる断片的な話を総合すると、どうやらキリはオークションでの売買を繰り返すことで多少の収入を得ているらしかったが、それはそれでキリらしい、と考えることができた。

説教染みた忠告を送るのはやめよう。

私だって、いつまで警察の仕事をしているか分からない。

パスタを皿に載せ、千切った生野菜を混ぜてドレッシングを垂らし、出来上がったその料理にクロハは顔をしかめる。最近は色々なことが面倒に思え、一日置きに似たようなレシピで夕食を済ませてしまっている。

……やっと侵攻の仕方が呑み込めたところ……僕の陣営は少し苦戦していてさ……武器の一覧を作成しているところなんだけど……

「それより、食事の話は？」

クロハの質問をキリは素通りし、話題を変えようとしなかった。けれど、口数が減ったように感じる。この話もよそう、とクロハは決めた。二人で食事をする、という単純なはずの約束は次第に、キリの心の負担になっているのかもしれなかった。

「……キリ」

何か別の話題を。

「仕事の話をしてもいい？」

この問いかけには、キリも反応した。

『アゲハの仕事？　いいけど』

秘密事項、というほどの話ではなかったから話題にする気にもなったが、

「日中にね、小学校にいかずに公園で遊んでいる子供がいて」

言葉を選ぶ必要はあり、

「もし本当にそんな子供がいるとしたら……どんなことを思っているのかな、って」

『不安』

キリは即座にそう答え、

『不安しか感じていない』

断定的ないい方にクロハは驚き、

「分かるの……見たことがあるの？」

『あるよ』

「いつ？」

『いつだって。それって、僕のことだよ。少し前の、僕』

クロハは端末の画面の中の小さな人影を探し、見詰める。

『単純に、自分の部屋の居心地が一番いいんだ。今もそうだけど』

キリの口調に気落ちする様子はなく、

『今はさ、もう分かってるよ。一人だけでずっと過ごす、っていうことの意味を、さ。でもその時は子供だったから。両親と自分の部屋さえあれば、それで何の問題もなかったんだよ』

「でも、不安だったんでしょ……」

『そうだけど、学校へいくって考えるだけで、もっと不安になったから』

「不登校の理由、聞いていい？」

『そんなに、はっきりした理由があったわけじゃないんだ』

梁の建築が、止まったように見える。

『自分でも、よく分からなかった。たぶん、友達が転校しちゃったのと、体育が嫌いだったのと……元々、気落ちしやすい質なのと。でも一、二時間ずつは登校していたんだよ。その内また、少しは話題を共有できる友達が現われて。そんな感じ』

「そう……」

菜箸でずっとパスタを掻き混ぜ続けているのを、やっと自覚した。キリの方から、

『そういう子供がいる、っていうの？　事件？』

「いえ」

どう説明するかを考えながら、

「そういう噂がある、っていうだけ。見掛けない子供が小学生に交じって遊んでいたり」

『ふうん』

端末から、爆発音が聞こえた。キリは何かが気に入らなかったらしい。爆破で一定範囲のブロックをまとめて吹き飛ばすと、柱と梁を作り直し始めた。会話も再開し、

『でもその子はさ、少なくとも不登校ではないと思うよ』

「なぜ？」

『僕は公園にいっても、他の子供となんて遊ばなかった』

冷めた声音。色のない声。

『知らない人間と遊ぶなんて、そんな凄くエネルギーのいる行動、僕にはとてもできないな。その子はさ、だから学校にいきたくてもいけない、ってことでしょ。誰かに止められている』

自分がどうしてキリへこの話をしたのか、分かった気がする。キリは純粋すぎるせいで、時に他の人間とは違った角度からものごとを見る時がある。きっと私はキリの考えを通して、事案を眺めてみたかったのだ。

私は少年のことを、育児放棄され徘徊している、と漠然と想像していただけだった。

キリの視点に沿って思考するなら——登校を望む少年が滅多に姿を現わさないのは、外出を許してもらえないからで、監禁状態に置かれていることを示している。それとも実際にはある程度、行動の自由を保証されているのだろうか？　監禁、という言葉は物理的な

意味だけでなく、精神的な状況を意味する場合もある。体中の傷。全部が本当の話だとしたら。時折少年が何かから逃げ出し、我が身を社会へ晒しているのだとしたら。クロハの項の産毛が、逆立った。

少年は、助けを求めているのでは——

クロハの思索が、そこで反転する。実在するのだろうか。本当に。その子供が。実在すると考えなければいけない、と気付いた。そうしないと推測に推測を重ねることになり、全ての焦点が曖昧になってしまう……

クロハは黒髪の、線の細い少年を想像する。虐待を受けているのだとすれば、同年齢の子供よりも小柄で、手脚も細いだろう。学校に通っていないなら喋り方は少し粗雑で、乱れているかもしれない。

再び反転する。本当に存在するだろうか、という不安。書類仕事をなおざりにして、事件化もされていない事案を、わずかな可能性を基に行動するのが警察官の職務といえるものかどうか。クロハの懸念をキリが遮って、

『一人じゃあさ、笑えないから』

少女の声が、まるで啓示のように聞こえ、

『段々、笑えなくなるんだ』

痩せ細った、痣(あざ)だらけの少年。

『話に付き合ってくれて、ありがと。アゲハ。また』

いつものように、キリは簡単に接続を切った。突然世界が消え失せ、箱庭アプリがタイトル画面に戻り、クロハはシンクの前で、見知らぬ場所に取り残された気分になった。料理が、自分とは何の関係もない物体のように思える。

木製のキッチンチェアに腰掛け、カウンタに片肘を突いて頬を載せ、誰かと会話をしたがっていたのは私の方かもしれない、とクロハは考える。幼い甥との生活、アイとの同居を家庭裁判所の判決により完全に解消させられて以来、集合住宅のワンルームでの一人暮らしは他人事(ひとごと)のようにしか感じられなくなっている。コンピュータのソリッド(S)・ステート(S)・ドライブ(D)に残る写真を除いて、アイの痕跡を示すもの——肌着やベビーベッドや絵本、あやすための音響玩具——は部屋から撤去し、全てボランティア団体か近くの児童館へ寄付してしまった。

今では機械的に、翌日の準備をして就寝するだけの場所でしかない。

食欲も失せたらしい。後で食べることにし、冷蔵庫に皿ごと仕舞った。

クロハは浴室へ向かい、けれどアイを思い出して、洗面台に浅く腰掛けたまま、しばらくその場を動くことができなかった。

別れてからはたった一度以外、アイの様子を保護者であるミハラに訊ねたことはない。訊ねたのは、大きな地震があった時、どうしても甥が無事か心配になったからで、メイルでの問い合わせに対しての返答は、心配ありません、という短い文章だったが、一枚の写真が添付されていた。

アイがTVボードに摑まり、自分の両脚で立ち上がっている。レンズの方を見上げ、笑顔を作る途中らしく、赤い唇がわずかに開いていた。初めて見る姿勢だった。それに、髪の毛の量が増えて黒っぽく見えた。

クロハはその写真を繰り返し、何度も見た。確かめることになったのは自分の内側に今も存在する、深い傷だった。きっかけさえあれば、すぐに強い痛みが走る、という事実。見ない方がいい、という理性は今回も負けて、クロハは携帯端末にアイの立ち姿を表示させた。アイはこちらを見詰めている。

私の方を見ているわけじゃない。傷口から血が滲むようだった。両目を強く閉じ、クロハは瞼の裏の暗闇を凝視する。

普段よりも二時間早く、クロハは自宅を出た。前日の就寝前、手帳を捲って記した内容を確かめた時に、自宅傍の停留所で警察署とは別方向へ走るバスに乗るだけで、少年の出現した場所に着くことができる、と分かったからだった。

一つ手前の停留所でバスを降りた。早朝の歩道に人通りは少なく、道路の車両の流れも途切れ途切れで、街全体が青みがかって見えた。橋を徒歩で渡る時には、深緑色の川面を走る横風の冷たさが頬を乱暴に叩いたが、早足で普段とは違う風景の中を歩いているだけで、気分が晴れるのを感じる。敷き詰められた暖色系の小さなタイルは湿っていて、時折革靴の底が張りついた。トレーニングウェアの上腕から伸びるヘッドフォンを両耳に装着して軽快に走る、初老の男性と擦れ違った。

高層建築が見えてきた。入口前の案内地図には、敷地内の五棟の集合住宅とそれらを区切る私道が色分けされて表され、その隅に、建築基準法に基づき住宅と管理事業棟以外は公開空地として一般人へ開放されています、という管理組合による文言が書かれていた。

建物の下部を空洞にしたエントランスを抜け、敷地内に入った。辺りを見渡すが人影はなく、クロハは頭上を仰ぐ。真新しい高層集合住宅の上部が、薄い雲に隠された空を小さく切り取っていた。

敷地内中央、管理事業棟の方へ歩くと、エアガンの使用を禁止する立て札が私道の中央に置かれていた。その傍には浅く水を張った溜め池があり、沢山の落ち葉が底に沈んでいる。人工の小川が溜め池と通じていて、短い橋が架けられ、低い木々に囲まれ、その一帯は庭園として整えられていた。

もし実在するなら、少年はここで他の小学生達と水遊びをしたのだ。クロハはその光景を、容易に想像することができた。暑い夏の日のひと時、膝下までの水を浴びせ合い……眩しく感じ、思わず目を細める。不穏な空気は脳裏に、少しも存在しない。

目前の溜め池の水面も、とても静かだった。危険な何かと繋がっていると感じることは、できなかった。

＋

午前中、クロハは署内から動かなかった。外へ確認に出る、とは上司に伝えてあり、席を立つのは自由なはずだったが、一人だけ警務課の机を離れ別行動へ移るのは、どうしても気が引けた。

外出をためらう理由はもう一つあり、クロハはそのことを意識しないよう、努めていた。ニシの視線が分厚い眼鏡を通し、まるで監視をするように、ずっとこちらへ送られている。けれど中年の会計課員――事務職一筋の警察官、とミズノから聞いたことがある――は、決して真っ直ぐに見据えようとはしなかった。一瞬以上合うことのない視線の中には切実な緊張が含まれているらしく、威嚇の意味さえあるように思えてくる。クロハは机に肘を突き、指先で額を支える。

たぶん何か、彼は誤解をしている。私のことを、所轄署の問題を県警本部へ告げ口する、密偵のように考えているのだろう。ニシとは一度、話し合う必要があるのかもしれない。彼の不信感が、次第に周囲へ伝染してゆくように思えてならない。

机の隅で携帯端末が短く振動し、メイルの到着を知らせるが、内容は手に取らなくても分かる。数日前からスパム・メイルが頻繁に届くようになり、それが今も続いていた。プロバイダのフィルタを潜り抜けて、スパムが一時的に増加するのはこれまでもあったことで、設定を工夫して対策すればいい話だったが、つい後回しにしてしまう。クロハは指先で額を叩き、ささくれ立とうとする気分を抑えた。

先月の交通事故の統計をまとめ終えた直後、再び携帯端末の振動を感じた。目をやると、椎名晴(シイナハル)の文字が表示されている。シイナ？　端末を取り上げ、メイル内容を画面に広げた。短い文面。

ご無沙汰しております。椎名です。ちょっとしたお話があるのですが……昼食時にでも、どこかでお会いできますでしょうか？　椎名晴

クロハは考え込んでしまう。隠しごとではないのだから警察署に来てもらい、話をするべきだろうか。でも、シイナは県警本部生活安全部電脳犯罪対策課に所属している。ただでさえ苛立(いらだ)つ署内に余計な緊張を持ち込むべきではない、という気がする。話というのがどんな内容なのかは想像できなかったが、生真面目なシイナが所轄署の迷惑になるような何かを突きつけてくるとは思えなかったし、まして幾ら本部所属とはいえ、一介の警察官が県警内の力関係の話題を持ち出すはずもなかった。私的な会話を交わすほど親しい間柄でもなく……かといって、相談事にも乗らない、というほど冷めた関係でもない。けれど、いずれにせよ、どんな些細な内容であれ、今は誤解される可能性が高い。

お昼休みの時間、鉄道駅の近くで会いましょう。

そう返事を出すとすぐに反応があり、シイナは外国のヒルタウンを模した商業施設内のレストランを、メイルで指定した。クロハは内心で頷き、了解の旨を送る。その辺りであれば、警察署からは少し距離がある。

署内の時計を見上げ、十二時を過ぎたのを確認して、クロハは回転椅子から立ち上がった。課長へ、昼食後は昨日の件の確認に出ます、と伝えた。格好の機会を、シイナから提供された気分だった。

カウンタを出て女子更衣室へ移動しようとするクロハの手首を握る者があり、驚いて振り返ると頬の痩けた中年男性の顔が傍に存在し、張り詰めた両目がこちらを捉えていた。手首を持ったままニシが小声で何かをいったが、聞き取ることはできなかった。

再びニシの口から漏れた掠れ声を、誰と会うのですか、という質問として認識したクロハは、もう少しで腕を振り払うところだった。恐れを感じているのを硬い態度の中に押し込め、

「食事に出るだけです」

反射的に、シイナとの再会を隠してしまい、

「そのまま、区役所から頼まれた案件を確認しにいきます。課長へいった通りです」

カウンタ内が静まり返っていた。目線ではなく大勢の意識だけが向けられている。ようやく署内の雰囲気を察したらしく、ニシが手を放した。すみません、と呟くようにいった。いいえ、としか返答のしようがなかった。カウンタを出る時も、署員達の様子を確かめる気にはなれない。

＋

商業施設入口の案内パネルで指定されたレストランを調べ、明るい色で統一された建物の間を通って中央広場に足を踏み入れた時、クロハは幾筋もの水が高く噴き上がる光景に出くわした。CGアニメーション映画の音楽と連動して、次々に噴水の高さが変わり、階段状になった観覧席に座る小さな女の子が、母親の隣で手を叩いて喜んでいる。クロハは親子の後ろを過ぎながら、女の子が肩から斜めに掛けているビニル製の鞄には何が入っているのだろう、と想像する。

二階分の階段を登ると、チャペルの鐘楼が姿を現わし、その向かいのレストランの硝子扉へ近付き、クロハは把手(とって)に触れた。

給仕に窓際の席へ案内された。すでにシイナが席に着いていて、慌てたように立ち上がり、深々とお辞儀をした。クロハが以前にシイナと会ったのは二度だけだったが、顔見知りの人間に会えたことで、ほっとする気分が起こった。やや落ち着きのない彼女の態度も、馴染みのあるものだった。シイナは、ご無沙汰しております、と丁寧にいってクロハへ着席を促した。

クロハが鶏と枝豆のリングイネを頼むと、シイナも同じものを注文した。パスタばかりを食べている、と自覚してはいたが、最初からそれほど食欲があるわけでもなかった。店内には少し離れた位置に二組の客がいるだけで、イタリア語の歌が天井のダクトの傍に設置されたスピーカから小音量で流され、周囲は静穏で、木製の椅子に座りくつろいで料理を待っている自分を、クロハは認める。

食事中もシイナは少し緊張しているように見えた。共通の知人、県警本部の暴力団対策課に所属する、カガによるシイナ評を思い起こした。シイナは本来お喋りで、口数が減るのは私の前だけ、という話。私の、一種のファンだという。本当かどうかは分からない。シイナの、やや紅潮した頬には雀斑（そばかす）が散っている。少しだけブリーチをかけた髪の毛は、後ろで束ねられていた。よく似合う無造作な装いは年下の彼女を一層若々しく見せていて、どういうわけか今日は、そのことをとても羨ましく感じる。

クロハから、電脳犯罪対策課に関する幾つかの質問をした。犯罪傾向等、硬い話題になってしまい、シイナは困惑するように、とりとめのない答えを口にした。

窓からは駅前の街を見下ろすことができた。太陽光は弱々しく、街並みは色褪せ、歩行者が皆、早足でゆき交っていた。

食器が片付けられ、食後の珈琲を注文するとシイナは俯き、深く息を吸い、吐いた。大きな白色のクラッチバッグを膝に載せて開き、ケースから折り畳まれた眼鏡を取り出すとテーブルの上にそっと置いた。まとめられたコードを伸ばし、眼鏡と自分の携帯端末に繋ぎ、何かのアプリを起動させる。

液晶画面を覗き込もうとするクロハへ、シイナは眼鏡の方を差し出した。

「掛けてみてください」

意味は分からなかったがシイナの口調からすると、用件に移った、ということらしい。受け取る前から、この眼鏡が視力矯正用の器具ではない、ということは理解できていた。細身のレンズ、その片方の半分を小さな装置が覆っている。小型の、ヘッド(H)マウント(M)ディスプレイ(D)。使用するのは初めてだった。

装着するが、照明の落とされたレストランのダークブラウンの内装以外、何も目に入ってはこない。顔が小さいですね、と感心したようにシイナがいう。視界の中で、何かが輝いた。

簡素な地図、と認識した途端、映像が消えた。シイナは端末で操作を続けながら、

「あちらを見てください。道路の方を」

指示された通り、窓の外をクロハは見下ろす。

「何か見えますか……」

「……光の柱？」

もちろんそれは、片目に被せられた透過式ディスプレイが、携帯端末の計算結果を映像として、現実の風景に重ね合わせたものだ。微細な光点を放出し続ける青色の円柱は、コンピュータ・グラフィクス（CG）にすぎない。それでもクロハの視野の揺れに遅れることなく、リアルタイムで街並みと合成される映像は、とても現実的に見える。拡張現実（AR）と呼ばれる技術の一端を披露されている、ということだった。興味深くはあったが、なぜシイナが自分へ披露するのか、その理由は分からなかった。

「こちらの方も見てください」

シイナが別の場所を指差し、クロハは顔を後方へ向ける。そこにも別の光の柱が見える。今度は赤色の円柱。ずっと先にあるはずだったが、手前の建物に重なって表示され、そのせいで臨場感は大分失われてしまっている。たぶん、すぐに見慣れるのだろう。

軽く見回すと、広範囲のあちこちに円柱が存在することに気がついた。それぞれの柱から細い光の筋が四方へ伸びていて、終端は杭となって地表に突き刺さっていた。クロハは既視感を覚える。どこかで、この風景を見たような気がする。

「一番手前の、赤い《柱》を見ていてください」

とシイナがいう。クロハの視界の中で閃光が走り、衝撃波が広がって光の筋の先端、杭の一つが砕け散った。

「今、敵陣営の《柱》へ攻撃を仕掛け、一個のアンカーを破壊しました」

クロハは頷き、眼鏡を外した。訊ねたいことは幾つもあった。最初の質問として、

「どうして、これを私に?」

シイナは携帯端末を操作して、アプリのスタート・メニューを呼び出し、テーブルの上でクロハへ向けた。『侵×抗』のタイトル。ようやく思い至った。これは、キリが以前から私に勧めていた携帯端末用のMMORPGだ。

「《柱》は最大七つのアンカーによって支えられています」

シイナは立ち上げたウェブ・ブラウザに『侵×抗』の入口サイトを呼び出して、解説を始める。

「アンカーを全て破壊することで、《柱》がこちらの陣営のものとなります。二つの陣営

が《柱》を奪い合い、《柱》同士を結びつけた領域がそれぞれの色で塗り潰され、その面積を競い合う、という形です」

「ＲＰＧでしょう？　多人数参加型の。ＧＰＳを利用して、現実世界の地理と仮想世界の情報を重ね合わせている」

「はい。半年程前に発表されたばかりのものです」

「この眼鏡は、必ず必要？」

「いいえ」

シイナは眼鏡からコードを抜き、それをまとめ始める。

「運営会社のサーバの増強が追いついていないために端末の画面上だと、ごく狭い範囲しか表示できないんです。でもＨＭＤを使用すると、ある程度広い範囲を視認することが可能です。会社側がＨＭＤユーザを優先していますから」

眼鏡とコードをケースの中に丁寧に収め、

「最初に比較的数の少ないＨＭＤユーザを優先することで、テストプレイを兼ねた運営が可能になった、という話です。その仕組みが、利用者の増加によるサーバへの負担をより緩やかに抑える、という意図は運営会社から正式に発表されています」

話の内容を理解しながら、クロハはシイナの態度の変化に感心してもいた。情報技術に対する興味が彼女の語り口を、瞬時に落ち着いたものへと変えてしまったようだ。

「同種のアプリからの差別化を図る、という意味もあるようですが……サーバの増強が完了したのちは、携帯端末でも視認範囲の拡大に対応する予定、とのことです」

「でも……」

最初の問いへの答えを、まだ受け取っていない。

「これを私に見せた理由は？」

同じ質問をすると、シイナの頬が赤らんだ。バッグの中を急いで探り、クリアファイルに挟まれた紙を引き出し、机の上に広げる。

市内の白地図だった。最初に説明するべきでした、とシイナがいった。地図のところどころに、赤い丸と細かな数列が手書きで記されていた。丸印の位置は……例えば公園の隅。路地の途中。住宅の内側。その意味を、クロハは悟る。

「これは――」

少し声を落として、

「――殺人のあった場所」

「はい。こちらも見てください」

シイナは再び端末の画面上に、『侵×抗』を表示させた。深い藍色のラインが、幹線道路や脇道を形作っている。五十メートル四方程度の範囲の中で、赤と青二色の領域がせめぎ合っている。二つの陣営の争いに決着がつく時は訪れるのだろうか、とふと疑問を覚えるが、たぶんアプリ上の結末はシイナの話とは関係がない。

そしてまた、気付いたことがあった。液晶画面に映し出された、レストランを中心とする電子地図の隅の一点、赤色の《柱》とテーブル上の紙面の丸印の位置が、完全に一致している。どういうことだろう？　シイナはこちらの疑問を見透かしたらしく、

「奪い合うための《柱》は、スポンサーとなる店舗の位置に設置されるのが、基本となっています」

白地図の印の一つを指差し、

「ですが、他の位置に設置することも可能です。ユーザが《柱》の設置を運営会社へ申請し、認可された時点で地図上に現われ、アプリ内の要素の一つとなります。《柱》の最初の状態は無色で、どちらの陣営のものでもありません。その後すぐに、奪い合いが始まります」

「設置の条件は？」

すぐに浮かんだ疑問をクロハは口にする。

「店舗でもない場所、何もない位置でも《柱》として認可される？」

「何か、は必要ですが条件はとても緩やかです。公園や郵便局などの公共施設の存在は代表的ですが……実際は目印になるようなものさえあれば、ほとんど運営会社の審査を通っています。特徴的な建築、目立つ看板、個性的な飾り、店先の置物、ほんの少しでも目を引く要素があれば、《柱》として認められるようです。例えば」

シイナが赤色の《柱》に触れて出現させたウィンドウを、クロハは覗き込む。ウィンドウ内の写真に写っているのは、建物の壁面にタイルで描かれた四匹の青い魚。心の中に、ある記憶が蘇る。

シイナは白地図を畳み、クリアファイルの上に載せた。給仕が珈琲を運んで来たからだった。給仕が去ると、クロハはすぐに珈琲カップを脇へ除けた。混乱しつつあり、だからこそ、話の続きが聞きたくて仕方がなかった。シイナも少し身を乗り出し、

「街の中でなら、どこの場所でも、たぶん探せば何か特徴的な箇所が見付かるでしょう」

慎重な口調に熱がこもり、

「ほとんどユーザの好きな場所に《柱》を設置できる、と考えた方がいいと思います。日々、新たな《柱》が出現しています。そのせいで、サーバの増強がままならないのかもしれません」

「運営は申請された《柱》に対して、どんな審査をしているの？　実際に現地に向かう

の？」

「現地へ赴き申請された目印を確かめる、等の審査は行われていないはずです。基本的な条件さえ満たしていれば、認可はされます。その代わりに、他のユーザからの報告も受けつけています。問題がある、という報告を受け、その苦情に信頼性が置けると運営会社が判断した場合、《柱》は撤去される運びとなります」

「申請から、《柱》が設置されるまでの期間は……」

「三日から十日、という程度のようです」

「この六桁の数字は何？　写真の傍の」

「ユーザによって申請された日付と時間、西暦の下二桁を並べて表したものです。その上に記載されているのが、申請者の名前です」

二週間ほど前の日時の表記。申請者名は、『ｋｉｌｕ』。

もう一度、液晶画面上のタイル模様を見詰める。その建物で何があったのか、クロハはよく覚えていた。機動捜査隊に異動した直後に起こった事案だった。学習塾の中で未成年の少年が講師を刺した、という通報。現場では背の高い中学生が、バタフライナイフを握ったまま講師の遺体を見下ろし、立ち竦んでいた。

シイナがウィンドウを閉じ、また別の《柱》に触れる。展開されたウィンドウには下水の蓋が写っていたが、その場所については何も知らない。

「この位置は、十年前の事件現場です。路上で、やはり人が殺されました。犯行は通り魔によるものでした」

シイナがさらに声を落とした。

「電脳犯罪対策課として、気になることが三点あります。一つは、これらの《柱》を申請したのが同一人物である点です」

クロハは自分の気持ちを引き締めようとする。シイナが、本題に入ったことが分かった。

「その人物が申請した《柱》は、計七ヶ所になります。全てがこの市内で起こった、殺人と関連する座標です。もう一つの留意点はそれぞれの事件、事故には、必ず未成年者が加害者あるいは被害者として関わっていることです。先程の通り魔事件でも、被害者は中学生でした」

クロハは少し考えてから、

「……そのユーザは確かに、奇妙な人物、とはいえるかもしれない。それでも、危険人物とまで断定することはできないのでは」

警察が働きかけることもできないだろう、と思う。残酷な性質を持ち、たとえ人を傷付ける欲望を抱えていたとしても、それを想像上の楽しみとするか実行するかでは天と地ほど大きな隔たりがある。シイナが頷いた。

「本当に問題なのは、三つ目の留意点です」

白地図を素早く、半分だけ広げ、

「……この場所をご存知ですか」

示された地点に驚き、クロハは口ごもってしまう。赤い丸印が囲んでいるのは競輪場前の広場、その入口だった。あの事案。乾いた血液を薄着の上に、花のように散らした少女。

ええ、とクロハはやっと口にする。

「『kilu（キル）』の設置した《柱》とその情報は知る限り全部、地図に書き写しています」

シイナの指先は、丸印傍に書き記された数列を示している。つまり申請日時は、数日前の十五時二十分……ようやくシイナのいう、本当の問題、をクロハは理解し眉をひそめた。

シイナはほっとしたように、

「その通りです。この日時は、現場で事件が発生した直後となっています。正確には、警察側の記録の三十五分後です。そして」

鳶（とび）色の瞳がクロハを見返し、

「《柱》を申請するには実際に、その場を訪れる必要があります」

黒色の不定形な何かが、背中を這い上がるようだった。クロハは混乱し、冷静になろうと努め、頭の中で疑問点を整理しようとする。

「……運営側は、正確に申請日時を記録しているの？」

「その点は、個人的に問い合わせてみました」

シイナの口調が鋭さを増し、

「日時の記録はプログラムにより、自動的に行われるそうです。基本的に遅延はないはずだ、と。ただしサーバに他の処理（タスク）が溜まっていた場合、後回しにされる可能性はある、とのことです。利用規約にも、正確な情報取得は保証していない、と記載されています。つまり、いずれにしても」

わずかに両目を細めて、

「記録日時が、実際の申請時よりも遅れる事態はあっても、決して早まりはしない、ということになります」

視覚の焦点がずれ、白地図の奥を見詰める。人差し指と中指で額を支える。

殺人に興味のある人物が、事件現場に偶然に居合わせた、という可能性。限りなく零（ゼロ）に近い、と思う。それなら逆に、『ｋｉｌｕ』が他に申請した《柱》の日時は、この事件の後となっているのでは。競輪場前で発生した殺人に影響を受け、事件を収集する気になった――

違う。学習塾の位置に置かれた《柱》の申請日時は、二週間前と表示されていた。クロハは白地図を広げ直し、そこに書き込まれた七ヶ所の数字を確かめる。一番古い日付は通り魔事件のあった場所に設置されたもので、約三ヶ月前の申請。最新の《柱》が、競輪場入口、ということになる。

瞼を閉じる。他の可能性を思考する。

「……アカウント・ネームの重複は？」

「ない、と運営が明言していました。アカウント作成の際ユーザによって決められるのですが、防犯のために、一度決定したアカウント・ネームはたとえアプリを消去してもサーバに残り、新規ユーザは別の名前を選ぶ必要がある、ということです。いったんアプリを消してしまうと、本人であってもアカウントを作り直さなければいけない、と」

「複数の端末で、交互にアカウントを使い回すことは可能？」

「それもできません。端末とアカウントが一対一で紐付けされていて、同一ユーザであっても不可能です」

ｋｉｌｌｕ。ＫＩＬＬをもじったアカウント・ネーム。あるいは、ＫＩＬＬ　ＹＯＵからの変化だろうか。いや、そんなことよりも。クロハは顔を上げ、

「この話、特捜本部へ伝えた？」

「はい。ですが……今のところ、重要視される雰囲気はありません。庶務班は、『kilu』を加害者とするには行動が不自然だ、と考えているようです。被害者女性が発覚した時、逃走せずに三十五分もの間その場にいて端末を操作していた、という心理状態がありえるのか、と。それに……根拠が揃っていない段階で運営会社へ情報開示を求めたとしても結局、提供されるのは匿名のアカウント・ネームとOSのバージョン情報程度ですから。ユーザ登録の際、電子メイル等の記載を要求する仕組みもありません。アプリは携帯ゲーム機のダウンロード・タイトルとしても提供されていますから、煩雑な手続きは省略したのでしょう。特捜本部はSNSか何かで事件を知った者が、現場へ駆けつけたのではないか、と考えています」

クロハは当時の様子を思い出そうとする。

『kilu』による申請は十五時二十分、その三十五分前の十四時四十五分が警察側の書類に記録された事件発生時刻、ということになる。あの時、警察音楽隊の演奏は四曲目に入っていた。催しは五曲で終了し、最後に署長の挨拶で締められる予定だった。終了予定時刻の、十五分前。時刻に関する誤謬はない、と思う。

では、『kilu』が事件発生を何らかの方法でリアルタイムに知ったとして、現場に急行し三十五分で到着した、という考えは。絶対にありえない、とはいえない。それでもやはり、無理があるように感じる。クロハは当時の情景を、瞼の裏に再現しようとする。前歯を折られた被害者女性。絶叫。取り乱す周囲の人々。警察官も皆、混乱していた。交通課のミズノが発見したネット上の画像。ミズノの言葉も、同時に思い起こす。

――犯人が写っている、とか。

考えるほど、どの可能性も不自然に思える。ふと力を抜き、

「サトウ君は、どう考えているの？」

クロハは電脳犯罪対策課のシイナの同僚のことを、レゴ、と呼びそうになる。

「注目しておいた方がいい、と」

私もそう思う。レゴ＝サトウは同じ専従捜査班で仕事をした仲間で、それ以前からのネット上の知人でもあり、情報技術に関する専門家として、サトウの忠告と働きは常に有益で、命を助けられたことさえある。シイナは白地図を折り畳み、クリアファイルに差し込んだ。

「特別捜査本部は今、目撃者と映像記録を探し出すのに全力を注いでいます。余力はありません」

声を少し低めて、

「ですから私達は、警察内部の伝（つて）を利用して、色々な人にこれを配っているんです」

眼鏡の入ったケースをクリアファイルに載せる。

「『ｋｉｌｕ』が申請したのは七ヶ所、とさっきは伝えましたが……それも推定にすぎません。誰かが、実際に近くで確認する必要がありますから。そして、いつまた『ｋｉｌｕ』が古い事件を掘り返して新規の《柱》を設置するか、その予測もできません。そのために」

クリアファイルごと、テーブル上を滑らせてこちらへ近付け、

「できるだけ多くの人に配って、協力を求めているところです。『ｋｉｌｕ』という人物の素性を探るために。電脳犯罪対策課では、やはりどこかで接触したいと考えています。手掛かりを少しでも増やすために、出勤や帰宅の際、思い出した時だけでも周囲を見渡していただけたら、と……」

「それは、構わないけれど」

まだ、幾つか確かめたい事柄がある。

「運営会社は『侵×抗』の全体地図を公開していないの？　全ての《柱》の設置状況を、リアルタイムに把握することは不可能？」

「たぶんそれは、会社側であっても簡単にはできないと思います。全体地図を専用のサイトで公開して随時更新しているはずなのですが処理が重すぎて、少しでも画像を拡大しよ

うとすると、必ず応答不能に陥ってしまいます」

「今、思いついたのだけど」

クリアファイル越しに白地図を指差し、

「端末がGPSを利用しているのだから、運営会社の方からユーザの位置情報を照会することもできるのでは？」

「問い合わせでは、会社側から意図的に位置情報を確認するような仕組みはない、という話でした。あくまで、ユーザから送られる位置情報だけを取得し、MMOの運営に利用している、と」

本当だろうか、とクロハは考える。システムとして、それでは不完全な気がする。けれど、今ではどの企業も必要以上に、個人情報保護法に抵触することのないよう神経を尖らせているのも事実だ。

「それなら」

もう少しクロハは考え、

「《柱》のどれか一つが、たとえば住所に間違いがある、と報告して運営会社に撤去させ、『ｋｉｌｕ』の反応をみるというのはどう……もう一度、同じ場所に《柱》を設置しようとするかもしれない」

「こちらから網を張る……」

そう呟き、今度はシイナが考え込む。やがて口を開き、

「問題は、報告を受けたのち、いつ運営会社が《柱》を撤去するのか分からないことですが……その程度の捜査であれば、電脳犯罪対策課だけで動くことができるかもしれません。検討してみます」

俯いて、

「『kilu』が事件と関係する、と特捜本部が判断した時は、正式に運営会社へ働きかけて、さらに目の細かい網を張ることも可能かと思います」

協力していただけますか、といってシイナが口をつぐんだ。アルミニウム製の眼鏡ケースに視線を落としたまま、動かなくなった。思考を巡らせているのではなく、こちらの返事を待っている、ということに気付き、クロハは何か、異性から交際を申し込まれたような気分になる。

もちろんです、と答えてケースとファイルをショルダーバッグに仕舞うと、シイナは珈琲カップを自分の前に戻し、すっかり冷めた中味を一口飲んで、やっと安心したように、小さな笑みを浮かべた。

クロハは、少年が現われたという溜め池を通学区域に含む、小学校の職員室を訪れた。

予め面会の申し込みはしていたものの、放課後の教師達は皆、報告書の作成に忙しいらしく、応対に立ち上がった若い男性教師も当惑の色を顔に浮かべ、来訪者である警察官をどう扱っていいのか持て余している様子だった。ほとんどの者がＰＣに向かう光景は、終業間際の警務課とよく似ていて、仕事を邪魔する気にはなれず、クロハは大人しく応接してくれる者が現われるのを待った。

木製の戸棚で囲まれた校長室の、来客用の大型のソファに副校長と向かい合わせに座り、クロハは話を聞くことになった。五十歳前後と見える副校長の説明は少し籠った声が時々小さくなって曖昧に進んだが、質問の拠り所が噂であるだけに仕方のない話ともいえ、強く追及することはできなかった。

クロハは最後に、少年と遊んだという二人の児童の住所と氏名を訊ねた。副校長は二重顎を引いて、小さな唸り声を上げたまましばらく考え込み、こめかみに汗を浮かべて、すみません、といった。正式な捜査でない以上、回答は差し控えさせてください。大ごとになるのは二人のためになりませんし、やはり個人情報ですから。

民生委員の自宅でも対応は同じようなものだった。クロハを小さな食卓へ通してくれた中年女性は、求める前に身分証明書を提示して、街や住民の年ごとの変化については気軽に話題にしたが、少年の噂や小学生二人の具体的な話となると、困ったような表情で口が重くなり、何も断定はできない、という態度だった。二人の素性についても、公開しようとはしなかった。

最後に民生委員は溜め息をついて、もう一つの噂話をした。その少年はもう死んでいる、という同じ地域での噂だった。夜、通学路で交通事故があり、死亡したのは少年で、けれど周囲の学校に欠けた児童は存在しない、という話だった。

いつ頃の噂話ですか、とクロハが訊ねると民生委員は、それももう三ヶ月ほど前に聞いた噂です、と答えた。本当かどうかは分かりませんが、確かにその辺りの時期から、少年が現われたという話は聞いていません。

クロハは丁寧に礼をいい、民生委員の自宅を出た。

帰宅する前にもう一度、クロハは溜め池を設置する集合住宅の敷地内に入った。捜査ともいえない確認行動であるのは自覚していたし、現場百遍を気取るつもりもなかったが、心の底で微細に振動するような騒めきが止まらず、このまま諦める気分にもなれずにいた。陽が落ちかかっていて、家路につく者ばかりが通り過ぎ、子供の姿は一人も見えなかった。

数歩分しかない木製の橋を歩き、人工の川を渡る。低い樹木に囲まれた小道を上ると東屋があり、クロハはそのベンチに腰を下ろし、外套から携帯端末を取り出した。

警察署の交通課へ連絡を入れ、この半年の間で起こった、小学生児童の交通事故について調べてもらう。管轄内で児童の死亡事故は発生していない、という回答だった。

周囲の暗さが増し、街灯が橙色の明かりを灯した。

少し考えたのち、クロハは隣接する警察署へも連絡を入れた。一応警察官として身分を名乗ったが、交通事故情報自体、部外秘ではないために、面識のない交通課員も公開をためらわなかった。

確かに身元不明の少年が昨年の十二月、交通事故で死んでいます、と交通課員が冷静な声で伝えた。細部について訊ねるクロハへ、少々お待ちください、と交通課員はいい置いて席を離れ、端末のスピーカからは保留音のクラシック音楽が流れ出した。音楽は何度も繰り返され、途切れる気配はなく、外套を通してベンチの冷たさが体に伝わり始め、クロハは立ち上がり、数歩分をいったり来たりすることで体温を上げようとする。

手慰みに、スパム・メイルの消去を始めた。文章はやや長く、意味不明な漢字や半角仮名に変換され、判読できる箇所はほとんどなかった。不特定多数のアドレスへ違法性の高い商品やサービスを売り込む宣伝メイルの、その粗雑なやり方が無意味な文字となって表れている。本格的な嫌がらせ、という線も消えないけれど。抜本的なスパムの阻止方法を検索しようとした時、通話が再び繋がり、クロハはその場で立ち止まった。

深夜の交通事故でした、と電話を代わった刑事課鑑識員がいった。

……夜間、狭い通りで大型貨物自動車が左折した際、歩道側にいた少年を巻き込んだ交通事故です。少年は全身に激しい打撲箇所があり、死因も外傷性心破裂と判断されています。遺族が見付からなかったために火葬し、現在は遺骨遺留品保管所で遺骨を管理しています。

少年の外見的な特徴は分かりますか、というクロハの質問に、鑑識員は遺留品となったジャンパーやデニムや運動靴の色を知らせたのち、今、遺体の写真を見ているのですが、といった。

……とても痩せているようです。肩に届くくらいの黒髪の長髪で、十歳前後と推定される男子児童です。顔の右頬に黒子(ほくろ)が三つ、左頬に二つあります。

やや長髪。とても痩せている……

通話が切られると、クロハはベンチに座り直した。体の芯にまで届き始めた寒さをこらえながら、同一人物と決まったわけじゃない、と思い込もうとしていた。でも、やはり、報告する必要はある。

クロハは携帯端末の液晶画面に、イマイの電話番号を呼び出した。

二

警察署内へ入ろうとした時、後方に慌ただしい物音を聞いたクロハは、風除室(ふうじょしつ)の中で案内パネルの傍に寄り、足音に道を譲った。

私服の男達が、二つの自動扉が開くのももどかしい様子で署内へ駆け込んでゆく。端に寄ったこちらを突き飛ばしかねない勢いに、クロハは驚いた。何か捜査に進展があったのか、とも思うが、私服捜査員達の横顔には強い緊迫感が張りついているようで、それは恐怖に近い感情に見え、肯定的な興奮は窺えなかった。

硝子扉越しに、敷地内に続々と進入する覆面警察車両と、そこから飛び降りるように走り出す捜査員の姿があり、クロハはその場を動くことができなかった。ようやく全員が走り過ぎ、後に続いて署内に入ると、一人、入口へ引き返そうとする捜査員がいて、クロハはカウンタへ寄り再び面(おもて)を少し伏せ、道を空ける。

何をぼうっとしてんだ、という乱暴な口調。私にいっている、と気がついた。目の前に

いたのは、本部暴力団対策課のカガだった。苛立った声で、

「重要な報告があるって、そういう連絡が回ってきたはずだぜ」

驚き、返す言葉もないクロハへ、

「何をふてくされていやがるんだ？　上とどんな問題があったのか知らねえが、いったん捜査に出ちまえば後は結局、お前の縄張りだろうが。会議中に黙って俯いている程度のことができねえのか？」

詰め寄られ、身構える。カガは顎先を上向けて、

「いいから、暴対課の報告を聞けって。早く本部へ上がれよ」

「……その報告は、私とは関係がありません」

「一々臍を曲げんなって。下らねえ。管理官の前でだけ、ちっと大人しくしていればいいだけの話……」

クロハは、視線に険が混じるのを抑えられず、

「私は、特捜本部に参加していません」

「あ？　じゃあ何だって、こんなところに突っ立っているんだ」

「私は今、警察署で警務課員を務めています」

ようやくカガは一歩分、身を離した。不審そうにクロハを見下ろし、

「からかってるわけじゃねえよな……」

「当然です」

声も尖ってしまう。カガは捜査員としては信頼のできる人物だったが、その言動の荒っぽさには、慣れることができない。暴対課員は鼻で笑った。人差し指を突きつけ、後で話を聞いてもらう、といい捨て、階段の方へと走り去った。

＋

カウンタ窓口で、高齢の男性が提出した遺失届出書を受け取り、机に戻ってノート・コンピュータで記載内容をデータベースに照会する。該当する拾得物は県警内に存在せず、クロハはカウンタでその旨を相手に報告し、遺失物が発見された際にはこちらから電話連絡を入れるという話と、自身で見付けた場合は一報を入れて欲しい、という警察側の希望を説明した。購入したばかりの銀塩フィルム・カメラの入った鞄をショッピングモールのどこかでなくした、と訴える老人は不満顔で、カウンタを離れていった。

席に着くとミズノがこちらを振り返っていて、回転椅子ごと近付き、今日は少し気が楽ですね、とクロハへ囁き、すぐに仕事に戻った。つい微笑んでしまってから、不謹慎だろうか、と考える。

新たな事案の発生により、警察署は一階のカウンタ内まで、殺伐とした空気で満ちている。正確な情報がクロハまで届くことはなかったが、特別捜査本部に関係する殺人が新たに起こった、という事実だけは伝わっていた。署長と専門官が階段を降りて現われ、また署長室に籠ってしまった。

ミズノのいう通りだ、と思わずにいられない。

仕事をしながらクロハは時折、非番となったニシの不在にほっとしていた。誰かの視線を気にせずに日常を過ごすことが、特別な意味を持ったように感じられる。会計課員の一人がカウンタ内に存在する、というだけの事実がこれほど精神的な圧力になっているとは、クロハは自覚していなかった。だからこそ、ニシとは話し合う必要がある、と思う。

ニシは明らかに、私に対して偏見を持っていて、たぶん以前からの心労がその誤解と結びつき、病のように彼の心を蝕もうとしている。話し合いは同時に、彼自身の精神的な緊張をわずかでも解す機会となり得るのでは。

神経を病む警察官は少なくない。そのことはクロハも理解しているつもりだった。以前、姉さんの住所を部外者に伝え、その死因の一つを作った機動捜査隊分駐所の古顔の庶務係は事件後、極端に口数が減り――クロハ自身はひと言もその件に触れなかったにもかかわらず——、定年を待たず、ほどなく退職してしまった。

クロハは遺失届出書に記載された内容を、データベースに入力し始める。カガの言行を思い出していた。乱暴な態度はともかく、カガのいう、報告、とは新たな殺人に関する情報のはずだ。事件を意識すると、少年を探す時とはまた違った騒めきが、細かな棘が立つように心に現われた。焦燥、とクロハは認める。仕事に集中して、その感覚を遠ざけようとする。

振り向き、署長室の方を見た。クロハだけでなく、ほとんどの署員の視線が少しだけ開かれた扉に集まった。署長の怒鳴り声が、扉の隙間から聞こえてくる。警務課長が立ち上がり、小走りで近付き、署長室の扉を閉めた。それでもまだ分厚い木製の扉を越えて、署長とナツメの口論は籠ったノイズとして届いている。フロアで事務処理を待つ市民達の興味を引いているのが分かった。

署長室内の喧騒が全く気にならないように署員は皆、仕事を続ける。問題は少しも存在しない、という風に。クロハも同様だった。

終業後、直接自宅へは戻らず、隣接する警察署へ向かった。実際に、交通事故被害者となった少年の写真を確かめるためだった。

移動の途中、バスの後部座席で揺られている間、クロハは少年について想像し、少年のことを報告した時の、子供支援室のイマイの反応を考えた。イマイは声を呑んだ後、調査に対して、丁重な礼をいった。落胆が言葉の隙間から零れ落ちるようだった。イマイの反応を目の当たりにしたから、私は諦めきれないのだろうか、とクロハは自問する。でも、もしも。

交通事故に遭った子供が、もしもイマイの探す少年とは別人だった場合——逆説的ではあるけれど——、少年の実在を証明する唯一の手掛かりも、消えてしまうことになる。

訪問した所轄署はクロハの所属する警察署と同じくらい大規模な建物で、扉を抜けるとすぐ正面に記載台があり、すでに当直態勢に入っているために照明の数は少なく、こちらの一挙手一投足が辺りに響き、天井に反射する。

右手にカウンタが見え、クロハが当直員に来訪を告げると、連絡は受けています、今、資料を持って来ます、という短い応対ののち、すぐ傍の小さな相談室へ案内され、クロハは立て掛けられた折り畳み椅子を除けて奥の席に座り、鑑識員が階上から降りて来るのを待った。

足下に小さなファンヒータがあり、点けていいものかどうか迷っているうちに扉が開き、紺色の制服を着た中年男性が資料を抱え、お待たせしました、という挨拶とともに現われた。分厚いバインダを小振りな机の上に広げた。該当の頁を見付け、こちらへと回転させる。身を乗り出して、死体見分調書を覗き込んだ。取扱者。発見者。死亡者――不詳。死亡日時。死因。状況……次の頁には遺体の顔写真が添付されていた。クロハは自分が何の覚悟もなく遺体と向き合っていることに、今更ながら気付く。写真に記録されているのは全く関連のない第三者ではなく、無事を確かめようとしていた相手であり、その死が間近に存在する事態に動揺し、血の気が失せてゆくのが分かる。

少年は両瞼を閉じ、わずかに唇が開いている。肌は白く、乾燥して見えた。眉毛がやや太く、髪は長いようだったが、寝かされているために額も耳も露になっていた。少し顎の張った顔立ち。頬骨が浮いている。雀斑と黒子が頬と鼻に散っていて、幾つかの比較的大きな黒子は少年の特徴として、目撃者に認識されるだろうと思われた。とても痩せ細って見え、もう少し脂肪がついていれば、きっと綺麗な丸顔をしていたのだろう、とクロハは考える。

すかさず、同一人物とは限らない、と心の中でいい足した。自分の浅い呼吸が乱れるのを感じる。

溜め池に膝下を浸し、遊ぶ少年の姿。想像の中の容姿はもう、写真の子供に描き換えられている。

調書には、大量の全身写真が添えられていた。少年の上半身、正面と背面。両腕と両脚が部位ごとに分けて撮影されている。右鎖骨、肩甲骨、上腕骨、胸骨、肋骨骨折。胸部と肩、右上腕の広い箇所が皮膚変色痕により黒ずみ、巨大な重量がそこを通ったらしく、体形自体を歪めてしまっている。クロハは目を逸らし、頁を送った。両手の指先が写っている。止めていた呼吸を再開させる。

長く伸びた爪が多く、ほとんどの先が細かく割れていた。その原因を、クロハは想像しようとする。痩せ細った体。長髪。手入れのされていない指先。大量の痣。左手首にも、誰かに強く握られたような痕がある。虐待の痕ではないか、と思われた。そうだとすればこの痕跡は、交通事故とはまた別の事件の存在を示している。

クロハは頁を捲り前後の調書を確かめて、司法解剖は、と鑑識員へ訊ねた。行っていません、という答えだった。運転手自身に人を巻き込んだ自覚がある、ということですから。

事故が直接の死因だとしても、大型貨物自動車との接触に至るまでには空腹等の、肉体的な疲弊が関係したのではないか、とも考えるが、時間が経った今では全くの想像にすぎず、鑑識員へ異を唱える意味はないことも、クロハは理解していた。第一、交通事故はこの警察署の管轄内で発生した事案であり、最初からこちらには何の権限もない。

「写しをいただけますか」

クロハがそう頼むと、鑑識員は二つ返事で引き受け、バインダを持って部屋を出ていった。しんとする空間に、複合機の唸りと排気音が響いた。

座ったまま、クロハは黒色のデニム越しに太股(ふともも)を両手で摩(さす)った。細かな身震いが止まらないのは室温のせいでなく、気持ちの騒めきのためだ。クロハは持参した手帳に、写真について気付いたことを書き留め、鑑識員が戻るのを待った。自分なりに捉えた少年の特徴を、手帳に書きつける。聞き込みの際に、利用するつもりだった。遺体の写真を市民に見せて回るわけにはいかない。写真の方が、間違いなく役立つだろうけど……

扉が開き、お待たせしました、といいながら入室した鑑識員が十数枚のA4用紙を机に並べる。見覚えのない一枚があり、クロハが凝視していると鑑識員は、これも役に立つかもしれないので、といった。

その一枚は似顔絵だった。ニット帽、マフラー、ダウンジャケットを身に着けた少年が単純な線で描かれ、無表情な視線が曖昧にクロハを見詰め返している。

写真と違い、絵であればホームページに載せることもできますから、と鑑識員がいった。まだ準備の段階ですが。

クロハは立ち上がり、携帯端末（スマートフォン）の撮影機能を起動し、似顔絵の描かれた一枚をその場で写真に収めた。複写してもらった書類を全て仕舞い、お忙しいところありがとうございます、と一礼して小部屋を出ると、カウンタ内の当直員へ会釈をし、自動扉の前に立った。

＋

バスの後方窓際の席に座り、帰宅の途中、クロハは携帯端末のウェブ・ブラウザを開き、新たに発生した殺人についての報道を指先で探した。

情報は幾つもあったが、どれも文章は短く、概略を知らせるものばかりだった。前回の事件との関連を指摘するどころか、殺人事件と断定するメディアさえ一つもなかった。クロハは奇妙にも感じる。特別捜査本部が現在の段階で二つの事案の犯人を同一と想定した、ということの方がむしろ不自然な判断のように思えた。

……事案が発覚したのは昨日の深夜、午後十一時頃。埋め立て地の公園から、同市内に住む男性が運河に浮かぶ遺体を発見し、通報。被害者は十歳代半ばの少年とみられ、県警は事件、事故両面で捜査をしている……

……付近で夜釣りをしていた同市内に住む無職男性（六十五歳）が一一〇番通報。署員が確認したところ、遺体は着衣のまま俯（うつぶ）せの状態で浮いていたという……

……「人が浮いている」との通報があった。現場に駆けつけた署員が十代とみられる少年の遺体を発見した。付近で子供が行方不明になったとの届け出はないという。県警は遺体を司法解剖して、詳しい死因や身元を調べる……

共通点は、被害者が未成年という点以外、見当たらない。短期間に連続して未成年者が殺害される、という状況自体稀（まれ）な話だったが、それだけで同一犯の事案として扱うには無理があり、実際にこれらを一体とするには明確な共通点が必要なはずで、つまり特捜本部は何らかの証拠をすでに摑んでいる、ということになる。

それにしても、奇妙。クロハはそう考える。

連続して狙われた被害者達の傾向が年齢以外にない、という事実。そもそも競輪場前の広場で絶命した少女に性的暴行の痕跡はなく、今回の被害者も同様だとすると、犯人の目的が判然としなかった。強盗の対象としても相応しいとは思えず、遺恨の相手とするには年齢が若すぎるように感じる。

被害者少女には凄惨な打撲痕があった。それが共通項となったのだろうか？　本当にそうだとしたら、彷彿させるのは通り魔的犯行ではなく、私刑だ。怨恨、あるいは制裁――

前の席ではクロハと同世代の女性が橙色の手摺りを握って体を傾け、襟の後ろにコードを回したワイヤレス・イヤフォンを両耳に差し込んだまま、うたた寝をしている。クロハは窓外へ顔を向け、他のことを考えようとするが意識はすぐに事件へと戻ってしまう。シイナから依頼された件について、思い起こしていた。

昨日のうちに携帯端末に『侵×抗』はダウンロードしていたが、アカウントを登録したところで中断したままだった。起動し直すと、赤色と青色いずれの陣営に参加するか選ぶよう促され、キリはどちらだったろう、と考えるが思い出せず、『ｋｉｌｕ』と同じ側である赤色の侵略軍への入隊を、クロハは選択した。

異世界からの侵略と抵抗についての歴史物語的な解説ののち、簡略化された藍色の地図が表示され、クロハは膝に載せたショルダーバッグから眼鏡と一体になったＨＭＤを取り出し、携帯端末と接続して顔に装着する。

音波探知機（ソナー）が発する信号音が可視化され、視界の奥へと届くように、光の《柱（ポール）》が距離の近い位置から素早く順に表示されてゆく。杭（アンカー）に支えられた《柱》は、窓外の夜の景色と違和感なく馴染み、若干の表示遅延はあったものの、充分に滑らかに視野の動きに追随した。意外に沢山の《柱》が視界の中に突き立っていた。確かに、携帯端末に表示された地図よりも広い範囲を視認することができた。《柱》を視野の中央に置くと、申請者等の情報を載せたウィンドウが付箋のように展開したが、表示は距離に合わせて小さくなるため、遠方に位置する《柱》の情報は視認しきれなかった。クロハはゆっくりと見回し、読むことのできるウィンドウを探し、目を凝らして片っ端からそれらの表示を読んだ。

埋め立て地の運河で亡くなった未成年者、その位置には。

『ｋｉｌｕ』は遺体発見の位置に《柱》を立てるかもしれない。電脳犯罪対策課は、すでに現場で網を張っているだろうか。確認したかったが、県警本部の仕事に口を挟むのは憚（はばか）りがあり、それに恐らくシイナとサトウなら対策は怠っていないはず、という推測は確信に近い。

自宅傍の停留所が近付いて来る。バスが速度を緩める直前まで周囲を確認し続けたが、

『ｋｉｌｕ』のアカウント名を発見することはできなかった。

クロハはＨＭＤを外し、アルミニウム製のケースに収め、片付けた。

＋

東屋の木製のベンチに腰掛ける。降り出した雨粒が、平らな屋根を叩いていた。再び訪れた集合住宅敷地内では、勤めに出る会社員らしきスーツ姿の男女と時折擦れ違ったが、小川に沿って小高い人工の丘を登りきると、周囲から人の姿は見えなくなった。目前の机に、クロハはショルダーバッグを載せた。吐息が、早朝の冷たい空気を白濁させた。

いい状態じゃない、と思う。自分について考えてばかりいる、というのは。

捜査そのものを求めているのか、大型貨物自動車に巻き込まれたという少年のことを気にしているのか、イマイに対して何か責任のようなものを感じてこうしているのか、自分自身でもよく分からなかった。そして時々、特捜本部の連続殺人事件を思い出し、たぶん、心のどこかでは自分の行動と比較してさえいる。

一番の原動力は消極的な理由。自宅での閉鎖的な一人の時間を少しでも短くしたい、と私はきっと感じている。被害届のない事案。自己満足でしかないのかもしれない。それでも。

少年の実在を確かめたい、と思う。本当に、事故死していたとしても。何よりも少年のために。イマイが私に依頼した動機も、同じ感覚から生まれたものだったはず。

雨滴が石の床を跳ね返って革靴まで届いているのが目に入り、クロハは座る位置をずらした。空気は冷えていたが、周囲が明るい分、思考も幾らか澄んでいるように感じる。机に頬杖をついて、考え込んだ。少年は普段、何をしていたのだろう。学校にも通わせてもらえない状況の中で。

ひどく退屈だったろう、とクロハは想像する。たとえ自由な外出が許されていたとしても、毎日の長い日中の時間を過ごすのは、大変な労力が必要となるはず。帰宅後の短い余暇さえ持て余すクロハには、そのことがよく理解できた。

きっと少年は様々な場所に出没している。どこかには必ず、痕跡を残している。まだできることはある、と考えると安堵の気分が起こった。わずかに、雨足が弱まったように感じる。ショルダーバッグから折り畳み傘を取り出し、広げた。

正午近くになっても、警察署の一階カウンタにニシは姿を見せなかった。ミズノは、非番ではなく欠勤のようです、と耳打ちしてくれた。今日一日顔を合わせずに済むと思うと、ほっとせずにはいられなかったが、会計課員の心労が増していることを察すれば、互いのために、やはりできるだけ早く話し合うべきだろう、と考え直した。ニシの苦労の源は、同僚の自殺にある。同じ署員として、その境遇を無視する気にはなれなかった。

警察署内は上階から緊迫した雰囲気が伝わり続けていたものの、特捜本部はすでに次の捜査の段階に移っているらしく落ち着きのなさが消え、慌ただしくはあっても安定感は戻ったようで、クロハからすると、ようやく日常が返ってきた気分だった。

警務課員として県警独身寮の空き状況について調べていた時、フロアから、すみません、と来訪を告げる男性の声が掛かった。電話連絡や他の市民への応対で、住民相談係の手が塞がっているのを把握したクロハはノート・コンピュータを畳み、立ち上がった。

カウンタを挟み来訪者と相対したクロハは、息が詰まりそうになる。

同年代の背広姿の男性が、目の前に立っていた。

元交通課警察官の顔色は、記憶の中にあるものよりも若々しく見え、無精髭もなくなり、目元を染めていた澱みのような疲労が、消失している。アサクラは所轄署のカウンタ内に立つこちらへ口元を緩めて、お久し振りです、といった。クロハは驚きの余り、頷くことさえできなかった。

ご無沙汰しております、と記憶の底から言葉を引き出すようにして、やっと返答する。ナツメは……専門官はおりますか、と訊ねられ、慌ててその場を離れた。署長室へと向かいながら、アサクラの用件を聞いていなかったのに気付いた。握り締めた拳で扉を叩くと、署長室内の会話が止み、どうぞ、と促され、クロハはノブを静かに摑んだ。応接用のソファに座る署長と副署長、会計課長とナツメが一斉に、冷めた視線を送ってくる。

アサクラさんがいらしています、と報告するが、うまく伝わった様子はなく、室内がいっそう白々とした沈黙で満ちたため、

「元交通課員のアサクラさんです……専門官を訪ねて来られました」

いい添えると、ようやく幹部達の表情から険が消え、署長さえ、ほっとした表情を浮かべた。

「元気そうか」

とナツメに質問され、はい、と返答する。二ヶ月振りだな、と独り言ちた署長が、ここ

に通してください、とクロハへ指示した。アサクラを署長室へ先導しつつ、不思議な気持ちにもなった。ほんの少し以前であれば、この警察署を案内される立場にいたのは、こちらの方だったのだから。

閉じた扉の奥で、和やかな笑い声が起こった。

机上の仕事に戻るが、朗らかな雰囲気がカウンタ内にも漂うようで、クロハは何か落ち着かない気分でいた。キーボードを叩く合間に、アサクラは今どんな職業についているのだろう、と想像した。考えるうちに、そもそも一人の交通課員が警察を辞める羽目に陥ったのは、自分を庇（かば）ったせいだ、という事実まで思い出すことになった。

消費者金融の建物屋上での、立て籠り犯への発砲と警察署内での『暴発』――それは対外的な説明であり、本当は意図的な発射であったことは、どちらの銃撃も間近で見ていたクロハは知っている――、二発の銃弾が、アサクラを辞職へ追い込んだのだった。

けれど結局、辞職の選択は当人にとって正しかったのだろう、と元交通課員の顔色を思い出したクロハはそう考える。

そして――再会の機会がある、とは全く想像していなかった。

不安定な心地で警務課員としての仕事を続けていると、署長室の扉が開き、専門官に見送られ、アサクラが現われた。室内へ立礼し、そのままフロアを歩いてカウンタ前を通り過ぎるものと予想していたが立ち止まり、クロハさん、と呼びかけてきた。急ぎ、立ち上がった。傍に寄るとアサクラは深く頭を下げ、

「色々とご迷惑をおかけしました」

丁寧に礼をいった。こちらこそ、という言葉以外、頭に浮かばなかった。

「今は警備会社で働いております。以前の上司の紹介で」

明るい声。黒色の背広に、ピンドット柄の紺色のネクタイ。少し可愛らしく、意外な選択のようにも思えた。

「今日は、結婚の報告に上がりました。二人で、もう一度仕事と生活をやり直そうと思っています」

アサクラがいった。おめでとうございます、と短い祝辞を述べると、

「本当に……大変お世話になりました。あなたには、命を助けていただいたと思っています」

いえ、とクロハは否定する。そう思われていることすら、思いがけない話だった。

深々と、こちらと署長室の扉の方へ順に頭を下げてから、お元気で、といい置き、アサクラは自動扉を通り抜け、片腕に掛けていた外套を広げて着つつ、警察署を去っていった。

アサクラの後ろ姿を、クロハは見送るのをやめた。席に戻った時、元警察官と入れ違いに署内に入った冷たい外気が、襟足の辺りに届いた気がした。

福利厚生の書類を調（ととの）えていると時折、意識がどこか別の場所へ飛んでゆきそうになる感覚があったが、できるだけ気にかけないようにして、クロハは仕事を続ける。最初からゆかりのないこと、と呪文のように何度も唱えた。

おい、という乱暴な声が聞こえ、見ると両腕をカウンタに載せて身を乗り出すカガの姿があった。指先で、こちらを呼び寄せている。溜め息をついて、クロハは席を立った。

「そう睨むなって」

暴対課員は崩れた態度で、薄笑いを浮かべていい、

「一時間ほど、顔を貸しなよ」

カガの姿勢も用件も自分の憂鬱な気分も、何もかもが気に入らず、仕事中ですから、といって無愛想に断ろうとするが、

「もう少しで、休憩時間だろうが。昼食をご馳走してやるよ……おい」

傍に座る年上の男性警察官へ、

「係員を借りるぜ。ちと、特捜本部の事案に協力してもらいたくてな……すぐにお返しするさ。借りるのは、今だけだ」

振り向くと、机に向かう課長が自信のなさそうな様子で頷くところだった。早くしな、

とカガに指示され、混乱しつつも、クロハは机の引き出しからバッグを取り出して、カウンタから出た。

署内に余計な波風を立て兼ねない県警本部所属の警察官との直話(じきわ)は、歓迎できる所用ではなかったが、状況はすでにカガによって無頓着にコントロールされている。それに、特捜本部の事案、という言葉が引っ掛かってもいた。

外へ出ると思い込んでいたクロハの予想を裏切り、カガは建物の奥、エレベータへと歩き出した。クロハは何かひと言、どうしてもいってやりたくなり、カガの背中へ、

「上司に対しての、口の利き方が……」

「俺も今じゃ、警部補だよ。鋼鉄の処女(アイアン・メイデン)殿」

狭いエレベータ内で振り返り、

「そのいい方じゃあ、顔を貸す、ってのが上司命令なら、素直に聞けるみたいじゃねえか」

クロハは無言でエレベータに乗り込む。食堂のある五階のボタンへ、握った拳の底を押しつけた。

＋

食堂のテーブル席にはクロハとカガの他、署員の姿は見当たらなかった。好きなものを頼みな、と片腕を椅子の背に掛けて座る暴対課員自身、食事をするつもりはないらしく炭酸飲料だけを頼み、クロハは温かい珈琲を注文した。襟足の辺りが、まだ少し冷えている。カガは遠慮をする素振りもなく、こちらの顔をじろじろと見やり、顔色が悪いな、といった。

「死体みたいに青白いぜ。警務課に転属したのなら、決まった時間に飯が食えるはずだろうに」

「……今は、警邏がないですから。以前に会った時が、少し陽に焼けていただけです」

口調が尖りすぎないように、

「私に、どんなご用件でしょう」

「構えんなよ。俺はこう見えても、あんたのことを買っているんだからな」

外套の内ポケットから、折り畳まれてくしゃくしゃになった数枚の紙を取り出し、

「いや、それよりも礼をいって欲しいくらいだな。あんたが気になって仕方のないものを、

わざわざこうして持って来てやったんだから」

テーブルの上で広げ、手のひらで皺を伸ばし、

「遠慮せずに、飯を食ってもいいんだぜ……警戒しているなら、な。この水死体は、それほど悪い状態じゃない」

曇っていた思考が、急に澄んだ気分だった。

手渡された書類には青白い肌の、瞼を閉じた少年の顔写真。

「昨日の奴だ。埋め立て地の公園で見付かった」

クロハは一枚目の紙を後ろへ送りつつ、頷いた。痩せた顔貌。十四、五歳、と見えた。体からは肋骨が浮き出ている。両肩と背中と脇腹の辺りに、黒い皮膚変色痕が散見された。既視感がクロハの脳裏を占める。最初の犠牲者となった少女ではなく、交通事故で亡くなった少年を思い起こしていた。そして、考え込んでしまう。この写真のどこに、最初の被害者と共通する要素があるというのだろう。クロハは、カガがこちらを無言で観察していることに気付き、

「……特捜本部の情報を関係のない所轄署員に公開して、大丈夫ですか」

「多少、まずいだろうな」

炭酸飲料水と小皿に載せられた珈琲カップが運ばれ、給仕が去ると、カガが炭酸飲料と

ともに細かな氷を口に含んで噛み砕き、

「そいつは、暴対課にも資料を寄越せ、って無理にコピーさせたものだからな」

クロハが曖昧な表情をしていると、カガは椅子に掛けていた腕を外して前傾姿勢となり、

「さて、最初からいこうか……」

挑発的な光が両目の中で輝き、

「あんた、この遺体の発見された現場を訪れたことはあるかい」

現場見取図に記された発見場所を読んだクロハは埋め立て地の、製紙工場や大型冷凍倉庫の建ち並ぶその一画を思い浮かべ、

「……機捜の密行で通りかかったことはあります。二車線の狭い道路から入る公園、と記憶していますが。運河沿いの」

「コンクリート製の沿岸だよ。ちょっとした釣り場となっていたが、今は付近の臨港道路建設のために立入禁止になっている。で、遺体の第一発見者は通報を一一〇番ではなく直接、暴対課へ入れた」

「なぜです……」

「通報を寄越したのは五十代の男でな、臆病者で、前科者だったからさ」

カガは吐息で笑い、

「深夜に立入禁止区域に侵入して釣りを始め、遺体を発見しちまったわけだ。発見したものと自分の経歴に怯え、一一〇番通報を躊躇して、迷った揚げ句、以前世話になった暴対課の方へわざわざ連絡を入れた、ってのが結局ことの発端になる。間抜けな奴だが、お陰でこっちの手柄にはなった」

クロハは黙って頷いた。これで、特別捜査本部へ暴対課が駆け込んだ理由が分かった。

「不審死だからな、遺体は司法解剖となった」

カガは書類を指差し、

「前歯の一部が欠損、右尺骨にひび。全身に痣。が、直接の死因は溺死だ。肺水腫がみられ、気道内に泡沫が発生している。被害者はポリエステル製のサッカーウェアを着込んでいたんだが、内側のシャツに血痕が見付かって、衣類は全て科学捜査研究所へ回されることになった。肝心な話は、ここからだ。報道機関にも知らせていない」

該当する頁を指先で引き出して机に置き、

「加害者と関係するらしき指紋が、ウェアの内側から見付かった」

クロハは息を呑む。ついに加害者が姿を現した、ということだった。疑問も浮かび、

「運河の中に浸った状態で、指紋が残っていたんですか」

カガが炭酸飲料を口に含み、氷を噛み砕く。

「水温の低さが、皮脂をむしろ固体化させたらしい。が、どの指紋も後数時間、遺体の発見が遅れていたら消えていただろうな」

「上着の内側に被害者以外の指紋が付着していた、と」

「あちこちにな……特捜本部では鈍器で殺害後、遺体に上着を着せた、という様態を想定している」

「ということは……最初の被害者となった少女の方にも同じ指紋が残されていた、という話ですか」

砕かれ、弾き飛ばされた氷の欠片(かけら)が書類に小さな染みを作るが、それもすぐにクロハの意識から消えた。カガは無精髭の散る顎を掻き、

「家出娘だったな……そういうことさ。被害者少女の手首からも、すでに指紋が検出されていたんだと。これも、外部には公表していない。皮膚に残された潜在指紋だからな、鮮明には採取できなかったらしいが、幾つかの特徴点の検出には成功した、という話だ」

「特徴点が今回の被害者に残されたものと一致した……」

「完全な指紋同士じゃねえから、証拠にはやや足りない」

カガは椅子の背に体を落ち着け、

「が、同一人物と見立てるには充分、ってことだな。だから、今回の事案も特捜本部で扱

う運びとなったわけだ。連続殺人として、な」

「ですが」

被疑者についての曖昧ないい方が気になり、

「加害者と関係するらしき指紋、とはどういう意味ですか？　共犯者が存在する、という可能性はあるにせよ……」

「違う。いや、共犯者のいる可能性は当然、ある。関係する、ってのはな、指紋の持ち主を加害者と断定していいものかどうか、特捜本部が迷っている……そういう話さ」

クロハは眉をひそめる。

「犯人像を仮定して捜査をするのに、何か問題が……」

「ここが一番、おかしな部分でな」

カガは天井を見上げ、

「二人の被害者に付着した指紋が小さすぎるんだ。大人としては、な」

「加害者も、少年あるいは少女であると……」

「大きさと状況から推定するに、十歳児程度、という鑑定結果だ」

「……状況、とは」

「運河の水に浸っても溶け出さなかった、って話はしたよな……その固まった皮脂には、どうやら菓子の食用油が混じっているらしい。つまり菓子を摑んだその指で、被害者の衣服に触れた、ってことだ。どう思う……」

手にした書類の奥を見詰め、クロハは考える。断定はできない。それでも。

「……子供のものである可能性は、高いと思います」

「その線で捜査する他ない。だろ？　が、十歳児が主犯、ってのは不自然な話だ。第一の被害者は駐車中の車から逃げ出した、と特捜本部は見ている。加害者が普通自動車免許を所持していなければ、辻褄が合わなくなる。それでも、指紋は今のところ一人分しか検出されていない。それと、足跡」

炭酸飲料を飲み干し、

「現場は不作法な釣り人達の、一種の穴場になっているらしくてな、足跡は意外に多く残されていた。地面は小石と雑草ばかりで、どの足跡も鮮明じゃないんだが……子供用スニーカと見られる痕跡が二種類、検出された。一つは、被害者のものだ」

「では」

クロハは推測を口にするのを一瞬ためらうが、

「特捜本部は、被害者はもう一人の少年に運河へ突き落とされた、と考えているということですか」

「迷っている、っていったろ。だが、偶然足を滑らせて落ちた、って解釈するよりは現実的だろうな。納得いかないか？　なら……ご高説を承りたいね。それが、俺の用件でもある」

指先で書類の端を弾き、

「何か感想はあるかい。気付いたことは？　あんた、最初の被害者を直に目撃しているんだろう」

「遠目でしたが……確かに事案が発覚した当時、その場で警務課員として職務に就いていました」

「警察署の催しで、迷子の世話かい……やれやれ」

口の端で小さく笑い、

「そっちの件の見分調書は確認したのか」

「目にしていません」

どこか挑戦的な暴対課員のものいいには耳を貸さず、クロハは埋め立て地での新たな犠牲者の情報を、繰り返し確かめる。黒ずんだ痣が、背中に幾つも散らばっているのが、どうしても気になった。やはり思い出すのは、競輪場広場に現われた被害者少女ではなく、交通事故で亡くなった少年の方だった。

改めて、運河から掬い上げられた少年の顔写真を見詰める。痩せた、面長の顔立ち。やや太い鼻梁。長い髪の数本が、閉じた瞼に掛かっていた。青ざめた唇から覗く口内は暗く、命のわずかな名残も感じ取ることはできなかった。安らぎも、恐怖も。死の直前まで少年が覚えていたはずの生命としての感情が、今は少しも伝わってこない。

悲しさが、滲むように胸中に広がり、その分だけ冷静になった気がする。

被害者の手のひらを写した写真が、目に留まる。注意を引いたのは、手首の打撲痕だった。いや、打撲痕のように見えていたけれど——

「これは……」

書類をカガの方へ押しやって、

「打撲による皮膚変色痕でしょうか」

写真を覗き込んだカガの顔色が曇り、

「……違う、かもしれねえな」

「薄い圧迫痕のようにも見えます」

「誰かが握り締めた痕、か。手形にしては小さすぎるからな……司法解剖は指紋が発見される前に行われている。見逃された可能性はあるだろうな」

昨夜の記憶が甦った。椅子の脇からショルダーバッグを持ち上げ、昨日所轄署の鑑識員から入手した死体見分調書の複写を出して広げ、写真を探し、見詰める。やはり鮮明な痕ではなかった。けれど。

「これを」

実況見分調書を抜いた書類の束をカガへ差し出し、

「隣の警察署の管轄ですが、交通事故、として処理された事案です」

「手首か」

カガは低い唸り声を上げ、

「……そうも見えるな。圧迫痕に」

「体全体に、皮膚変色痕が見られます。事故の結果にしては、広範囲に散らばりすぎているようにも思います」

「要するに、あんたがいいたいのは」

上目遣いにこちらを見やる。睨みつけるように、

「こいつも一連の事案として扱え、ってことかい」

「記載されている通り、被害者はすでに茶毘(だび)に付されています」

クロハは視線を逸らさず、

「ですが再捜査する価値は、あるのでは」

眉間に皺を寄せたまま、暴対課員はしばらく黙って死体見分調書を凝視していた。突然

動き出すと二件分の書類を無造作に畳み、外套の内に突っ込んでしまった。

「あんたに話を持ってきて、よかったぜ」

いつの間にか、口元には笑みが浮かんでいて、

「ちっと好物をちらつかせれば、情報を吐き出して、俺の手柄を作ってくれるんだから」

クロハが口をつぐむと、

「睨むなって」

白けたように、

「幾ら手柄を立てたところで、俺は所詮、刑事部のお荷物さ。警部補になっても主任のままでな、これ以上出世のしようもねえよ。異動も監察官室の目の届く範囲以外にないしな。将来有望なのは、あんたの方だろ。この程度の手柄、人に分けたところで何も変わりはしねえさ」

「私は今」

反射的に反論しかけてから、言葉を選び、

「……捜査に参加できる立場ではありませんから。全然関係のない場所にいます」

「知ってるさ、そんなこと。たぶんあんたよりも、な。驚くぜ、実際」

馬鹿馬鹿しい、といいたげな顔で、

「捜査以外じゃあ、途端に石頭になっちまうんだからな。考えてみなよ。警務課ってのは、出世組からすれば、悪い場所じゃねえだろうが。それに、どうやら気付いていないらしいが……」

少し声を落とし、

「あんたがここに来てからすぐに、周りに人が増えたぜ」

まさか、と思い、そっと周囲へ視線を送る。男性署員三組が、静かに食事をしていた。誰一人、目線は合わなかった。見知った顔もいないが、三百人を超える署員の中で直接関わりのある人間はほんのわずかだ。見張られているとは限らない、とクロハは考えようとする。もうすぐに、休憩時間に入る。あの三組は、たまたま昼食をいつもより少しだけ早めた、というだけかもしれない。

カガはさらに声を潜め、

「こういっちゃ何だが、今この署は間違いなく本部から目をつけられているからな」

「本部との関係が原因だとしたら、私ではなく主任に対しての……」

「分かってねえな、本当に。自分で探ろうともしてないんだろ？　完全な潔癖症だね」

自分のこめかみに人差し指を突き立て、

「ちっとは気をつけなよ。あんたからすれば不潔な話だろうが、たぶんこの署には本当に何かある。俺の勘だがな。で、問題を自分達で消火しようとしていたら殺人事件の発生だろ……神経過敏にもなるさ。第一あんたはな、皆から管理官の持ち札だと思われてんだよ。はっきりいえば、俺もそう思っているがね」

目だけで笑ったように見え、

「いってみりゃあ、ジョーカー札みたいなものさ。吉にも凶にもなる。だから管理官自身、切り時が分からずにいったん所轄署へ置いた、ってわけだ。俺からすると、下手な札の捌き方だと思うがね」

返す言葉もないクロハへ、

「あんたは、特捜本部にいるべきだぜ。所轄署の一階カウンタに収まっているんじゃなく、な……いや、人間と場所の相性、適材適所の話をしてんだよ」

カガは外套の脇腹辺りを軽く叩いて、内側の書類を示し、

「この情報がうまく機能するようならな、いずれどこかで、あんたからの提供だって白状するさ。何、管理官も実際は、ジョーカーをいつ切るか迷ってるはずだ。きっかけを探してんだよ。その時が来るのを多少、怖がってはいるがね」

「怖がる？」

「あんたを、さ」

外ポケットから何かを取り出し、口にする。粒状のガムらしく、嚙み潰しながら、

「札を切った後の結果を。何しろあんたは、綱渡りみたいな捜査ばかりするじゃねえか。それに、目付きも悪いしな」

テーブルの端に置かれた伝票を手に取って立ち上がり、

「隙を見せるなよ……誰かに、足を引っ張られないように」

カガは故意に、周囲へ聞こえる声量で喋っている。牽制しようとしているのが分かった。

「警戒しながら、息を潜めているんだな。焦る必要もねえだろ……」

そういい置いて、暴対課員がテーブルを離れる。会計を済ませ、そのまま食堂から出ていってしまった。周囲の視線が気になったが、すぐにカガの後を追う気にはなれなかった。励まされたようにも思えたが、確信は持てない。諦めに似た心地が、長い吐息となって唇から漏れた。スティックシュガーの袋を破り、珈琲カップに流し込む。

ミルクを足して搔き混ぜる間、脳裏に浮かんだのは、運河で発見された新たな被害者の表情だった。血の気を失った、何も表さない痩せた少年の顔。

少年をその状態にした実在の人物がいる、という単純な事実に思い至り、怒りが込み上げ、そしてすぐにそれが、クロハの内部で中途半端な形に溶けてしまう。

冷めた珈琲を口にする。苦味ばかりが胃の中へと落ちてゆく。

犯人も少年である可能性を、思い出していた。

＋

午後の警察署一階のカウンタ内は、二種類の空気で満たされていた。

以前の同僚の結婚の報告は華やいだ雰囲気をもたらし、本部暴対課員の訪れは閉塞感らしきものを署内に与えた。仕事の合間に、アサクラに関する話題と漠然とした沈黙とが交互に周囲に現われ、クロハはどちらの空気にもうまく同調することができず、その気分を持て余した。

ノート・コンピュータの液晶画面に表示させた、表計算ソフトウェアの項目を全て埋め終えると、クロハは上司の机に赴き、再び事案の確認のために外出する許可を、その場で得た。

更衣室のロッカーの扉の裏、小さな鏡に映る張り詰めた顔を凝視し、クロハは考える。

私のこの個人的な行動は、たぶん組織としての士気を乱している。

本当は息を潜め、ただ静かにしているべきなのだろう。カガのいう通りに。

＋

駅を降り、歩道橋を渡って市立の図書館を訪れた。少年の出没した溜め池のある位置から最も近い図書施設であり、捜査を別にしてもクロハはこの場所を知っていた。

エントランスに置かれた公衆電話に張りつくようにして、小学生らしき少女が電話をかけている。その後ろを過ぎて階段を登り、二階に着いた時、紙の匂いと、変わらない棚の配置と小さな子供の声が一瞬にして鮮やかな記憶を甦らせ、クロハは眩暈(めまい)を覚えた。

一度きりの記憶。児童書の区画に敷き詰められた絨毯(じゅうたん)に座り込み、膝にアイを乗せて絵本を読んで聞かせようとした、あのひと時。アイは小さすぎて、ほとんどじっとしていなかった。

同じ場所に、アイよりは一、二歳大きな幼児が、母親に寄り掛かって大きな絵本を眺める後ろ姿があった。男の子は自分で頁を捲り、母親は無言で折り畳み式の携帯電話を操作していた。男の子が振り返って見上げると、互いに微笑み合った。

息苦しさをこらえ、クロハは受付に近付いた。携帯端末の画面に交通事故死した少年の似顔絵を呼び出し、事案の細部は隠しつつ、尋ね人として中年の女性司書へ、来館者の中に存在した覚えがないか質問をした。同時に提示した警察手帳に司書は驚いた様子だったが、他の職員にも声をかけ、丁寧に応対してくれた。

司書達の証言は曖昧だった。ニット帽とマフラー、ダウンジャケットを身に着けた少年の上半身の絵を交互に眺め、結局、来館していてもしていなくてもおかしくはない、という話に落ち着いてしまい、その結論にクロハは焦りを覚える。

事案の発生から日数が経ち、人々の記憶が薄れ始めている、と感じていた。


端末上の地図で公園を探しつつ、駅の方角へ戻ろうとする。地図には明記されていない場所も多く、大通りから少し脇道に入るだけで小さな公園を幾つか、クロハは発見した。半日で付近を把握し、全てを回るのは不可能なのが分かり、目に入った公園だけに足を踏み入れて確認することに決めた。

プラスチック製の、小さな隠れ家のような遊具とブランコだけを設置した狭い公園には園服のまま遊ぶ幼児達とその保護者がいて、クロハはそこでも少年の似顔絵を示して、見掛けたことがないかを訊ねた。否定的な証言以外、返ってはこなかった。

その後に順に移動した四ヶ所の公園でも、反応は同じようなものだった。神社の隣の公園では、保護者達に混じって似顔絵の感想を聞くクロハの方へ寄って来た園児の女の子が、この人と一緒に遊んだ、と端末を覗き込んでいったが、母親に細部を問い詰められると自信をなくしたらしく、逃げるように鉄棒の方へと駆けていってしまった。母親とともに、クロハも苦笑する他なかった。

電車で管轄内に戻り、今度は空中通路を歩いて総合電機メーカーの運営する、未来科学館、と名付けられた施設へ向かった。

無料であることをエントランスで確認し、入館する。広いワンフロア内を一周し、液体窒素で薔薇を凍らせる催し物や、半導体の中を走るレースゲームや、人体の透視画像を立体映像で表示するモニタに熱心に集う、学校帰りの小学生の様子を観察した後、案内カウンタへ歩み寄った。紺色の制服に水色のスカーフを巻いた女性職員二人は忙しそうだったが、質問に答える時間は割いてくれた。そうしているうちに、守衛と清掃員も寄って来て、それぞれの記憶を探り始めたが、有効な証言は現われなかった。

案内を終えた若い女性職員がカウンタに戻って来て、似顔絵を見て少し考えたのち、こういう子は見たことがある、といった。

「同じ雰囲気でした。たぶん……」

また熟考し出した職員へ、

「その少年は、保護者と一緒でしたか」

クロハの質問に顔を上げると、

「一人だった、と記憶しています」

「いつ頃のお話でしょう」

「二ヶ月ほど前でしょうか……正確ではありませんけど」

「何か、印象に残る点が？」

「長い時間、いたように思います。それで何となく記憶に……館内を何周もして、あちこちを見て回っていました」

「少年が来館した時間帯は……」

「平日の午前中、空いた時間だったはずです。そうでなければ、目につかないと思いますので」

クロハは慎重に、

「他に、何か印象的だったことはありますか。個人的な感想で結構です」

女性職員は、クロハの携帯端末を直接手に取り、画面に見入った。長い間、凝視し続けていたが、緊張を緩めるようにこちらへ端末を返し、すみません、といった。

「すみません……たぶん、人違いだと思います」

「人違い……」

「この絵よりも、鼻筋が細かったと思います。顎のラインも。眉の太かった記憶はありません」

「ではなぜ……」

困惑するクロハへ職員は、すみません、と再び謝り、

「似ている、と思ったのは全体の印象というか……服装のせいだと思います」

目を伏せたまま、今も考えを巡らせているらしく、

「同じ色のマフラーをしてましたから。それに、モノトーンのニット帽。チェック模様のダウンジャケット。ですけど、やっぱり……顔立ちは別人に見えます」

「……服装は、よく似ている、と」

「ええ。色も同じだったと思います」

それ以上の情報も応対する時間もない、という態度が何となく職員達に現われ始めたのを察し、クロハは聴取を終了して業務の邪魔をしたことを詫びた。エスカレータで階下を目指す間、館内で覚えたちぐはぐな感覚について考える。色までも同じ服装。

まだ警察署へ戻る気にはなれなかった。一階に降りて脇に除け、クロハは携帯端末に触れ、付近の公園の位置を探そうとする。

＋

一番近い公園は、三棟の高層共同住宅と繋がる空中歩廊の中に存在した。初めて訪れるその公園の奥まで進み、クロハは丸太の表面だけを平らに削ったベンチに腰を下ろした。

植木が多く、手入れはされているようだったが、植えられた芝生のほとんどは敷地の内縁だけを残して剝げ、湿った黒い土を露出させていた。赤、青、黄色に塗られた金属製の低い滑り台が中央にあり、その先には小型の噴水らしきものがあったが、水は張られていないようだった。公園内はまだ明るく、それでもすでに橙色の街灯が点いていて、子供の姿は見当たらない。少し離れた位置にある他のベンチでは、膨れ上がるほど衣服を着込んだ老齢の男性が背中を丸め、電子書籍端末を開いて、熱心に覗き込んでいた。

太陽光と風力による複合式の発電塔がクロハの傍にあり、時折風を受けて、頭上で垂直軸式の風車を音もなく回転させていたが、発生した電力がどの照明へ送られているのかは、見分けることができなかった。

空中歩廊内の公園に座っていると、曇天の下に高層建築の並ぶ風景から浮き上がるような感覚があり、クロハはしばらく、集合住宅の合間から覗く電気通信事業者（キャリア）の硝子張りの建物と、屋上に設置された三本の大きな電波塔を眺めていた。

そうしながら、未来科学館で得た情報を頭の中で反芻しようとするが、うまくいかなかった。結局、交通事故に遭った少年と同一人物ではない、と職員自身が否定したのだ。後は服装の一致をどう捉えるかだったが、何の考えも浮かばない。

気付けば、周囲の明度が落ちていた。キャリアの建物の、青みがかった硝子壁面に反射して映る高層建築ばかりが際立って見えた。ベンチに座る老人が電子書籍を外套に仕舞って立ち上がり、敷地内から出ていった。

空中歩廊の通路を歩く大柄な男性がこちらを眺めていた。隙を見せるな、というカガの忠告が耳の奥に再現され、三十代らしき短髪の男性の長身と顔を覆う白いサージカルマスクにクロハは不安を覚えるが、男性は視線を逸らし、足早に歩き去っていった。

＋

警察署で報告書を打つ最中も、クロハは自分でもはっきりといい表すことのできない濁りのある感情を抱え、憂鬱な気分は晴れなかった。何度も、カガの言葉を思い起こした。

あんたは、特捜本部にいるべきだぜ。

時折、ぼやけた焦点が映像を結ぶように、連続殺人について考察していた。その時だけは集中力が甦り、余計なことを考えずに済んだ。
ようやく仕上げた報告書を複合機で印刷し、すでに退勤した課長の机に置いた。

停留所でバスを待っているだけで、体内に黒く渦を巻く気持ちが募ってゆくようだった。足下の煉瓦を模したタイルへ視線を落とし、前歯で下唇を擦り続けている。クロハは短く吐息を吐き出し、停留所の列を離れ、繁華街の方へと歩き出した。

＋

仕切りに囲まれた個室に入り、スタンドライトを灯して小型のタワー型コンピュータの前に座ると、今度は後悔の念が湧き出した。ただの散財でしかない、と思う。わざわざ料金を支払ってネットカフェの狭い空間に閉じ籠もり、自宅でできる作業を、天井と仕切りを越えて届く煙草の煙を嗅ぎながら行うなんて。
喫煙区域に近すぎるせいだった。匂いを意識する度に喫煙者だった父親の厳しい態度を想起し、叱責を受けている心地にもなった。

黒色のコンピュータは少し古く、起動に時間がかかった。壁紙が表示され、アンチ・ウイルス・ソフトウェアの準備が整うのを、紙コップに注いだココアを飲みながらクロハは待った。店内は暖かく、腰を浮かして外套を脱ぎ、壁から下がったハンガーに掛け、それでも起動はまだ終わらない。

ウェブ・ブラウザが自動的に開き、ようやく宣伝用のポータル・サイトが表示され、クロハは検索欄に連続殺人に関する単語を幾つか打ち込み、その結果に目を凝らした。

二つの事案を結びつける報道は見当たらず、未成年者が事件に巻き込まれる風潮に対して警鐘を鳴らす新聞の社説だけが、それらを関連する問題として扱っていた。

カガから提供された以上の目新しい情報は存在せず、今はもう、報道協定が警察とメディアの間で結ばれていることも考えられた。交通事故死した少年についても調べてみたが、詳細どころか、事故の報告そのものがほとんど見当たらない。

何かが小さな棘のように、心に突き立っていた。読んだばかりの社説。未成年者。時代の風潮。共通点……

被害者の二人——あるいは、もしかすると三人——に共通するのは、未成年者の指紋と掌紋。直接の死因となった傷以外にも多く残された暴力の痕跡。クロハの脳裏に、一つの状況が浮かび上がる。

未成年者による、未成年者への暴力。

制裁。集団暴行。被害者へ向かい群れをなす、未成年の加害者達。その映像。

また紫煙の匂いを意識する。何をしている、という父親の声が聞こえた気がした。

――私は、何をしているのだろう。

誰からも求められていない作業を続けている。カガの口にした適材適所の話が、捜査員への復帰の保証となるはずもなかった。それどころか、警察官であり続けるための確固とした芯を、今では意識することもできない。

突然、アサクラのことを思い出した。以前、捜査中唐突にネットカフェで再会した時の光景を。記憶が匂いとなってクロハの周囲を漂うようだった。

壁に掛けた外套の中で携帯端末が震え、仕切りに細かくぶつかり、意外に大きな音を立てた。

確かめるとシイナからのメイルで、電脳犯罪対策課から数名が特捜本部に組み込まれることが決定した、という報告だった。事態は着実に進行している、ということ。自分とは、関係のないところで。

コンピュータを終了させた。外套をハンガーから外し、袖に腕を通す。

アサクラの匂いなど、記憶にあるはずがなかった。

それは仮想の懐かしさ、想像上の理想、というだけ。

＋

浴室から出た後は、TVを点けたままシンクの前に立ち、ぼんやりとしていた。疲労を感じ、頭の中が熱を持ったように、考えはまとまらなかった。

傍にあった水色の瓶の口を握り、少し傾けて回し、角張った容器の中でジンが静かに揺れるのを、眺めていた。深く考えて瓶の蓋を開けたわけではなかったが、いったん開くと、後は機械的に食器棚からグラスを取り出して注ぎ、炭酸飲料を足し、氷を入れてプラボトルの檸檬(レモン)果汁を数滴、落とした。明日が非番であるのを思い出し、嫌な気分になった。

唇に近付けると、前回同じものを作った時よりもジンの割合が増えていることに気付いた。クロハは軽く首を傾げる。それが、一体どうしたというのだろう……

我に返った気分だった。グラスの中味を全てシンクへ流し、捨てた。

動悸が速まっている。何をしている、という父親の声が体内で木霊(こだま)する。私が何かをするのに――

クロハは、シンクから身を離した。

——完全な整合性なんて、必要ない。

ソファに脱ぎ捨てていたデニムを穿き、フリース地の部屋着の上にショート丈のダウンジャケットを着込んだ。洗面台の前に立ち、陶器製の器に置いたバロック真珠の首飾りを胸元に戻した。

冷蔵庫につけたマグネット・クリップから軽自動車と駐車場の鍵をまとめて外し、手のひらに握る。

＋

シイナからのメイルには、《柱》についての情報は記載されていなかった。問い合わせて電脳犯罪対策課を煩らわせるより、直接確かめにゆくつもりだった。クロハは集合住宅から早足で、少し離れた場所に位置する機械式駐車場まで歩き、操作パネルへ鍵を差し込んだ。上段に格納されたクロハの所有車が電動機の駆動音とともに、ゆっくりと目前に降りて来るのを待った。銀色のゲートが開いた。

運転席に乗り込み、シートベルトを締め、思わず車内後方を確認する。アイはもちろん、アイを乗車させるためのチャイルドシートも後部座席には存在しなかった。アイを保育施設に送り迎えするために購入した中古車両。今ではほとんど使う機会もないのだから、処分してしまうべきなのかもしれない。軽自動車を発進させてから、気付いたことがあった。交通事故死、とされた少年の事案。

住宅街から大通りに進入したところで路肩に寄せて車を停め、車内灯を点けて助手席に置いたショルダーバッグから実況見分調書の複写を引き出し、事故現場となった場所を調べた。未成年者が関わっている事案なのだから、『ｋｉｌｕ』もこの件に注目している、ということは考えられる。

速度を緩めて交通事故現場を通過した。街灯の少ない、周囲の建物の迫る狭い丁字路に眉をひそめた。設置されているカーブミラーは真新しく、事故ののちに置かれたのでは、と思われた。一方通行を少しだけ進み、軽自動車を停めた。

徒歩で現場に戻り、少年が大型貨物自動車の内輪に巻き込まれたはずの位置を、道路の反対側に立って眺めると、照明の届くぎりぎりの範囲にあるそのアスファルトの地面には、血痕が残っていそうな気がしてくる。少年のために短い黙禱(もくとう)を捧げ、冷たい夜気を深く吸い込んだ。

携帯端末を操作して『侵×抗』を起動する。

液晶画面の中央で赤色の《柱》が輝いている。シイナから渡された白地図には記入されていない、電脳犯罪対策課も把握していないはずの《柱》だった。指先で触れるとウィンドウが現われ、申請者『ｋｉｌｕ』の名前。申請日時……少し移動して街灯の下に立ち、クロハは実況見分調書に記された発生日時と突き合わせてみる。事故の発生した時刻よりも三十分、申請時刻の方が早い。

クロハはその場で考え込んだ。実況見分調書に書き込まれた日時は、通報した運転手の証言によるものだろう。動転した運転手が正確な時刻を把握していたとは限らないし、書類上は分単位までの正確な記録は必要なかった。

『ｋｉｌｕ』が申請した時刻の方が、むしろ実際の事故発生の時間に近い可能性がある。そして、それ以前の事実として。

この事故は連続殺人の一部であり、『ｋｉｌｕ』は間違いなくそれらに関わっている、ということ。偶然ではありえない。運河での被害者の衣服に残されていた掌紋は、十歳程度のものと推定されていた。けれどその未成年者がそのまま『ｋｉｌｕ』であり、単独犯であるとは考えにくい。いずれの場所も車を利用する者でなくては移動しづらい位置に存在し、タクシーやバスを使っての犯行も考えられたが、それらを十歳の未成年が計画したと見做(みな)すのは無理がある。『ｋｉｌｕ』を主犯、未成年者をその協力者と見立てる方が現実的に思える。

運転席に座り、発見した内容をメイルに書き込もうとして思い止まった。今夜の情報を全てまとめて報告書として仕上げ、シイナへ送付するべきと考えたからだった。


無人の駐車場の入口では、等間隔に置かれた赤色のコーンが黄色と黒色のポールで繋がれ、車両の侵入を防いでいた。クロハは入口の近くに軽自動車を停めた。

交通安全のイベントで案内役を務めて以来、競輪場を再訪したことはなかった。『ｋｉｌｕ』が実際にその場所にいた、と確信してみると、建物に遮られて窺うことのできない競輪場前の広場が、まるで禍々（まがまが）しい異世界のように感じられる。

液晶画面上の狭い地図では、敷地内の奥に建てられたはずの《柱》を確かめることができなかった。シートベルトを外し、アルミニウム製のケースをバッグから出して開き、ＨＭＤを端末に繋いで顔に取りつける。しばらくすると視線の先に、光を放つ《柱》が出現した。その正確な位置を建物越しに、想像しようとする。

叫び声をクロハが耳にし、初めて認識した際の少女の居場所よりも、演奏中の警察音楽隊に近いように思える。パイプ椅子の並べられた観客席に重なっているのではないか、という気がする。

今になってクロハは、自分が『kilu』の正体について深く考えないようにしているのに気付き、その理由にも思い至った。

『kilu』は冷酷でありすぎる。聴衆の中に『kilu』がいたなら、瀕死の少女を駐車場内に止めた車両の中に監禁したまま警察音楽隊の演奏を楽しんでいた、ということになる。それが事実であるのを、認めたくなかったのだ。私が。私の理性が。

これまでに相対した、心まで凍りついたような残酷な人物達。彼らの姿が心中に甦るだけで、緊張の汗が滲むようだった。

クロハは当日の演奏の様子を思い浮かべようとする。案内役として、客席も含め、ほとんどの参加者を視界に入れていたはずだった。でも、やはり、記憶の中だけで犯人を特定することなど不可能だ。

そして『kilu』もまた未成年者である、という想像。普通自動車免許であれば、十八歳から取得することが可能だ。被害者のうち一人は家出人であり、後の二人は今も身元が判明していない。そこには非行の臭(にお)いが漂い、同じ種類の人間が集う状態を強く意識させる。

想像は、それ以上進まなかった。犯人像が揺らぎ続けている。具体的な加害者の姿を思い浮かべることができない。被害者の衣服から検出された掌紋は、鮮明なものではなかったという。推定年齢自体を誤った可能性もあった。

少しでも、情報を集めるべきだ。ＨＭＤをバッグに戻し、シートベルトを締め直す。

＋

巨大な製紙工場の向かい側に位置するその公園前の車線は、付近の冷凍倉庫の所有物である大型貨物自動車三台により、埋められていた。

貨物自動車の合間に軽自動車を駐める格好になり、駐車した途端、前後の視界が完全に塞がれ、クロハは圧迫感を覚える。事件現場だったが時間が経ち、警察車両も警察官の姿も付近には見当たらなかった。ＨＭＤの用意をし、運転席から手を伸ばしてグローブボックス内のＬＥＤ電灯を取り出した。

ルームミラーにヘッドライトの光が映り、通り過ぎるのを待ってクロハは車を降りた。去ってゆく四輪駆動の黒いＳＵＶ車はナンバープレート灯が切れ、登録番号を読み取ることができなかった。クロハはもう一度運転席側の扉を開き、特殊警棒を入れたままのショルダーバッグを持ち出した。

公園へと続く小道を遮る、低い位置に張り渡された鉄鎖を跨ぎ、クロハは運河へと進んだ。頭上を、石油会社のパイプラインが走っていることに気がついた。

小道の先は暗く、けれど赤色の光を放つ《柱》はクロハの視界の中で、眩しいほどその存在を示していた。小道の両側はフェンスで塞がれ、懐中電灯の光を向けると、奥では手入れのされていない雑草が茂り、ラミネート加工された紙が金網に結びつけられ、臨港道路建設による全面休園を知らせている。日中は止んでいた雨が降り始め、ラミネート・フィルムに当たる音がした。

工場内の巨大な煙突が対岸に浮かび上がり、白煙を上げていた。コンクリートで固められた岸壁から、クロハは運河を覗き込んだ。漆黒の運河は対岸の明かりを反射し、起伏もなく、ほとんど静止しているように見えた。近くに短い突堤があり、その先の水面から《柱》が突き出ていた。ウィンドウの表示も、はっきりと読むことができる。

申請者は、『ｋｉｌｕ』。すでに予想する必要すら、クロハは感じていなかった。記憶にある、事件が発覚した時刻よりも申請日時は約三時間早い。現場見取図に書き込まれていた発見場所からも《柱》の位置はずれているようだったが、それは遺体が海へ向かい、わずかに流されたことを示しているのかもしれなかった。

――『ｋｉｌｕ』は自らが参加する殺人を、誇示している。

クロハは身震いし、ＨＭＤを外してバッグに収めた。周囲を見渡した。全く人気のない場所。仮想の光とはいえ、視界から強い光源が消えたのを心細く感じた。違法な釣り人が訪れなければ、恐らく事案の発覚はずっと先になっただろう。あるいは本当に、発見されることなく――

悲鳴を上げても、誰にも届くはずのない環境。人の生活圏から、わずかに逸れた場所。光のほとんど届かない、視界を覆われたに等しい闇の世界。

隙を見せるなよ、とカガはいった。

踵(きびす)を返し、歩みを速めて小道を後戻りした。踵(かかと)の下で擦れ合う小石の音を、クロハは意識する。細かな雨の滴が片目の中に入り、動悸が速まった。

道路に出ようとしたクロハの足を、ヘッドライトの輝きとエンジンの始動音が止めた。車線の後方から発進した車があり、緩やかに通りかかり、そしてクロハの前で停止した。真っ暗な車内に大柄な、短髪の男の輪郭が見えた。サージカルマスクの白色が闇の中、薄(うっす)らと浮かび上がっている。

クロハの首筋の産毛が逆立った。ショルダーバッグを片手で開け、静かに中を探り、特殊警棒を取り出して強く振り下ろし、鋼鉄製の武器を一気に伸長させた。

辺りに金属音が鳴り響き、クロハは車内の男から視線を逸らさなかった。

男が何か、呟いた気がする。

黒色のＳＵＶ車はゆっくりと発進し、次第に速度を上げ、冷凍倉庫前のカーブに沿って走り、クロハの視界から消え去った。読み取ることのできないナンバープレート。

すぐに軽自動車に戻り、ドアロックを掛けた。助手席に置いたバッグに警棒を仕舞おうとし、うまくいかず、その時になってクロハは自分の手が震え続けているのを知った。

＋

今まで見ていたはずの夢が、目覚めた瞬間に脳裏から薄れてゆく。その生理作用に逆らう気にはなれない。悪夢を思い出したくなかった。不安な心地だけが薄い汗となって全身に残っている。なぜ目が覚めたのか、その理由だけは思い出すことができた。

メイルの着信音。内容を確認する必要もない。スパムに違いない。

天井に差し込む光はなく、室内は真っ暗で、夜明けにもまだ早いことが分かる。クロハはもう一度瞼を閉じた。静かな呼吸を意識する。

部屋着のまま、シンクの蛇口に取りつけた浄水器から水をコップに注ぎ、飲み干した。浄水器の、プラスチック製のカートリッジには小さなシールが張ってあり、クロハの手書きの文字で濾過(ろか)装置の使用開始日が書き込まれている。交換日はとうに過ぎていた。生活の全てが雑になってゆく、その証拠のように思え、苦い気分になった。

歪みを正さなくては。生活の綻(ほころ)びを。部屋の隅に設置したワークデスクへ向かい、銀色のノート・コンピュータの電源を点け、メイル・ソフトウェアを立ち上げた。

スパム・メイルの送られてくる頻度が、数日置きから十数時間置きにまで短くなっている。深夜に送られたメイルを開封してみると、意味の読み取れない言葉の羅列が並んだ。文字コードの変換エラーが起きたらしく、ひどく表示の乱れた文章だったが、慎重に目を通すと短い文面のうち、ほんの一部だけは読み取ることができる。

文中に点在する五、六桁の数字。金額のように見える。つまり、予想通り、ということ。このメイルがブランド品のバッグや化粧品――恐らく偽物――の購入を促す詐欺行為であるのが明らかになった、という話。文中には、サイト・アドレスを表す英語もあり、そこへ誘導するのをこのスパムは狙っているらしい。

メイル・アドレスを確かめた。スパムは全て同じ発信元の、フリー電子メイル・サービスから送られている……二十四時間で数百万の宛先へ送信するといわれる、自動応答プログラム(Bot)による悪質な宣伝の対象に、私のアドレスも捕らえられてしまった、ということなのだろう。

クロハは最も単純な対抗策を選んだ。ソフトウェア側でブロックする、という対処。消極的なやり方だったが、匿名者相手に有効な手立てが他に存在しないのも事実だった。少なくともこれで当分の間は、夜中にスパムで起こされることもないはず。

キッチンでトーストが焼き上がるのを待つ間、クロハは悪意とともに経済活動をしようとする者達について考えていた。取り締まることのできていない現状に思い至る度に苛立ち、視線はシンクの奥に置かれたジンの瓶へ送られた。朝から？　クロハは水色の瓶を手に取って冷蔵庫に仕舞い、視界から消し去り、腕を組んだ。

非番を過ごすのに、このまま自宅に籠っているべきではない、という気持ちになった。

＋

繁華街へ向かうバスの中で、クロハは携帯端末上の地図を眺め、子供が街なかで時間を潰すのに相応しいと思える場所を探した。子供だけで退屈を凌ぐことのできる施設。無料の場所はそう多くなかった。公園は大方巡ったはずだが、時間帯によって人の入れ替わりが激しすぎ、一人できめ細かい聴取をこなすのは難しい。別の方向性を探るべきでは……アミューズメントセンターは、とクロハは思いつく。ゲーム機を利用するのは無料でないにしろ、他人の遊ぶ遊具を背後から覗いて時間を過ごす、ということはできそうな気がする。

バスターミナルへの到着を知らせるアナウンスが、車内のスピーカから流れた。

駅の周辺には五ヶ所のアミューズメントセンターが存在した。クロハが順に訪れてみると、そのうちの一つはすでに閉店しており、二ヶ所はメダルゲーム専門の施設で、そこに設置されたスロットや競馬ゲームを眺めているだけで子供が楽しめるとは思えず、残り二店の設備も同様だったが、ギャンブルゲーム機に加えて数台のクレーンゲーム機がショーウィンドウの前に並べられ、その様子が通行人から見えるようになっている。子供なら、景品のぬいぐるみやコミックのフィギュアに興味があるはず、とクロハは考えるが、コインを持たずに長く居座るのも難しいだろう、とも思う。それぞれの店で順に聴取を試みたが、やはり有益な答えは返ってこなかった。

最後に訪れた店内で自動販売機から炭酸飲料のペットボトルを購入し、大型メダルゲーム機を囲む椅子の一つに浅く腰掛けて、大音量の効果音がフロア内に響く中、短い休憩をとった。もう一つ、ショッピングモール内のアミューズメントセンターにも足を運ぶつもりだったが、また少し方向性を見直す必要を感じ、今一度検索をやり直すことにした。

携帯端末上で調べを進めていると、繁華街からは外れた位置に、さらに一つ大型の娯楽施設が存在することが分かった。写真を見て、クロハはその建物の外観を思い出した。

香港の九龍城砦跡地に建てられたスラム街を題材にしたというその施設が、窓のない壁面を赤茶色に塗装した五、六階建ての大きな建築物であるのは自邏隊に所属していた当時から知っていたが、店内にまで入った経験はなく、立ち止まって外観を見上げるのも初めてのことだった。錆が雨で流され、また新たな錆を作るように幾重にも塗料が吹きつけられ、壁面を塗り潰している。太い配水管が入口を囲み、生物的にうねっていた。

自動扉が開き、恐怖映画のＢＧＭに似た音楽が聞こえ、真っ赤な内扉を潜ろうとすると、どこからか圧縮空気が噴射されクロハは驚いて首を竦めるが、その瞬間に考えたのは、過剰な演出に満ちたこの空間自体が子供の興味を強く引くだろう、ということだった。

エスカレータに乗り、各階を見て回りながらクロハはその確信を深めていった。店内はどこも薄暗く、あちこちに繁体字の電飾や看板、得体のしれない料理を並べた屋台、住人の気配まで装ったアパートの窓を、どれも廃墟に近い質感で再現し配置していた。それだけでなく、ブラウン管式のアーケードゲームから最新のリズムゲーム筐体まで並ぶ娯楽施設としての純粋な有りようが、子供の、特に男の子の関心を引き寄せるのでは、と思われた。

店の奥まで液晶モニタ筐体の並ぶその入口付近、両替機の傍で店員の姿を探した。通りかかった黒い制服の女性店員へ警察手帳を提示し、用件を告げると、インターカムを通して店長を呼び出してくれた。背後の、汚れた褐色に塗装されたエレベータの扉が開き、背広姿の痩せた中年男性が緊張の面持ちで現われ、こちらへ丁寧に頭を下げ、首に掛けた平仮名の社員証が大きく揺れる。

クロハは端末に、交通事故に遭った少年の似顔絵を表示させ、見覚えの有無を訊ねる。張り詰めていた店長の顔から、興味が消えてゆくのが見えた気がした。店長は溜め息をつくように、この店では未成年の入店を認めていないんですよ、といった。期待が外れ落胆するクロハへ、

「だから、もう何度も注意はしているのですが……」

クロハは一瞬、相手が何の話をしているのか、理解することができなかった。

まさか。

「この少年に、見覚えがあるのですか」

勢い込んで聞くクロハへ、

「ええ……どこかよその店で、何かを仕出かしたのでしょう？」

店長は腕を組んで少し顔をしかめ、

「ここでは大きな問題を起こしてはいませんが、それにしても毎回こちらが入店を注意する度に、お父さんがトイレに入っている、と同じいいわけをするものですから。その後、目を離した隙にいつも消えている……という感じで」

「実際に、保護者が傍にいたことは」

「誰も見たことはありません。そもそも、たとえ保護者同伴であっても、未成年の入店はお断りしていますので」

「少年は、何度か来店したのですか？」

「スタッフからの報告を含めると、確か……この少年は四度ほど来店したはずです。私が直接注意をしたのは、そのうちの二度だけですが」

「いつ頃からの、お話でしょう」

「昨年の秋頃から、というところです」

「今年に入ってからは……」

「一度も見ていないと思います」

「現われた時間帯は？」

店長は高い天井を見上げて、

「大抵は……平日の夕方、だと思います」

「子供が来店した日付、時刻を可能な限り、正確に教えていただくことはできますか」

「業務報告書を調べれば、できると思いますが……手書きの報告書の束ですので、すぐに、というわけには」

「後日で構いません」

クロハは手帳から小さなボールペンを抜き取り、手のひらの中で手早く自分の名刺に携帯番号を書き記して、

「こちらの方へ、直接ご連絡ください」

名刺を受け取った店長は物珍しそうに県警の名刺を眺め、分かりました、といった。店内のアナウンスや店員の動きに忙しさが現われ始めたのを察し、クロハはひとまず聴取を切り上げようとする。

「ご連絡を頂き次第、改めてもう一度お伺いしたいと思います」

わずかではあったが、事態が進展したことにクロハは興奮を覚えていた。一礼して立ち去ろうとしかけた時、店長の声に引き留められた。

「あの……両方の情報が必要なのですよね？」

「両方？」

話がうまく呑み込めず、振り向いたまま動けずにいるクロハへ、

「二人とも、という意味です。二人が揃っている時だけでなく、一人ずつの来店記録も……」

「保護者は見かけなかった、というお話だったのでは」

「そうではなく……ええと」

会話の擦れ違いに店長の方も気付いたらしく、

「先程見せていただいたイラストの少年だけではなく、よく一緒に来店していた、もう一人の少年の情報も業務報告から抜粋した方がいいですか、という意味なのですが……」

瞬間的に、全身の血液が沸騰したようにクロハは感じる。店長へ、

「もう一人の少年、とは」

怯えたような相手の表情を認め、詰め寄りすぎていることに気付き、クロハは慎重に、

「子供は二人いた、ということですか」

「……ええ。ほとんどの場合は、一緒にいました。もう一人の方だけで来たことも、一、二度あったと思います」

「いつ頃でしょう」

「今年に入っては、やはり来店していないと思いますが……」

「顔立ちや服装に、特徴は」

「二人とも、よく似た雰囲気でした。服装も、髪形も。年齢も同じくらいだと思いますが……」

床に着色された、乾いた血痕を連想させる大きな黒い染みへ視線を落として記憶を探り、

「イラストの少年よりも、顔立ちの線が細い感じかと。体格も、どちらも痩せていましたが……そちらの方が、さらに細身だった覚えがあります」

過去の記憶とのリンクを、クロハは感じる。未来科学館での、水色のスカーフを巻いた女性職員との会話。この絵よりも、鼻筋が細かったと思います……

「二人の服装は？」

「細かな部分までは覚えていませんが……やはり同じような服装だったかと。パーカーや薄手のジャンパー……正直にいって、豊かな身なり、とはいえなかったと思います」

「日によって、お互いの服を交換していたような記憶は」

「そこまでは……」

「二人の仲はどうだったでしょう？」

「私は、特に印象はないですが……」

店長は、こちらを気にしつつ傍を過ぎようとしていた女性店員を呼び止め、少しの時間

でしたら、とクロハへ前置きしてから、同階のフロアスタッフ全員の臨時呼集を指示した。

四人の店員が集まり、少年達についての質問にそれぞれが考え込む様子だった。見たことがある、という若い男女の店員だけを残し印象を改めて訊ねると、服装、顔立ちの話は店長と同様で、二人の間柄については、友達として振る舞っていた、ということだった。

「一方が一方を従えていた、というようなことは……」

「それは……恐らくないと思います。不仲には見えませんでしたし、何というか、緊張感のようなものは二人の間に感じられませんでした」

男性店員が答え、女性店員も小さく頷き、

「私が実際に見たのは……二人で一つのゲームを交代して遊んでいた様子です。当然のように……暗黙の了解みたいに席を譲り合って。一人が遊んでいる間は、もう一人が熱心に覗き込んでいました。余りに熱心だったので……その日はゲームが終わるまで待ってから、退店するように注意しました」

「少年達は、よくビデオゲームで遊んでいたのですか？」

「私が見たのは、その時の一度だけです。たぶん、よく遊んでいた、ということはないと思います。操作に不慣れな様子でしたから……」

交通事故で亡くなった少年は、殺された可能性が高い。そうだとすると、もう一人の少年は加害者側に属するのでは、とも思えたが、上下関係のようなものを示す話は一つもなく、あるいはまた別の交友範囲に位置するのかもしれない。小さな短い唸り声が聞こえ、

「ただ、結構……」

男性店員が社員証を指先でいじりながら、ためらいがちに、

「正直いって、素行はよくなかったと思います。荒れた雰囲気、というか。喋り方も凄く無愛想で、目を合わせようとはせずに……視界に入れたくない、という態度で」

「問題を抱えていそうな子供だった、ということですか？」

並んで立つ女性店員が、何度も細かく頷いて同意する。たぶん、と男性店員が話を続け、

「何か自分達だけの世界があって、その内側に閉じ籠もっている、という雰囲気でした」

子供達だけの世界。閉じられた関係。

情報提供が途切れ、クロハは自分が口をつぐんで考え込んでいるのを知る。幾つかの確認の質問に答えてもらった後、聴取用の手帳を閉じた。


店から出ると、薄い日差しを眩しく感じた。歩道橋の階段の下に入って県道沿いを走る冷たい風を避け、六車線の幹線道路を前にクロハは気持ちを静めようとする。細身の少年、という新しい情報に混乱してもいた。そして、あるいは。

あるいはその少年こそ、最初から私が追っていた子供では――

+

歩道橋を渡る途中で、クロハは鉄道駅周辺の果物や惣菜の試食ができそうな場所へ、足を運んでみることに決めた。空腹の子供が試食を目当てに出没するのはありそうなこと、と思えたからだった。

駅ビルや商業施設を巡り、スーパーマーケットや食品売り場で試食を勧める店員や、売り物の食材を使ってその場で料理を作る栄養士への質問を試みたが、収穫となる情報はなかった。どの店の店員も、毎日何度も母親に連れられた子供と接しているために、一人一人の特徴までは覚えていなかった。夕刻の、買い物客の集中する忙しい時間帯に入るにつれ、店員の受け答えも上の空になってゆくようだった。

ショッピングモールのアミューズメントセンターを訪ね、広いエリアを歩き回り、クレーンゲームばかりが設置されているのを見て取ったのち、スタッフ達に少年二人についての記憶がないのを確認したクロハは、思い出した際のために名刺を渡し聴取を終了した。

店の奥の人目につかない場所で太い柱にもたれ、甘い缶珈琲を口にする。空腹を感じ、何度か飲んだ飲料水を昼食代わりにしていたのを思い出した。疲労で張ったふくらはぎをデニムの上から片手でほぐした後、携帯端末を外套から取り出すと三件のメイル着信があり、それはカガとミズノと覚えのないアドレスからのものだった。クロハは訝(いぶか)しむ。またスパムだろうか？

開封するが、文字の乱れはなく、短い手紙となっていた。

黒葉佑様。

複数回のコンタクトを経まして、失礼ながら、貴方側の情報漏洩が見られないことを、確認いたしました。つきましては一度、彼らの目が届かない場所でお話をさせていただきたいと思います。用件はその際に伝えようと考えておりますが、すでに以前のコンタクトから推測されているかもしれません。今回のお話は、その補足説明となります。よろしくお願いいたします。西勝英

ニシ。所轄署の会計課員。慎重に三度読んだが意味は読み取れず、困惑する他なかった。このメイルそのものが一つの問題を孕(はら)んでいる、という事実にクロハは気がついた。ニシ

はどうして、私用のメイル・アドレスを知っている？

個人的なアドレスを伝えた相手は限られている。所轄署員の中で知っているのはミズノ一人のはずで、後は連絡先として書類に記入した覚えがあるだけだった。第一、警察官同士であるのだから、署員それぞれに支給された携帯電話を用いる方が、より公的な状況でやり取りができるはず……

つまり、公にしたくなかった、ということになる。ニシは恐らく所轄署内に、私と接触した記録を残したくなかったのだ。古株の会計課員であれば、署員のデータベースを閲覧することなど簡単な話だ。クロハはもう一度注意深く、メイルを読み解こうとする。

コンタクト。思い出すのは、所轄署から外出しようとしたこちらの手首を、いきなりニシに掴まれた、あの瞬間。

クロハは鮮明に覚えている。あの時ニシが口にしたのは、誰と会うのですか、という擦れ声の詰問（きつもん）だった。私は最低限の受け答えだけをした。ニシとは他に、話らしい話をしたことはない。後は、一階カウンタ内での職務中に受ける、盗み見るような視線。

上司と相談するべきだろうか、と真剣に考えるが結論は出なかった。彼ら、とは他の署員を指しているのかもしれず、そうだとすれば署内の問題に関してニシは何かを掴んでいる、とも考えられる。もしそうであったとしても、ではなぜ、ニシは私と接触しようと考えたのだろう？

いずれにせよ一度は対話をしておくべき、というのは、クロハ自身も考えていたことだった。それでも、直接二人きりで会うなら場所は考慮する必要がある。人の大勢いる空間が相応しい。ニシは、こちらの細かい要望を了承するだろうか。クロハは柱にもたれつつ端末を操作して何度も文面を書き直し、返事を作成した。

西勝英様
お会いすること、問題ありません。不明な点が多々あり、説明していただけたら幸いです。お会いする場所につきましては、こちらからも意見を述べさせていただきたいと、考えています。黒葉佑

メイルを書き終えてから、クロハはまた別の可能性に思い至り、送信の表示を押すことができなくなった。西勝英、という人間が本当に心を病んでいて、正常な判断力をすでに失ってしまっている、という可能性。

今一度、ニシからのメイルに目を通す。文面からは、事情を完全に把握している、という会計課員の自信が窺えるようで、その気配がクロハを不安にさせた。

迷った末、送信のアイコンを押した。残りの着信を確認すると、カガからは、特捜本部が交通事故で死んだ少年を事案の被害者の一人として扱うことを決定した、という知らせがあり、ミズノからのメイルは今夜の夕食への誘いだった。

クロハはミズノへの返事に、自分が今、ショッピングモールの中にいることを書いて送信した。アミューズメントセンターの入口の方を見やり、この場所が施設の最上階にあり、同じ階には多くのレストランが並んでいるのを思い起こした。

＋

椅子に座ってミズノを待つ間、今日一日の調査報告をカガへ送るために、クロハは携帯端末に文字を入力し続けた。

書き込んでは消し、なかなか文章をまとめられずにいた。肉体的な疲労よりも、考えることに疲れた気分だった。ニシからのメイルが思考のどこかに、半端に突き刺さった状態になっている。ようやくメイルを書き終え、送信した。ミズノはなかなか現われなかったが、小さな椅子に深く腰を掛けて漠然と人を待っているのは、悪い気分ではなかった。

レストラン内は天蓋（てんがい）のように、鮮やかな青色の布で覆われていた。周囲のカウンタにはビュッフェ形式の食事とデザートと飲み物が並べられ、取り分けられるのを待っている。天井中央の垂れ幕に印刷された十二星座のシンボルマークに気付き、それぞれがどの星座名を表しているのか思い起こそうとクロハが記憶を探り始めた時、入口付近に立つミズノの姿が視界に入った。混雑する店内を、他の客の間を縫って歩み寄って来たミズノは、遅くなりました、といってトレンチコートを脱いで畳み、隣の椅子に置いた。

ミズノとともに、スライスされたライ麦パンや鶏肉やグリーンサラダをカウンタから少しずつ自分の皿に分けた。ショーケースの中で綺麗に整列する小さなケーキが気になったが、すぐになくなるはずがない、と自分にいい聞かせる。厚手のロングスカートの上で両手を揃えて座り直し、食事に誘って大丈夫でしたか、とミズノが訊ねた。

「何か、用事の最中だったのでは」

「いえ……今日は、もう」

クロハは曖昧に返答した。勤務中に行う調査活動に関しては警務課長へ報告書を提出していたが、それ以外の捜索は特捜本部と関係することもあり、署内の誰にも知らせてはいなかった。ふと、ショッピングモールにいるというこちらの説明を、ミズノが買い物の最中と判断しなかったことに気がついた。たぶん彼女は私の疲労感——抑えきれていない汗の光や、髪や服装の埃っぽさ——を認めて、そう理解したのだろう。

ミズノとの間にわずかに残る緊張感を、クロハは意識する。この機会に少しでもそれを弱めることができればいい、と思う。何か仕事をされていたのですか、と訊ねられたクロハは、

「区役所からの頼まれごと。その続き」

「非番中に？」

「退屈なので……」

自分のいい方が少し可笑しく、

「警察官の友人とは非番のタイミングが合わないし、他の職業の友人とは段々疎遠になってしまって」

分かります、とミズノも微笑み、

「それもあって、今日は誘ってみたのですけど」

クロハとミズノは食事を続けながら、自宅で作る独り暮らしの料理の話をした。クロハはほとんど毎日食べている、豊富とはいえないパスタ料理のバリエーションを喋り、ミズノからは最近凝っているというムニエルやスープの、魚料理の作り方を聞いた。

話し始めてすぐに、ミズノの方が遥かに調理に関して知識のあることが分かり、クロハは聞き役に回るようになった。冷蔵庫の奥に残りがちな調味料について、特にオイスター

ソースをドレッシングとして使う方法を、クロハは熱心に聞いた。合わせることのできるビネガー、オイルの種類。割合。

ミズノの話し方は率直だった。こちらが例としてあげる調理方法のよしあしをはっきり決め、どう工夫するべきか、助言してくれた。ミズノが口を開く度に、残り少なくなった緊張の糸が一本一本、消えてゆくのを感じる。捜査以外のことを考えるのが、とても久し振りのように思える。次には、後ろめたさを覚えた。

イマイに対して。二人の少年に対して。でも、もう少しだけ忘れていよう、と思う。ラズベリーとブルーベリーの載った小さなムースケーキをフォークで半分に。今だけは、この気分を楽しもう。

ミズノはリキュール・ベースのカクテルを飲んでいる。グラスの底に残った葡萄酒を飲み干したクロハが、ミズノと同じカクテルを注文するかどうかを迷っていると、

「今日は、区役所の用事という以外に……」

ミズノが話題を戻した。

「今日はその件だけ」

クロハがそう答えても、

「聞き込みですか？」

「そう……それほど大袈裟な調査ではないのだけど」

「誰かに会いました？」

クロハは視線を上げた。ミズノと目が合い、その奥に何か切実なものを見たような気がした。ミズノ自身、こちらの覚えた違和感に気付いたらしく、急に口をつぐんだ。

そこからは漠然とした会話が、途切れ途切れに続いた。

夕食に誘ってもらった礼を伝え、クロハは二人分の支払いをした。ミズノは小声でぎこちなく、ご馳走様です、といった。


ショッピングモールの通路、レストランから出たところでミズノと別れ、クロハは巨大な円形の吹き抜けとなっているその最上階の外周を、酔いを覚ますつもりでゆっくりと歩いた。

中央の広場では何かの催し物を撤収しているらしく、同じ赤色のジャンパーを着たスタッフがステージに敷き詰められた風船を潰し半透明のポリ袋に詰め、その結果、斑（まだら）模様の不思議な物体（オブジェクト）が次々と出来上がってゆく様子を眺めながら、クロハは外周の通路に設置された小さな祠（ほこら）の傍まで歩き、金属の手摺りに両肘を置いて頭上に広がる夜空を仰いだ。空気はとても冷えていた。小さく点々と、星の輝きが見えた。

ショルダーバッグからHMDを出し、機械的に携帯端末と接続して、顔に装着した。端末上で『侵×抗』を起動すると、すぐに沢山の《柱》がこちらのいる座標を起点に、遠くまで立ち並んでゆく光景を見渡すことができた。

クロハの視界の中でほとんどの《柱》は、商業施設の吹き抜けを取り囲む建造物に重なっていたが、施設の照明効果と混ざり合い、星空の下、夢の中の風景のように融合して見えた。目の前の空間が開けているために、《柱》それぞれの位置を想像することも容易だった。

新たに設置された《柱》を識別し、それぞれに付されたウィンドウの中に『ｋｉｌｕ』の文字を探し出そうとするが、視認できる範囲には見当たらなかった。

クロハは外套の襟を片手で掴み、隙間を閉じた。そのまま、少年二人について考えようとする。今度は、考察に集中できなかった。

ミズノの表情を、思い出してしまう。彼女が表情で明らかにし、クロハが確信したのは、彼女がこちらの様子を窺っている、という事実だった。所轄署内の食堂で感じたものと、同じ種類の視線。

ミズノは私を、探っている。他の署員と同じように。

三

　自宅の扉を開け、天井の照明を点灯した。ショート・ブーツを脱いで上がった殺風景なワンルームが、いつも以上に寒々しく感じられた。体が芯まで冷えきり、暖かいシャワーを浴びても部屋着を二重に着込んでも、体内の冷気は消え去ろうとしなかった。

　人恋しさを覚え、クロハは旧友の二人に連絡を取ろうとソーシャル・ネットワーキング・サービスで近況を訊ねる文章を送るが、返ってきたのは、残業中、という無愛想な一文と、子供の世話で手が離せない、という短い報告だけだった。

　しばらくの間ソファに深々ともたれ、携帯端末と無線接続したスピーカで音楽を聴いていたが、諦めきれない気分を認め、クロハはキリへ連絡をしてみることに決めた。以前に自らが保護した年下の事件関係者に、捜査員が依存する格好のようにも思えたが、それはそれでキリとの友人としての繋がりを否定する考え方に感じ、結局ソファから立ち上がってワークデスク上のノート・コンピュータの電源を点け、仮想空間へと誘うメイルを送付した。

こちらから連絡するのは初めてのこと、と思い出した。キリの方から接触してくるのが当然だと、決めつけてしまっているように。たぶん、とクロハは思う。

たぶん、そうやってコミュニケーションを人任せにしているせいで、私はこんな風に、エアポケットに陥るように独りになってしまうのだろう。

液晶モニタの中、キリの作った仮想都市が再構築され、舞台装置(ガジェット)で満たされてゆく。誇張された夜の都市に降り立ったのは、多角形(ポリゴン)で構成されたクロハの化身(アバター)、『アゲハ』の後ろ姿。拘束服的な細身のつなぎ。その腰回りをさらに搾(しぼ)るような、エナメル風の黒いスカート。

電子的に再現された高層建造物が林立し、夜空のほとんどを覆い隠していた。アゲハの立つ路地から見える光景は建物の裏側ばかりで、銀色の排気管が幾本も上下に並列して走り、空調の室外機が高層階まで連なり、どこからか、低い振動音と水滴の落ちる音が聞こえてくる。

アゲハは久し振りに訪れた街を見渡しながら、土地の中央を横断する大通りまで歩いた。アスファルトを模した道路の窪みに溜まる濁り水が街明かりを反射し、輝いていた。葡萄(ぶどう)

の房のように密集した道路標識。錆びつき、傾いた放置自動車の列が通りの片側を埋めている。低層の商店が大通りに沿って並び、その多くはシャッターを下ろしていた。

舞台装置のほとんどはアゲハにとって見覚えのあるものだったが、初めて目にする要素もあった。歩道の暗がりには、ごみの溢れる容器が見え、そこにもたれて座り込む薄着の若い女性が、それも演出として存在している。

商店街の一ヶ所にショーウィンドウの光が見え、火花を散らして点滅する街灯の下を歩いて近付くと、ウィンドウの奥に陳列されたブラウン管式のTVがあり、その全ての画面に音楽PVの一部らしき、泣き叫びながら激しく踊る中年女性の姿が映し出されていた。ブラウン管とブラウン管の合間には、半透明の髑髏（どくろ）や刺青（いれずみ）に覆われた大脳や斑点模様の甲虫（こうちゅう）が詰め込まれていて、アゲハにはどうしても、それらがキリの精神状態を表しているように思えてしまう。キリは本来、使用用途の決まっていない物体（オブジェクト）――大抵は他の場所で、他の製作者から譲られたもの――は隔離した空き地に置いて保管し、街そのものの造形は計画的に、丹念に積み重ねていたはずだった。よく観察すると電信柱の陰や立て看板の裏に、形状の荒い人形（フィギュア）や低解像度テクスチャの貼りつけられた宇宙船が、無造作に放置されている。

きっとキリはどこかの時点で、すっかりやる気をなくしてしまったのだろう、とアゲハは想像する。

本人は資材を組み合わせてさらに街を拡張するつもりだったが、自らの意気込みに疲れて中断し、結局はそのままの状態が長く続いている……

アゲハはショーウィンドウの内側に張りついた、海牛らしき微動する物体を見付け、それを眺めつつ、キリをここに呼び出してしまったのを後悔していると、

「アゲハ」

話しかけられ、振り返り、アゲハは華奢な少女の姿を見た。着地の風圧で、軽やかに衣装が膨らんでいる。

キリが化身に与えた、はにかむような仕草は少女がそこに佇んでいる姿勢さえ、より愛らしく見せていた。声も高い諧調に変換されていたが、刺々しさは隠しきれず、

「何？」

キリらしくない、短い質問だった。

「ごめん……少し話がしたくなって。場所を移そうか？」

「ここでいい。別に」

陶磁器のように滑らかな顔立ちの微笑の奥に、警戒心が透けて見えるようだった。

アゲハとキリは高層建築の屋上に設置された電光掲示板へ移動してそこに腰掛け、まる

で初対面のように、当たり障りのない話をすることになった。アゲハは街を構成する様々な要素について訊ね、訊ねる度にキリを傷付ける可能性にひやりとしたが、他に話題として頭に浮かぶものもなかった。キリは質問の一つ一つに短い解説をしてくれたが、いつものように豊富な反応を化身(アバター)に加えることはなく、自分自身が作製した街を見下ろしたまま両脚をぶらぶらさせるだけで、それ以上、動きを変化させようとはしなかった。

話すうちに、アゲハはキリの緊張の理由に気がついた。製作途中の自分の仕事に直面させられている、というだけでなく、食事の約束の実行を迫られている気分になっているのだ。食べ物に少しでも話が及ぶと、キリの口数が減り、注意深い口調になる。

アゲハは、何もかも失敗した気持ちになった。

やがて、自然と会話が途切れた。少女の化身(アバター)の沈黙の中に、立ち去ろうとする機微を感じ、けれどアゲハはそれを止めなかった。キリが風に煽られたようにわずかに宙に浮かび、そのまま飛び立って消えるものと見えたが、もう一度電光掲示板の縁に緩やかに座り直して、アゲハ、と話しかけてきた。

「この前の話なんだけどさ」

「何……」

アゲハが少し驚いて聞き返すと、

「子供を探してる、っていってたでしょ……あれから何か、進展はあった？」

「進展……いえ」

殺人事件との繫がりが明確になった以上、一般市民に詳細を話すわけにはいかず、アゲハ＝クロハは言葉を選び、

「何か……子供も、複数人いるような感じなの。私が探している人間がその中にいるのかどうかも、よく分からないのだけど」

そう、とキリが静かに答え、再びその場から浮上して、

「探してあげてね、アゲハ」

妖精のように色素の淡い少女の姿がさらに薄れ始め、

「きっとその子も、アゲハに見付けてもらいたいと思っているはずだよ。昔の私みたいに」

アゲハは咄嗟に返事をすることができなかった。キリの姿が完全に消えてからも、電光掲示板の上から動けずにいた。キリ独特のいい方が、胸の奥に強い印象を残した。陽に焼けた銀塩写真のように朧気だった少年達の印象に色彩が重ねられ、それぞれの人物像に血が通い始める様子を、アゲハは想像していた。

街を彷徨う子供が、今望んでいること。暖かい食事。学校の授業。友人との遊び。安心……そして。

——それらを与えてくれる大人。

クロハ＝アゲハは胸苦しさを覚える。急に、焦りが込み上げるようだった。交通事故死した少年と行動を共にしていたという、細身の少年。加害者側、被害者側のどちらに立っているのかは判断できなかったが、事故で亡くなった子供よりも、イマイから依頼された時に感じた人物像には、より近いように思える。そして、その少年は今も生きている——

独自の事案として正式な捜査に持ち込む方法はないか、と考えるが、うまい方法は思い浮かばなかった。特捜本部の補佐に奔走し、内部問題で混乱する現在の警察署で、曖昧な案件を敢えて事件として取り上げる理由は見当たらない。

特別捜査本部の事案と絡める方が早道だ、とクロハは思いつく。被害者の交友関係として……すでにカガには報告を入れている。どこまで重要視されるものかは分からなかったが、何の確認も行われずに全く無視される、ということもありえないだろう。けれど少年についての捜査が開始されたとしても、こちらに経過が知らされるはずもなく、それが重要な事柄であればあるほど、私は少年から遠ざけられることになってしまう。

事案同士が接続されることで、むしろ自分の調査の続行が危うくなる事態に、クロハは気がついた。個人的な調査が特別捜査本部の事案と完全に重なってしまった場合、優先されるのは当然正式な調べとなり、そうなった場合、私は部外者として完全に捜査から弾き出されるはず。

——きっとその子も、アゲハに見付けてもらいたいと思っているはずだよ。

キリの言葉を反芻する。本当にそうだろうか？　全く逆の可能性もある。加害者側に立っている場合。彼は、彼らは見付かりたくないと思っている。警察には。大人には。いや。立ち位置は、もっと複雑な場合もある。

被害者の発見位置の散らばり方は、少年の背後に計画性と機動力を持ったより年長の人物の存在を感じさせる。主犯格を中心とするその集団に属しているなら、被害者に近い位置にいながら暴力行為に加担している、という状況もありえるだろう。

クロハ＝アゲハは、化身（アバター）の爪先の奥、暗がりに溶け込むような遥か下方のアスファルトを見詰め、『細身の少年』について考え続けるが、結論らしきものは出なかった。少なくとも、九龍城のスラム街を模した娯楽施設での聴取では、少年同士の関係性の中に、凶暴な気配を見出すことはできなかった。彼のためにはどんな接触の仕方が一番いいのか、一連の事件内での立場が明確でないこともあり、最適と思える着想は浮かばなかった。

視線の先の路上で、何かが小さく蠢（うごめ）いているのが見えた。

アゲハの没入感が戻り、下方を凝視するが、震え、回転する白色の塊、としか認識はできなかった。キリの置いた物体の一つ？　でもキリは、幾ら思い入れを失ったとしても、道路の真ん中に舞台装置を転がしたりはしない。

アゲハは電光掲示板を離れた。地面が近付くにつれ白い塊の細部が明らかになり、見覚えのあることが分かる。

着地すると、アスファルト上では一抱えほどの白いブロックの集合体が、一部をずらし、元に戻し、回転させ、忙しなく動いていた。これは舞台装置ではなく、独立した化身だ。

アゲハは何となく慎重に、

「レゴ？」

問いかけると、すみません、という返事があり、

「座標はあっているはずなのに、クロハさんの姿が見えなくて。上空にいる、とは思っていなくて……」

レゴ＝サトウが、こちらをアゲハと呼ばなかったことに気付く。

「クロハさんが登場している、って表示がこちらにも出ていたから、僕も移動してみたのですが」

つまりサトウは、職務の一環として私に接触した、ということ。奇妙に思い、

「仕事として？　なぜ今なの？」

「丁度いい機会ですから。情報交換の機会を作りたいと、電脳犯罪対策課ではずっと考えていたので」

「このまま仮想空間で？　レゴ……サトウ君は、今もこのサービスを利用しているの？」

「ほとんど使っていません。ですが、習慣的に起動させてはいますから、友人の登場がすぐに分かる状態ではありました」

「ここで情報交換を？　キリの所有する土地で、勝手な振る舞いは……」

「移動します」

ブロックの集合体は球形に近くなり、

「ここは第三者の入場が自由ですから。過疎化しているとはいえ、不用心でしょう。隔離された場所が……僕の所有する土地があります。座標を送りますから、入力して。直接移動してください」

サトウの主導で話が進んでしまっている。警戒する気持ちが少しもない、とはいえなかった。サトウは優秀な警察官だったが、時にギーク、ハッカー等と呼ぶに相応しい気質が見え隠れすることがあり、クロハからすると捜査員の立場よりも、そちらの方が優先されているように思える瞬間があった。サトウへ、

「情報交換というのは、つまり……」

「クロハさんが報告したメイルの細部について、質問があります。こちらからは特捜本部の事案について、その詳細を。もし都合が悪いようでしたら、後日にでも……」

「いえ……移動します」

慌てて、クロハは同意する。私は確かに、特捜本部の情報を心底欲している。この機会を逃す、という選択肢はありえなかった。

苦笑の鼻息が、ブロックの化身から聞こえたように思え、

「大丈夫です。もっと僕を信用してください。すでに、シイナも呼んでいます。それに……覚えていますか？　僕自身も、クロハさんの部下だったのですから」

少しだけ、クロハは肩の力を抜いた。ブロックの塊が、白色の細い魚に変形した。

座標を入力すると、キリの作った夜の都市が一瞬にして、視界から消える。

＋

全く新しい土地に降り立ち、最初に目の前に現れたのは、幅の広い灰色の階段だった。

次々と多角形が周囲の建造物を構築してゆき、クロハ＝アゲハが驚いたことに、空間のほ

とんどを石造りの階段と橋が複雑に入り組み、埋めてゆく。それらを支えるのも石のアーチで、所々に梯（はしご）が架けられ、ロープや鎖が垂れ下がり、周辺は暗く、中世の地下牢獄をモノクロームで再現したように見える。

大きな光源が頭上の遥か遠くにあるようだったが、階段と陸橋の重なりがどこまでも続き、光は構造物の中を複雑に反射して、頂上部分を見定めることはできなかった。小さな蠟燭（ろうそく）の灯火を並べたシャンデリアがあちこちに下がり、揺れていた。柱の陰から煙が立ち昇るのが見え、人々の生活の気配は存在したが、サトウ＝レゴの操る白色の細い魚以外、化身（アバター）は周りに見当たらなかった。

白色の魚がすぐ前を泳ぎ、その案内に従ってクロハは階段を登っていった。遠くで巨大な歯車の影がゆっくりと回っている。何かが視界に入る度に歩みが遅くなってしまい、その都度、白色の魚も先導を中断して、その場で宙返りをしながら、クロハを待ってくれた。サトウは、たぶんわざと目的地から離れた座標に私を移動させたのだろう。自らが作製した、この景色を見せたかったのでは。でも、確かに立ち止まるだけの価値はある、とクロハはそう思う。

天井の低い小部屋に案内された。起伏の多い構造の中で室内だけが平面的に見え、奇妙な印象だった。奥の壁には真四角の開口部があり、その先の風景、凹凸（おうとつ）の目立つ巨大な壁面が遠くに見えている。石で出来た部屋の床には蠟燭の炎が瞬いており、二人の化身(アバター)がその傍に立っていた。

一人は黒いコルセット・ロングドレスを着た女性で、もう一人はやはり中世風の海軍の制服を着た男性だったが、当人達の性別が見た目通りとは限らない。化身(アバター)であると決まったわけでもなかった。けれど、正式、に近い話し合いであるのだから、この片付いた部屋の中に余計な物体(オブジェクト)を置いたままにする、というのは不自然だろう。

クロハの疑問はすぐに解消された。二人がほぼ同時に、こちらへ向かってお辞儀をしたからだった。

「シイナです」

髪の長い黒装束の化身(アバター)がそういって、再び優雅に頭を下げた。クロハはその姿を、どこかで見たような気がしてならない。もう一人が、どうも、とだけいった。機械を通して、少しだけ変調された音声。クロハが、こんにちは、と答えると、

「彼は新入りです」

サトウが口を挟み、

「同席させていますが、彼のことは気にしないでください」

彼、と呼ばれた人物からは何の反論もなかった。両手を背後に組んで胸を反らし、やや

顎を上げて立っていたが、それが本人の態度を表しているわけでもない。

自らも立方体へ変化して床に降り、部屋の一部のように動かなくなったサトウへ、

「……ここで、会合を行うのね？」

「始めましょう。ここなら、視覚的に資料を提示することもできます」

窓の先、ずっと遠くの壁面が光り、画像が大きく映し出されたのが分かった。白地図。投影映像技術(プロジェクション・マッピング)の要領で、うまく壁面の凹凸を計算に入れて、室内からは平面的に見えるように映写されている。きっとこれもサトウの嗜好(しこう)に基づく設計で、その凝ったやり方に、クロハはどうしてもキリのことを思い出してしまう。

白地図の中、点々と書き込まれた赤い印は『ｋｉｌｕ(キル)』の設置した《柱(ポール)》の位置を示している。以前にシイナから渡されたものよりも、《柱》が幾らか増えていることが分かった。クロハは窓に近付き、自分が電脳犯罪対策課へ知らせた《柱》もそこに加えられているのを、確認する。その位置は、二重の丸印で囲まれていた。地図上に二重丸は四つ、存在した。一つは、クロハの知らない場所にある。

「二重の丸で記された四ヶ所が、遺体の発見現場となっています」

シイナの声が聞こえ、

「発見現場――一つはその場で被害者の少女を発見した、という意味ですが――はご覧の

通り、ある程度の広範囲にわたっています。これは連続殺人犯が、少なくとも普通免許証を所持する十八歳以上の年齢に達している、という事実を表すものと考えられています」

クロハは内心で頷いた。

「遺体遺棄の範囲の広さは免許証の所持だけでなく、捜査機関を攪乱する狙いもあるはずで、つまり殺人の首謀者は、たとえ未成年であっても十代後半に達し、ある程度の社会的経験を積んでいるという想定が特捜本部ではされており、その仮定を元に動いています」

この丁寧な説明は私だけのためにある、とクロハは察し、より真剣に耳を傾けようとする。電脳犯罪対策課にとっては、周知の事実であるはずだった。

「県外へも類似の事件の有無を問い合わせていますが、見付かってはいません。どうやら連続殺人は、今のところ県内に限定されているようです」

映像のコントラストが調整され、地図の中の境界線が強調された。

「やや奇妙な状況である、ともいえます」

サトウが話を引き継ぎ、

「これだけ広範囲に犯行地点が散らばっているというのに、少しも県境を越えず、県内にこだわるように限定した犯行が続いている、ということになりますから」

「……幹線道路を利用しての移動を、避けているのでは？」

クロハは窓外の地図を見詰めたまま、

「防犯カメラを避けるために。そのために、県境を越えたくても越えられない、ということは……」

「主要な道路を用いなくとも、県境を越える道はありますが……特捜本部でも、そう考えているのは確かです」

「やはり問題になるのは、防犯カメラなんです」

シイナがいい、

「それについても、同様に奇妙な状況なのですが……つまり加害者の姿、車両が映像記録に一切残されていないんです」

「一つも？」

クロハは驚き、そして自分が実際にその場に立った二ヶ所、競輪場広場と運河沿いの公園を思い起こした。どちらにも防犯カメラの設備は存在しなかった。偶然、とは考えられない。

「加害者達が幽霊ではないのなら」

クロハは地図上の、幹線道路の繋がりを目で追いつつ、

「県内の全ての防犯カメラの位置を、熟知していることになる……でも」

「はい。実際には、難しいと思います」

シイナが答え、

「監視、防犯カメラと一口にいっても所有者は個人であったり、商工会であったり、ばらばらですから。公的機関が所持するものでも、管轄は県土整備局や市の危機管理課や警察等に分かれています。カメラ・メーカーも複数存在しますし、この情報を漏れなく収集するのはまず不可能ではないか、と。それができるのは……」

「警察だけ。情報の漏れた形跡は？」

「ありません。その辺りについては捜査一課も、相当神経質になって調べていますよ」

サトウがいい、

「もし本当に漏洩していたら……上層部の首が飛びますから」

「では、特捜本部はどんな犯人像を想定しているの？」

「少なくとも、防犯カメラに関する知識をある程度持つ人物、という想定です。業者の中に該当する人間がいないか、現在捜査中です」

「あの二重丸……一番北にある印は、新たな犠牲者？」

改めてクロハが訊ねると、

「一週間前に林道脇で新たに発見された犠牲者ですが、時系列的には二番目にあたるはずです」

「詳細を聞いても大丈夫？」

数秒沈黙があり、壁面の地図が消えて白色の巨大な空白になり、そこに次々と文字情報が書き加えられてゆく。取扱者。警察署住所。発見者。実況見分調書だ、ということにクロハは気付く。リアルタイムで、サトウが写しているらしい。

特捜本部資料の扱いが、カガの自覚的な情報漏洩よりも無頓着な気がし、

「調書を書き写して、問題ない？」

思わず質問すると、

「会合が終わり次第、消去します」

平然とサトウがいい、

「それに、写してはいませんから。覚えているものを書き出しているだけです」

サトウの記憶力にクロハが呆れているうちに、死体見分調書の内容も足され、空白が細かな文字で隅まで埋まった。調書の情報を改めて熟読する。特に注目すべきは……死体見分調書の状況欄に記された文章。

……林業作業士○○より、林道から見える崖下に人らしき物体が放置されている、と通

報があった。本部機動捜査隊員が臨場し、確認したところ、ビニル袋に包まれた遺体を発見……


死因、外因死（全身打撲）の疑い。

性別、女性。年齢、推定十代。

身長・体重、一五三cm・三二kg

十二、三歳位だろうか。身長に比べて体重が軽すぎる、とクロハはそう思う。疑問を口にした。
「時系列的に二番目、という話だったけど……司法解剖の結果は？　死因ははっきりしている？」

「解剖の結果、脳内出血の痕が見られる、とのことです。背部一面に死斑があり、現場で撲殺されたのではなく、別の場所で殺害されたのち運ばれたと考えられています。ですが……」

シイナが答え、

「死亡日時の推定は解剖結果ではなく、同じ位置に設置された《柱》の申請日時で判断したものです」

「……『ｋｉｌｕ』」

「はい。特捜本部はすでに、『侵×抗（シンコウ）』の運営会社と正式に接触しています。その際に、『ｋｉｌｕ』の設置した《柱》を洗い直し、申請日時が明らかに警察発表よりも先行しているものを、『ｋｉｌｕ』の犯行の可能性ありと見做し、一連の事件として扱うことを決定しました。新たに関連が見付かった事案が、この一件です。被害者の身元は今も判明していません」

「判明したのは結局、競輪場前の広場で亡くなった少女だけ……」

「今のところ、そうです。少女は家出人、つまり行方不明者でした。他の被害者も自発的な行方不明者か、居所不明児童ではないかと特捜本部では考えています」

居所不明児童、という名称がクロハの心に小さく突き立ち、

「……『侵×抗』運営との連携は？」

「これからは、『ｋｉｌｕ』が新たな《柱》の設置を申請した場合、すぐに特捜本部へ連絡が入ることになっています」

「ＧＰＳを利用してのユーザの位置測定は？　そういう仕組みはない、という話だったけど、システム的に、それでは成り立たないのでは……」

「その点についても、特捜本部から正式に確かめました」

サトウが答え、

「実際には、可能、という答えでした。ユーザから送られる位置情報に何らかのエラーが生じた場合のみ、システムから問い合わせて情報を再取得する、という手続きはあると。平常時においては、システム側から位置情報を得ることはないそうです。あくまでシステム・プログラムが判断し、自動的に取得するもの、と運営会社は答えています」

「では、特例として位置情報の取得を依頼すれば……」

「……そう簡単ではないんです」

シイナが後を引き受け、

「まず位置情報を得るためにはユーザの端末の電源が入っていて、『侵×抗』アプリも起動している必要があります」

「でも、『k・i・l・u』だって数日に一回は『侵×抗』を起動しているはず。情報取得を連続的に仕掛ければ、いずれは位置を捉えることができるでしょう」

「運営会社は、そのやり方はアプリの利用規約に違反する、というんです」

シイナはあくまで静かに、

「会社が最も恐れているのは、多人数参加型オンライン(MMO)の運営方針を警察の圧力によって変更し、規約に反して個人情報の開示に協力した、という構図が作られてしまうことです。MMOサービスを運営する上で、この汚名を着せられては二度とユーザから信用してもらえないだろう、と会社は危惧しています」

「でも……相手は殺人の被疑者なのよ」

「捜査協力の要請は、運営会社へ今も働きかけています。やはりプログラムの変更については応じるのは難しい、という態度ですが……電脳犯罪対策課からも、根気よく説得するつもりでいます」

シイナ達の方がよほど冷静だ、とクロハはそう思う。焦る自分が、少し恥ずかしくもあった。捜査方針について口を出す立場には、最初からいないというのに。けれど、事態が進展していないのも事実だった。今のところ被疑者の影さえ踏んでいない。特捜本部は未だに、様々な方向へ腕を伸ばし、手探りの捜査を続けている、ということ。訊ねたい事柄は他にも多くあり、

「他の被害者については……何か、身元の判明に進展は?」

「交通事故で亡くなった、とされた少年ですが」

返答したのはサトウで、

「もう一度関係者から話を聞き、判明した事実があります……少年を轢いた運転手は事故

を起こす直前に道路脇を歩く少年の姿を目視しているのですが、事故当初、二人並んで歩く姿を見た、と証言していたことが当時の担当捜査員への再聴取で分かりました。運転手の記憶も曖昧だったために、調書には記載しなかった、と」

クロハは息を吞む。疑問はすぐに浮かび、

「もう一人も、少年？」

「被害者の手首に圧迫痕があり、どうやらそれも十代前半の掌紋であるらしい、とのことです。写真からの鑑定ということですから、明言はできないという話ですが」

「同行者が、被害者を貨物自動車側へ押し出した、と特捜本部は見ているのね？」

「今では、その可能性はある、と考えています……再び運転手にも聴取は行ったのですが、やはり、よく覚えていない、と。少年側にも過失が存在する、として執行猶予がついたこともあり、もう思い出したくはない、というのが本音のようです」

唐突に、仕方ない、という声が聞こえ、それはどうやら電脳犯罪対策課の新人が発した言葉らしい。クロハはその声を無視して、自分の思考に集中しようとする。未だに犯人像は明らかになっていない。それでもようやく捜査態勢が、その初期状態が調えられた、という空気を感じることはできた。

これからだ、とクロハはそう思い、そして最初の疑念を思い出した。情報交換、と初めにいわれたように思ったけど……私から提供できる話は、この会合の中で少しでも価値のあるものなのだろうか。その疑問を口にすると、

「夜の会議で、被害者がある娯楽施設内に出没した可能性があり、さらに被害者に同行したもう一人の少年の存在が、カガ主任から発表されました」

サトウがいい、

「捜査員が、すでに動き出しています。明日また始業前にスタッフを集め、細かな現場検証が行われる予定です。他二件と同様の掌紋の持ち主かどうか、確認できるかもしれません。一連の犠牲者には常に同行者の存在がちらついているようでもあり、つまり、ゆきずりの殺人ではなく、ある程度長期間にわたり信頼関係を作り上げた上での犯行ではないか、と特捜本部は見ています」

「単独犯？　それとも集団のようなものを想定しているの？」

「特捜本部では、未成年者を含めた小規模の非行集団、という認識でいます」

「その集団が暴走した、と？」

「暴力で誰かを排除するところまでが、集団内のメカニズムとして確立しているのかもしれません」

「例えばネット上に、未成年の家出人を集めるような掲示板が存在する、という可能性は

あります」

シイナがいう。

「それが実在するのか、実在してもどのような規模であるか現時点では判明していませんが、電脳犯罪対策課がその方向性を探っています」

そう簡単に見付かるものではないのかもしれない、ともクロハは考える。大規模な勧誘の掲示板ではなく偽装され分散されているか、あるいはネットではなく実際に街で集められている、という可能性も考えられる。

そもそも彼らは、無軌道な未成年者達が野犬のように集う一群なのだろうか。それとも計画的に人を集めるだけの理性を保った、ある程度統率された組織なのだろうか。いずれにしても——

「——追うべきは、その首謀者」

思わず口を衝いて出た呟きに、その通り、と新人が反応した。振り返るが、胸を反らして立つ姿勢は変わらなかった。クロハは困惑する。彼とは、うまく話を嚙み合わせることができない。

「カガ主任の情報の出所がクロハさんであるのは、多くの人間が知っています」

シイナが、黒衣の化身(アバター)がいう。よく見ると、コルセットの透かし模様やスカート(レース)のやや過剰な襞(ひだ)までが、よく作り込まれていることに気付く。シイナの自作だろうか？　クロハはこの化身(アバター)が誰に似ているのか、思い至った。姉さんだ。唇を引き締め冷ややかな眼差しを向ける、姉さんの表情。私を諭そうとする際の前兆。偶然にしてもよく似ている、と思う。

「主任本人が、そう公言していますから。その話は、管理官さえ把握しています。電脳犯罪対策課も協力を依頼し、助言を受けているわけですから、私達は以前からクロハさんの調査について、直接その詳細を知りたいと考えていました」

「……期待には応えられないかも。私がメイルで報告した内容はすでに、特捜本部にも伝わっているようだから」

「すみません、いい方を換えます」

シイナは譲らず、

「クロハさんの思考に沿って説明していただけたら、と」

「まだ曖昧な話なのだけど……それでも、いいなら」

不思議な申し出に聞こえる。躊躇しつつも、クロハは娯楽施設での聴取の内容を電脳犯罪対策課の二人へ伝えた。少年達の反抗的な態度や、証言の信憑性が高いと思われること、施設の独特な雰囲気の話をした。話しながらクロハは『細身の少年』について、まだ自分でも印象すら固まっていないことに気付く。一通り情報を開示すると、すかさずサトウの

質問が飛び、

「問題の、もう一人の少年、ですが」

立方体の化身（アバター）の奥で身を乗り出すサトウの姿を、クロハは想像することができた。

「彼のことをどう考えていますか？　彼らの関係性については」

「……二人は、一つのゲーム・プレイを共有し合う間柄でした。人間関係というものは複雑だと思うけど……少なくとも厳しい上下関係のようなものは存在せず、対等の関わりのようでした」

「クロハさん自身の印象は？」

内心、首を傾げた。特捜本部にも所属していない所轄署員の個人的な考えをなぜ、電脳犯罪対策課がこれほど気にするのだろう。

「……加害者集団に属してはいるのだと思います」

ためらいつつ、

「けれど、積極的に所属している、という印象はありません。それよりも」

キリの言葉を思い出す。

「あるいは外部に、助けを求めている可能性も……」

推測がすぎる、とクロハは自覚し、次にはなぜそう思うのかを考え込んだ。溜め池に現われ、運河で発見された被害者に服を着せ、娯楽施設にも出没し、三人の手首に掌紋を残した少年。全部が同一人物の仕業とは限らなかったし、自分達の世界に閉じ籠もっている、というその内面を窺うことは不可能だったが、私はほとんどの場合、不快感ではなくむしろ同情を覚えていた。

溜め池では遊び相手を求め、被害者に服を着せる行為は悪意に基づくとは限らず、娯楽施設では、友人と対等な立場で共に行動していた。手首を痕が残るほど強く摑んだとしても、十歳前後の少年が年長者を引っ張って移動できたとは、とても思えない。むしろ少年自身の感じていた恐怖の強さを表しているように、クロハには思えてならなかった。

――もう一つは、女性店員の反応。

私はあの時少年達について、問題を抱えていそうな様子だったかを訊ね、女性店員は何度も頷いて同意し、その際に彼女が見せたのも嫌悪感ではなく、やはり憂慮の表情だった。

「……その少年は被害者に近い立場にいるように、私には感じられます」

ようやくクロハは、自分が『細身の少年』をどう捉えているかを理解する。

「次の被害者となる可能性さえ、あると思います」

一瞬、滑らかな石造りの空間が静まり返り、新人が何か小さく呟いたが、聞き取ることはできなかった。

「……私の調査のことを管理官も知っている、という話だったけど」

今度はクロハの方から、

「特捜本部と重複する調査活動について、何かいっていた？」

「今のところは、何も」

サトウが答え、

「僕にはむしろ、クロハさんの動きを無言のまま注視しているように思えます」

「黙認されている、ということ……」

「カガ主任が、クロハさんの名前を出した時、管理官は、彼女は事案について何かいっていたか、と聞いたんです」

シイナが口を挟む。声が弾んでいるように聞こえ、

「管理官はつまり、クロハさんの個人的な事案の解釈を聞きたがっているんです」

クロハは驚き、そして警戒心が湧き起こった。カガがいっていた話と関連するのだろうか、と考える。管理官は私を持ち札として考えていて、どこかのタイミングで場に切ろうとしている……

「僕達は現在、特捜本部と『侵×抗』の運営会社とを接続する仕事を終え、県警本部に戻っています。ネット上の痕跡を追うだけなら、どこにいても同じですから」

サトウがいう。朗らかさが、その口調に混じったように聞こえる。シイナとサトウはまるで双子のよう、とクロハはそんなことを思う。

「とはいえ今も、情報技術に関する話では意見を求められる立場です。直接、管理官と会話をする機会もあります」

窓を見やると、遠くに表示された調書が消されており、起伏の多い壁面が再び姿を現わしている。

「クロハさんの事案の解釈を、どこかで伝えられたら、と思っています」

「なぜ……」

訊ねてから、クロハは後悔する。二人の心遣いは分かっているはずだった。サトウとシイナは私を特別捜査本部へ参加させるために、動こうとしているのだ。

「捜査に戻るべきだと思います。クロハさんは」

即答することはできなかった。簡単に参加できるものとは思えなかったし、たとえ可能になったとしても、それはそれで幾つもの不安を感じる。所轄署との軋轢はより深刻なものとなるだろうし、特捜本部でどんな位置付けを与えられるのかも分からなかった。管理官がどう私を扱うのかも。でも。

——確かに私自身、捜査員であることを望んでいる。

「ありがとう」

クロハは二人へそう伝える。化身(アバター)にうまく感謝の仕草が加えられないのが、残念だった。

「もしそうなれたら一所懸命、捜査に尽力します」

「……少し疲れた」

そういったのは、電脳犯罪対策課の新人だった。クロハは驚き反射的に、ごめんなさい、と謝るが返事はなかった。

「いや、気にしないでください」

サトウがいう。

「彼は少々、口が悪い」

「いえ……」

「色々と調整をしている最中なんです。自然に聞こえるように」

忍び笑いが聞こえたようだった。新人の、ではなくサトウの笑い。

「一応は、成功したみたいだ。真面目な場に置いておくものではなかったのですけど。隠す時間もなくて」

「どういう意味……」

「人工知能ですよ」

シイナが口を挟んだ。声には少なからず、非難の調子が。

「ごく簡素な。低レベルの」

「……自動応答プログラム、ということ？　Ｂｏｔ？」

「その通りです。ただ周囲の音声に合わせて時折何かを発言する、というだけのプログラムです。すみません。悪戯をするつもりはありませんでした」

クロハはまじまじと、海軍の制服姿の男性を見詰める。何か、拍子抜けしたような気分だった。

「こういうの、流行っているの？」

「今では、あちこちに存在していますよ。自動的にネットへ何かを呟くものから、仮想空間でコイン目当てに服を脱ぐ踊り子まで」

眉をひそめ、そしてスパム・メイルのことを思い出した。自律的に反応する、という点ではどれも同一のものだ。低レベルの人工知能。

「悪ふざけです。公私混同の」

シイナがそう非難する。

「君も、たいして変わらないよ」

悪びれることなくサトウがいい、

「その化身(アバター)、誰をモデルにしている？　よく似ているよ。クロハさんでしょ」

途端にシイナが、しどろもどろになった。これは以前に作製したもので。私も時間がなくて。本人に失礼のないように服装も……サトウがくすくす笑い、クロハは無言のまま、くすぐったい気分でシイナの弁解を聞いていたが、二人の仲のよさを羨ましくも感じる。

沈黙していた人工知能が突然、眠くなった、と発言して皆を苦笑させた。

＋

サトウ、シイナとの会合の翌日から一週間、クロハは警務課員としての仕事に忙殺された。市からの要請により、県警、他の所轄署と合同で警察音楽隊の演奏会を開催する、という年間予定にない行事が急に立ち現れたせいだった。海外の管弦楽団を招聘(しょうへい)するはずが、ピアニストの体調不良により来日が中止となり、警察音楽隊がその穴埋めを依頼されたのだった。数ヶ月前から準備を続けている薬物乱用防止のイベントが間近に迫っていることもあり、警務課は双方の用意に追われる状態となった。

演奏会場となる市民プラザ館内の把握、必要経費の算出、県警との相互連絡、他の警察署との連携、リハーサルの準備等、行うべき作業は多岐にわたり、当日会場で案内役としっても動くことになるクロハの仕事は日が経つにつれ増え続けるようで、息をつく暇もなかった。

区役所にも打ち合わせにゆく機会があり、エレベータで最上階の地域支援課へ向かう際には、一緒に乗り込んだ老人達とともに階数表示のランプを見上げながら、クロハは通過する階にいるはずの子供支援室のイマイと会うべきだろうか、と考えた。

ずっと、『細身の少年』のことを気にしていた。

娯楽施設の店長からは、業務日誌の詳細がメイルの添付ファイルとして届いていた。クロハはそれを一読して短いお礼の言葉を送っただけで、ろくに内容を考察することもできていない。

特捜本部による捜査の進展は、伝わってこなかった。焦りがあり、それが現在の立場では解消のしようがない、という自覚もあって、常に何か混沌とした心地の中でクロハは仕事を続けていた。

溜め息をついた。まだ、イマイに話すことのできる具体的な話は一つもない。調査は今のところ、新たな不安を出現させ、それを繰り返すだけの作業となっている。

子供支援室の階をエレベータが過ぎた。

クロハは、自分へ向けられた視線に気がついた。区民課のタカシロがすぐ傍に立っていて、すでに面は背けられていたが、その横顔には困惑するような表情が浮かんでいる。

扉が開き、タカシロは小さな会釈をして、老人達とともにエレベータを降りた。

+

木管楽器の柔らかな音色から演奏が始まり、クロハは三階通路の手摺りを越えて、市民プラザの吹き抜けの広場、その奥の舞台を覗き込んだ。少しの間だけ警察音楽隊の発する静かな音圧を受けて楽しみ、次に警務課員として聴衆の様子を確かめた。

赤煉瓦のタイルを敷き詰めた床には折り畳み椅子が並べられ、大勢の人が座っているが、聴衆はそれだけではなく、二階や三階の手摺りにもたれ演奏を鑑賞する人もいる。老人が多く、親に連れられた子供もいたが、屋内での催しでもあり混乱は少なく、以前に開催された競輪場前の広場での演奏会よりも、ずっと落ち着いて周囲を観察することができた。

銀色の太い柱に支えられた硝子張りの天井からは午前の光が透過し、赤褐色の会場全体を隅々まで照らしていた。広場の周囲を常緑樹の植え込みが囲み、鮮やかに縁取っている。クロハには空間そのものが、とても健康的に見える。自分の精神がこの場とうまく調和していないことは、分かっていた。

三階の通路の先、照明機材の傍で防火シャッターの柱にもたれる専門官の姿があり、ひどく青い顔をしているのが遠目からでも見て取れた。歩み寄るクロハには気付かず、腕を組んだまま音楽隊の演奏を凝視しているが、ナツメはたぶん目に映るものを意識してはいない。

「……何か冷たい飲み物でも、お持ちしましょうか」

ようやく専門官の視線がこちらへ向いたが、驚いた目付きでクロハを見詰め返すだけで、まるで異国の言葉を聞いて困惑するように返事をしなかった。

「何か、飲み物でも……」

もう一度いうと、

「結構だ」

顔を背け、苛立たしげに返答した。一礼して立ち去ろうとするこちらへ、

「誰かから、受け取ったものはないか」

唐突な質問が、専門官から発せられた。内容が理解できず怪訝（けげん）な顔をしていると、何でもない、といい置いてナツメは柱から体を離し、通路の奥の暗がりへと去っていった。

その後ろ姿を眺めたまま、クロハは自分の胸の中に発生した、ある感覚について考えていた。専門官が非常階段の入口を通り、視界から完全に消えた時、その気持ちが喪失感で

あることに思い至った。

別人のよう、と思う。

数ヶ月前、自殺を図った警察署員の傍にいたクロハへ、警務課員として事情聴取を行ったのがナツメで、その際も問い詰めるような真似は少しもせずに署内の事情を丁寧に説明してくれ、県警本部への報告でもこちらを庇い、できるだけ責任を負わないよう配慮してくれたものだった。クロハは、署長室の厚い扉のノブに手を掛け、こちらへ退室を促したナツメの長身の姿をよく覚えている。その時から今まで体内に残っていた好意らしき感情が、全て消え失せてしまったのが分かった。
七、八歳くらいの少年が、丁寧な言葉遣いで話しかけてきた。トイレを探す少年に付き添い、クロハもその場を離れた。

警察音楽隊の演奏は滞りなく進行し、吹き抜けに面した通路をゆっくりと歩くクロハは、意識の一部を音に向けたまま巡回を続ける。階下では、広報県民課長と係長が三脚に載せたビデオカメラで演奏の様子を撮影しつつ談笑しており、同じ濃紺のパンツスーツを着てクロハと同様に館内を案内役として巡る他の女性警察官の振る舞いからも、余裕が感じられた。白色の背広を着る音楽隊の編成も前回より多く、演奏に厚みがあるように聞こえ、純粋に職務にだけ集中するなら、何の問題も見当たらなかった。

広報課の二人の後ろを通る、専門官の姿をクロハは認めた。制服姿の男性警察官がナツメに近寄り小声で耳打ちをするのが見えた。二人が何ごとかを話し合いながら会議室の陰に入ろうとするのを眺めている自分に気付き、目を逸らそうとした時、電流が走るように記憶が甦った。あの制服警察官。あの、大柄な体形。

同じ署の警察官ではなかった。演奏会の準備中に一度も会ったことはなく、リハーサルで見た覚えもない。クロハは歩みを速めて通路を回り込み、階下の二人の姿を視界に入れようとする。細い通路の奥に入り込み、ナツメと制服警察官が額を突き合わせるように何かを相談している様子を確かめることはできたが、距離がありすぎ、話の内容は少しも届かなかった。

二人はすぐに別れた。ナツメをそこに残したまま、足早に制服警察官が階段へと歩き出した。階上からその姿を追い、相手の所属する警察署と部署を見定めようとする。活動服の胸ポケットの上に留められた階級章はその輝き具合から、こちらと同じ巡査部長を示しているように見えたが、所属を表す識別章に記された英文字と数字は読み取ることができなかった。

柱を小走りに横切った時、階下の制服警察官が顔を上げ、クロハの方を見やった。隠れる時間はなく、目が合ったように思ったが、男の歩みの速度は変わらない。制服警察官が大きな柱に隠れ、先回りをしようと急いで角を曲がったクロハは、予想した位置に現われるはずの男の姿がなく、見失ったのを知った。素早く引き返したのだ、と悟った。

——気付かれた。

クロハは走り出した。非常階段の、誘導灯の緑色のランプと小さな蛍光灯だけで照らされた暗い空間へ駆け込んだ。手摺りを摑みつつ踊り場を折り返し、一階を目指す。

制服警察官は高い確率で警察車両へ、駐車場へと向かうはずだった。演奏会関係者の利用する、施設と隣接した駐車場から発進するにせよ、来場者用の立体駐車場から出るにせよ、玄関口から外へ足を踏み出しさえすれば、警察車両の車体に大きく印刷された番号を記憶して、後は問い合わせるだけで相手の所属を確かめることができる。

音楽隊の演奏が続いている。大型管楽器の低い音色が、広場に響き渡っている。観客席の背後を走り抜け、短い階段を駆け上がったところで会場を横切ろうとする老人の集団に行く手を遮られクロハは焦るが、どうしようもなかった。ようやく列が途切れ、再び駆け出してフロントの前を過ぎ、エントランスに入った時、背後から専門官の声が掛かった。

「待て。職務中だ」

クロハは立ち止まり、踵（きびす）を返してナツメへ詰め寄った。視線が険しくなるのは、止めようがなかった。すぐ背後に二重の自動扉があり、そこを抜ければ、二つの駐車場を見渡す位置に立つことができる。そして、数秒間引き留められただけでも、あの制服警察官の所属を確かめる術（すべ）を完全に失う可能性があった。

怒りを意識する。大声で抗議しそうになるが、フロント・カウンタの奥に立つ二人の女性職員の怯えの表情に気付き、それでも音楽隊の演奏の中、はっきり相手へ伝わるだけの声量で、

「どういう、おつもりですか」

ナツメは正面からクロハの視線を受け止め、

「君こそ、どこへゆくつもりだ」

「尾行者を追っています」

もう駆け引きをするつもりもなく、

「彼が誰の差し金で動いているのかも、分かっています」

「演奏中だ。持ち場に戻りなさい」

専門官が断固としていう。事情を説明する意志はない、と明言したのも同然だった。クロハは屋内広場の入口で、警務課の上司と睨み合う格好となった。専門官の背広の脇の辺りにわずかな膨みがあり、拳銃の所持を表しているのが、元機動捜査隊員であるクロハに

は分かった。

警務課の幹部として拳銃の取り扱いに携わってはいても自身が装備する必要はなく、それは、通常ではありえない装いのはず。不自然な武装。専門官は何を考え、何を恐れている？

「……職務に戻りなさい」

教え子を諭すように、ナツメがいった。クロハは自分の両拳が全ての指を潰そうとするように、強く握り締められているのを知った。意識しても、力を抜くことができない。

専門官の脇を通り、会場に戻った。

+

演奏会の後片付けの手伝いを終えたのち、警察署の警務課に戻り、クロハは業務報告書を書き上げた。署内ではナツメの姿を見かけなかった。課長の机に報告書を提出し、室内の電波時計を見上げると業務時間はとうに過ぎて、深夜に近い時間帯に入っていた。

警察署を出て冷たい空気に顔を晒すと、感覚がリセットされた気分になった。それでも、ずっと立ったままだった足腰は疲労を訴えていて、自宅で調理する気力は湧かず、クロハは電車で自宅傍まで移動し、駅ビル内の珈琲ストアで夕食を済ませることにした。

林檎の入ったクリームチーズ・ベーグルとキャラメル・マキアートを受け取り、店内の小さな丸テーブルの席に座った。

珈琲ストアに寄ったのは、電車の中で再読し始めた添付ファイルの続きが気になったせいもあった。九龍城砦跡地を模した娯楽施設の店長から数日前に送られた業務日誌には、店に現われた少年二人の詳細が記されており、そして防犯カメラの記録から抽出された静止画までが添えられていて、クロハは少しでも早くそれらを検討したかった。

もし姉さんが同席していたら、行儀が悪い、と眉をひそめただろうと頭の隅で考えながら、ベーグルを頰張りつつ、携帯端末(スマートフォン)の液晶画面に呼び出した添付ファイルの文面を読み続けた。

業務日誌は手書きで記されており、従業員の名前は黒く塗り潰されていた。日誌に、やや背の高い未成年A、として記載された少年が警察側では交通事故で亡くなった被害者として記録された子供であり、未成年Bというのがもう一人の『細身の少年』を表していることが、徐々に分かってきた。

もう一度初めから、業務日誌を読み通そうとする。少年達の出現前後の日付の日誌も付されていて、全体では相当な量があったが、実際に関係のある部分はそう多くなかった。

一〇月〇四日
……18時頃、十歳位の未成年男子二人をクレーンゲーム・コーナーで発見。注意したところ、すぐに理解し、大人しく店を出ていった。二人は同じ小学校の友人同士ということ。スタッフ■■が、出口まで見送る。

一〇月二二日
……18時30分頃、スタッフ■■が、リズムゲーム・コーナーにいる未成年A・Bを発見。注意すると二人は兄弟で、「お父さんがトイレに入っている」という。トイレからは、誰も出て来る気配がなく、店長が確認したところ誰も入っていなかった。戻ると、フロアから未成年A・Bはいなくなっていた。（名前を訊ねても答えず、身長の高い未成年をA、もう一人をBと呼称）

一〇月三〇日
16時頃、格闘ゲーム・コーナーをうろつく未成年A・Bをスタッフ■■が発見。目を離した隙に、いなくなった。

一一月〇七日
……11時頃、未成年Aをスタッフ■■が、一階エスカレータ付近で発見。近付くと逃げ出し、店を出ていった。常習化している模様。

一二月〇九日
……15時頃、格闘ゲーム・コーナーにいる未成年A・Bへ、店長が注意。以前と同じいいわけ、「お父さんがトイレにいっている」と主張。とてもふて腐れた態度。名前も住所も教えようとせず、管理室で話を聞こうと促すが、大声を上げて拒否。その場で厳重注意。出口まで、スタッフ■■が見送る。

一二月二五日
……17時頃、格闘ゲーム筐体を交代で遊ぶ未成年A・B発見。スタッフ■■が注意。すぐに店を出る。

〇一月〇五日

……12時頃、未成年Bが柱の裏に座り込み、格闘ゲームの通信対戦を映し出した液晶画面を見上げているのを、スタッフ■■が発見。話しかけると、大人しくその場を離れた。

「次は警察を呼ばなくてはいけないかもしれない」という言葉に、動揺したように見えた。

業務日誌にはこの日以降、少年達の目撃情報は記載されていなかった。クロハは、防犯カメラに記録された静止画を端末の画面に広げた。

フロアの中では比較的明るい、菓子の詰まった小型のクレーンゲーム・コーナーの中、施設のカメラに横顔を向けて通り過ぎる二人の姿が、やや遠目から映し出されている。

顔立ちの細部までは認識できず、この画像から似顔絵等を作成するのは難しいだろう、と思われたが、身体と服装の大まかな特徴は捉えることができた。

この画像によりクロハは、娯楽施設に現われた未成年者の一人が交通事故で亡くなった少年であるのを確信していた。長髪。頬骨の目立つ横顔。幾つかの黒子も一応認識できる。

そして、もう一つ気付いたことがあった。

亡くなった少年が事故当時身に着けていたチェック模様のダウンジャケットを、画像の中では『細身の少年』がまとっている。亡くなった少年が着ている赤色のジャンパーには、見覚えがなかった。特捜本部も、たぶんこの事実に気がついているだろう。最終的な人間関係がどのように変化したかは分からなかったが、少なくとも普段、二人は日によって上着を交換するくらい親しい仲だった、ということになる。兄弟のように。同居していた、と見るべきだろうか。

業務日誌から、クロハは二人の様子を想像しようとする。暇を持て余した子供達。反抗的態度。大人を煙に巻く知恵。警察から逃れようとする姿勢……いや。気になるのはそんなことではなく、最後に記されていた、『細身の少年』だけが柱の陰にうずくまる様子だ。日付から考えて、少年が独りでいる時、もう一方はすでに亡くなっていたはず。交通事故で。あるいは交通事故に偽装されて。

大人しくその場を離れた、という記述。一人で液晶画面を見詰める少年。彼はこの時、何を感じていたのだろう。

——少年は虚無と向き合っていたのでは。

そう考えて、クロハは自らの発想にぞっとする。もう一度娯楽施設を訪ねたいと思い、明日の警務課での仕事内容を頭の中に並べてみる。次回イベントの準備は、もうほとんど終えている。後始末として、演奏会に関する連絡事項が幾つか残されていたものの、業務終了後に施設を訪れるのは充分可能だろうと思われた。

私の調査は特捜本部の捜査の妨げになるだろうか、と考え少しためらうが、結局クロハは再訪の旨をメイルに書き込み、娯楽施設の店長のアドレスへ送付した。キャラメル・マキアートを啜っている間に施設側から、了解の返信が届いた。

管理官が私の動きを注視しているというのは本当だろうか。真偽の程は分からなかったが、少なくとも行動を制限するような直接的な指令があったわけではなかったし、今のところ、その気配が県警方面から伝わるようなこともなかった。

クロハは自分の体内で、気体が濃度を高めるように、日増しにフラストレーションが満ちてゆくのを感じていた。その気分を、特捜本部に参加できない状況への不満、と考えていたが、実際は焦りに由来するものと自覚しつつあった。

クロハの焦りは『細身の少年』の正体について、未だに捉えきれないことだった。特捜本部も私も不明確な輪郭、その横顔以外見たことがない。

＋

入口で噴射される圧縮空気にも、恐怖映画的な音楽にも驚くことはなくなっていた。それでもまだ施設内に入り少し歩を進めるだけで、異国の雑然とした様子を再現したその内装には、沢山の見所――何度も重ねられ剝がされたステッカーの汚れ具合や、不穏さを演出する色々な照明や繁体字のネオンサイン——が存在し、ここを何度も訪れる少年達の気持ちは理解することができた。

エスカレータに乗ったところで、店長から送られたメイルの内容を確認する。二階の管理室にて、と記されている。携帯端末を仕舞おうとした時、手の中で短く震えた。

ニシからのメイルだった。クロハは緊張を覚える。

黒葉佑様

本日、直接お会いすることは可能でしょうか。西勝英

エスカレータを降り、脇にどいたところでクロハは考え込み、そして、現在位置が娯楽施設の内部であるのと、この付近でなら問題なく会うことができる、という内容を返信した。

クレーンゲーム筐体の合間を通って、フロアの奥へ進んだ。防犯映像と同じ光景に気付き、天井を確認すると、梁に設置された小型のカメラが少し遠くに存在した。

エレベータの近くに飲料水の自動販売機の並ぶ一角があり、自販機と自販機の間の扉に、『管理處』、と記された染みだらけのプレートをクロハは発見する。銀色の、暗証番号式の大きな錠が設(しつら)えられた木製の扉を軽く叩いて来訪を告げるとすぐに内側から解錠され、

中年男性が顔を覗かせ、招き入れてくれた。

管理室は狭く、一台のスチールデスクと二脚の折り畳み椅子と小振りな本棚と、ゲームの景品らしき玩具の箱でほとんど一杯になっていた。椅子の一つを勧められ、机を挟んで店長と同時に腰を下ろした。机上にはＦＡＸ機能付きの電話機が置かれ、その周りにゲーム筐体のカタログと、何かのキャラクタの描かれたカードが無造作に積み重なっていた。

クロハの来訪の前に警察官が二度訪れた、という話を店長から聞いた。今回が特捜本部の捜査とは別の用件であるのは相手も理解しており、新たな聴取を歓迎する態度ではなかったが、受け答え自体は丁寧だった。防犯カメラの記録映像の複製を持ち帰って以来、警察は聴取に来ていない、という。一通り話を聞いて、クロハは内心首を傾げた。特捜本部の捜査が、聴取よりも記録映像の収集に偏っているような印象だった。

業務日誌に目を落として確認する店長へ、クロハは改めて質問を試みる。メイルとして送られた日誌の内容について確かめると、相手は前回よりも落ち着いた様子で説明してくれた。

クロハが知りたかったのは、日誌では伏せられていた、少年達と接触したスタッフそれぞれの年齢と性別だった。

「前回、二名のスタッフと話をさせていただきましたが」

改めて店長へ、

「少年の来店を記録した七日はいずれも、店長とスタッフ二名のどちらかが応対した、と考えてよろしいのでしょうか」

店長は業務日誌を捲りながら、

「ええと、もう一人、私と同世代の男性スタッフが接していますね……」

「日によって、子供達の態度には違いがあるような気がするのですが」

「それは……私には、そういった印象はありませんでしたが……」

「日によってではなく、人によって、かもしれません」

クロハが本題に入ると、店長は考え込む素振りを見せ、

「……それは、あるかもしれません。背広を着た私が近付くと、子供に限らず警戒する方は多いと思います」

「十月四日、十二月二十五日、一月五日の日誌にはどれも、すぐに従った、というような記述があります」

店長が日誌で確認するのを待ってから、

「少年達と接触したのは、同じ人物ではありませんか？」

相手は小さく頷いて、

「十月と一月は女性従業員が応対しています。十二月は男性店員が。どちらも若いスタッフで……ああ、その二人が以前、少年についての話をさせた者です。もう一度、聴取をされたいのでしたら……」

「いえ」

クロハは少し考えてから、

「今のところ、その必要はありません。ありがとうございます」

少年達の態度の違いは何を表しているのだろう、とクロハは考える。より年齢の近い者への親近感？　年長者への反発心？　それとも子供として当然の警戒心から表れるものなのだろうか？

スチールデスク上の電話機が鳴り、失礼します、と断って店長が受話器を取り上げ、しばらく聞き入ったのち、幾つかの指示を出した。

外套の中で、携帯端末が震えたのが分かった。クロハは店長が受話器を置くのを待って、

「もう一度、施設の中を見回らせてください。終わり次第、そのままお店を出ます」

「スタッフが案内をする必要は……」

「ありません。ご協力ありがとうございました」

管理室の扉を開けると、クロハを見送ろうとする店長は何かを思い出したらしく、

「奥に、非常階段があります」

フロアの先を指差した。

「直接駐車場に出るためのもので、普段は一応、使用禁止となっています。スタッフもそこは通らないのですが、少年達が素早く店を出る時に使ったかもしれません。警察の方が、指紋を採取されていたようでした」

「後で、私も通り抜けてみて、よろしいでしょうか」

「どうぞ、構いません。鍵も掛かっていませんから、ご自由に。外階段の一番下にプラスチックの鎖が渡されていますので、気をつけてください」

クロハは頷き、もう一度礼をいってその場を離れる。エスカレータ脇で、携帯端末を取り出し、着信を確認した。ニシからの、近くまで来ている、という連絡。このまま施設内で会おう、とクロハは決める。建物の各階を思い浮かべ、密会に相応しい場所を想像し、三階の奥で待っている、という返事を送ってから、上階へ向かうエスカレータに乗った。

＋

大掛かりな筒型のメダルゲームが発する騒がしい音楽の中を通り、スロットマシンの列の前を過ぎて、CGで再現された競馬場の様子を三つの並列した大型液晶に表示させ、沢山の操作卓(コンソール)がそれらと向き合う、フロア最奥の区画にクロハは足を踏み入れた。

一帯は暗く、それぞれの席の前に設置された操作卓にも液晶画面がはめ込まれ、光を放ち、まばらに座る人々の姿を下からぼんやりと照らし、椅子の背面では紫色のLEDが薄く輝いて、その一角の設備全体が闇の中に浮かび上がって見えた。

クロハはすぐ傍のコンクリート製の柱にもたれ、息をついた。この辺りは比較的静かに感じる。人との待ち合わせに相応しい場所かどうかは分からなかったが、会話くらいならできるだろう。

勇壮な音楽とともに鶯(うぐいす)嬢のアナウンスが聞こえ、走路に入場する競走馬と騎手の様子が大画面に映し出された。操作卓の画面に指先を滑らせて賭けを行うプレイヤー達。その様子を、クロハは少し距離を置いて背後から眺めていた。

スターティングゲートが機械の作動音とともに開き、競走馬が一斉に駆け出し、実況中継をする中年男性の声が、いいスタートを切ったようであります、といった。

液晶画面に映る自分とは無縁のレース、綺麗な芝生のテクスチャの上を駆ける競走馬を見詰めていると、少年達がどんな気分で娯楽施設内にいたのか分かるような気がしてくる。眺めていたのがCGで構築された競走馬にしろ、格闘家にしろ戦闘機にしろ、少年達が日常を過ごしていて出会う諸々のできごとの代用にはならないだろう、とクロハには思える。液晶画面の中で明滅する映像は少年達の経験の一部にはなるはずだが、彼らが本当に望んでいた生活は全く別のところにあるのでは。学校や運動場や公園の中に。

私は子供の頃、どんなことを考えて毎日を過ごしていたのだろう。退屈はしていたかもしれない。それでも、死とは無縁だった。

数珠(じゅず)繋ぎになった競走馬が、ゴールラインを越えた。鶯嬢が落ち着いた声色で、結果を報告する。

クロハさん、と呼ぶ小声。擦れ声。

後ろに、ニシが立っていた。歩み寄り、神経質に柱の陰からフロアを見渡し、操作卓の方を指差して、座りましょう、といった。逆らわず、最後列の隣り合わせの席に座った。操作卓の液晶画面にデフォルメされた競走馬のキャラクタが現われ、クロハへメダルの投入を促した。

スーツ姿の男女が揃ってメダルゲームに向かう姿は周囲の目にどんな風に映るのだろう、とクロハはそんなことを考えるが、席に着いてすぐに、違和感を装置に吸収された気分になった。たぶんほとんど、というより少しも不自然には見えないだろう。ニシの横顔を確かめる。狂気の兆しが、その表情に表れているものかどうかを。

操作卓の光が、ニシの上半身を薄らと照明していた。厚い眼鏡の奥の、涙袋の辺りが黒ずんでいる。疲労の色。頬が痩けていて、白色の多く交じる髪が乱雑に梳かれている。

それでも、古株の会計課員は落ち着いて見えた。ひどく疲弊し、その山を乗り越え、最後には疲れそのものを楽しんでいるように。隣の席は少し遠かった。クロハはニシへ体を傾け、最初に伝えておきたいことがあります、と話しかけた。

「私は、何も把握していません。この話し合いがどんな意味を持っているのか……正直いって、ニシさんの意図自体、測りかねています」

耳に入っているものか、相手の表情を見やる。ニシは前方を眺めているが、微かに頷くのが分かった。クロハは続けて、

「想像もできない、という状態です。これから何の話をされるのか。なぜ、あなたが私に話をしようとしているのかも」

ニシが、今度ははっきりと頷く。

「全部、最初からお話しください。そうしていただかないと、たぶん、私は何も理解できないと思います」

「……そう難しい話ではありません」

咳払いをして、ニシがそういった。やや聞き取りにくい声質だったが、以前の、まるで

崖の縁まで追い詰められたかのような緊迫感は、すっかり消え失せていた。ニシは寛いだ様子で、ちらりとこちらを見やり、

「渡したいものがあります。用件は、それだけです。もっと早く渡すべきでした」

　クロハが黙り込むと、

「慎重になりすぎたのでしょう……私はね、妻はもう他界し、子供もいません。積極的に再就職する気もありません。朝は川沿いを散歩して外来種の雑草を毟り、夜は氷を落としたスコッチを飲みながら読書をする、という過ごし方に何の疑問も覚えないのですよ。そういう人間だと理解していたつもりだったのに、この歳になって、もう一度自分というものを考えることになりました」

　瞼を閉じ、長く息を吐き出し、

「……なぜこれほど臆病なのか、ということを。友人のために、なぜもっと動くことができなかったのか。少しも難しい話ではないのに。小細工ばかりを弄して」

　大切な事柄が語られているということを実感し、クロハは会計課員の言葉を聞き漏らすまいとする。

「私の前任者は……新任当時からの友人でした。だから、彼の考えていたことは分かるつもりです。あの融通の利かない生真面目な男が、本当はどうしたかったのか。警察署を正

したかったはずです」

何かを思い出しているらしく、しばらく言葉を切ってから、

「あなたは優秀な捜査員だと聞いています。それに、清廉だとも」

「……潔癖症、といわれたことはありますが」

「充分です。警察官として、悪い噂は聞いたことがありません」

クロハもようやく少し肩の力を抜き、

「警察官として以外では？　無愛想で態度が悪い、と？」

「噂は常に、当人の周囲を巡ります」

ニシはこちらへ顔を向け、

「けれど噂は噂にすぎません。私があなたに接近したのは、私自身の判断です。あなたは、市民と接する姿勢も丁寧です。何かをごまかすような言動もない。それだけに、あるいは少し不器用なところがあるのかもしれませんが……その点については、私も人のことはいえませんから。馬鹿げたことに、私は自分自身を、この歳になるまで器用だと思っていたんです。様々な処置に長けた人間だと」

若い男性の声が、すみません、と断りつつ会計課員とクロハの間を擦り抜けて、前方の席へと進んだ。そのことを気にしてニシは話を中断するが、すぐに再開し、

「……本当に申しわけないと思っています。あなたを巻き込んでしまって。ですが……他に方法が見当たりません。この件に関しては警察署の中で、誰が味方となり敵となるのか、分からないのです。信用の置ける署員をずっと探していました。直接、県警本部に持ち込むことは可能ですが、それでは駄目なのです。内部から告発しなければ。私達の勤める、あの警察署のために」

操作卓の上で両手を組み、

「あるものを渡すために、会いに来ました。きっとこれは、あなたの重荷になってしまうと思います。ゆかりのないあなたへ、重荷を預ける不作法を許してください」

クロハはすでに、あるもの、について凡その見当がついている。

「それは警察署にとって――」

重要なこと、といいかけてミズノの言葉を思い出し、

「――正義となることなのですね」

「その通りです」

席を探すプレイヤーが引き返して来る。ニシは背広の左胸の辺りを片手で軽く押さえ、

「もちろん、全ての責任は私自身が被るつもり……」

大型の液晶画面を背景にして、逆光となったプレイヤー。ファーのついたコート。何か

を訊ねるように片手がニシの方を指した。

クロハは混乱する。プレイヤーの指先が、指先のように見えないからだった。銃身？

強い閃光に一瞬、視力を奪われる。銃声は、スターティングゲートが開く音に掻き消された。

胸を押さえて、ニシが操作卓に突っ伏した。クロハは立ち上がるが、影絵のような男の姿が前方へ走り、脇に逸れてエレベータ方向へ向かうのを、阻止することはできなかった。急ぎ、ショルダーバッグからハンドタオルを取り出し、ニシの背広の内側に差し入れて出血を抑えようとする。

予想外の事態の中、頭の芯が麻痺し、小さな振動音が体内に響き、周囲の物音が遠ざかってゆく。タオルに染み出す血液の温かさだけが、意識を占めていた。ニシさん、と大声で呼びかけるが返事はなく、苦悶の表情が、むしろ緩んでゆくように見えた。外れかかっていた眼鏡が顔から離れ、操作卓へ落ちた。

誰かがクロハとニシの間に割って入った。俺が替わる、という太い声が意識にも割り込み、大きな手のひらがクロハの腕を払うようにして、ニシの傷口をタオルの上から強く押さえ込んだ。大柄な男。背広姿だったが、見間違えようはなかった。

「被疑者を見たか？」

そう訊ねる相手も警察官であるのを思い出し、

「痩せ型の長身。モッズコートの若い男」

「追ってくれ。応援と救急車は俺が呼ぶ」

男が乱暴に自分の背広の前を開き、剝き出しになったホルスターから警察仕様の回転式拳銃を抜き出した。

「責任は俺が持つ。頼む」

アルミ合金の重みを押しつけられ、クロハは相手の顔を見据える。薄暗がりの中、日焼けした顔貌、その両目に真剣な色が光っていた。

周囲にも異変の伝わり始めた気配があった。被疑者が、拳銃を携えていることを思い起こす。男性警察官がニシを抱きかかえたまま、携帯電話を開いた。血の気を失った会計課員の横顔をクロハは一秒間だけ見詰め、追います、と宣言した。

操作卓の端を手掛かりにして駆け出し、スロットマシンの並びを横目にフロアの奥を目指す。隅に黒い扉が見え、飲料水のコンテナの重なりと消火器がそこを塞いでいた。クロハは消火器を横に蹴り倒して場所を空け、ノブを摑んで非常階段へ飛び出した。

金属製の階段の踊り場と、その先には駐車場のアスファルトが見えた。飛び降りるように階下を目指す。プラスチック製のチェーンを飛び越えてアスファルトに着地すると足がもつれたが、クロハは強いて幹線道路方向へ走り出すと、引き金を留めるゴムを回転式拳銃から外し、その場に捨てた。

　頭上を娯楽施設の二階部分で塞がれた薄暗い駐車場の一角、自動二輪車の駐車場所で、ヘルメットを被らずに大型スクータに乗り込む男の姿があり、その焦りが離れていても伝わってくる。男の左手はハンドル・グリップと一緒に、今も自動拳銃を握り締めている。

　モッズコートの男は両脚を使って後方へスクータをずらし、ハンドルを切って案内板を避け、駐車場所から飛び出そうとするが、クロハが数メートル近くまで駆け寄り、両手で拳銃を構える方が早かった。迷わず、スクータの前輪を撃ち抜いた。

　男が乱暴にスクータを倒して降り、クロハへ自動拳銃の先を向けようとする。

「やめなさいっ」

　クロハは大声を発し、間を置かず男の頭のすぐ脇に置かれたスタンド式の案内板を撃った。厚い金属の板に銃弾がめり込み、その衝撃音が駐車場内に響き渡り、男が怯むのを見て取ったクロハは片腕を伸ばしてモッズコートの肩に照準を合わせ、撃鉄を起こし、早足で歩み寄り、少しでも相手に発砲の気配があれば、本当にそこを撃ち抜くつもりでいた。

　男の腕が震えている。黒い髭を長く伸ばし、肌に色艶はなく、落ち窪んだ両目が異様な色を湛えてクロハを凝視していた。

　コンクリートとアスファルトに挟まれた空間に、車両の走行音が幾重にも届いてくる。街灯の光と建物の窓明かりと信号機の色が、周囲で瞬いている。クロハは歩みを止めなかった。

　男の瞳から、挑戦的な色味が消えた。

　静脈の浮かぶ手のひらから落ちた黒い自動拳銃がアスファルトとぶつかり、音を立てて小さな白い傷を作った。

四

クロハは外套の上から胸元を片手で押さえ、呼吸を整えようとする。被疑者を乗せた自動車警邏隊の車両が現場から去り、緊急配備を解除したという報告がどこからか耳に入ったが、それでも動悸は収まらなかった。

手錠を所持していなかったために、クロハは男を地面に伏せさせ、肩口を銃口で狙ったまま配給品の携帯電話で通報し、応援が到着するのをその場で待たなければいけなかった。男には気付かれないように、回転式拳銃の撃鉄をそっと戻した。銃把を握る手が血液に塗れていて、次第に乾き始めて粘り気を持ち、泥のように指の動きを制限した。

応援を待つ間も、警察が到着し被疑者確保と実況見分が始まってからも、クロハが案じていたのはニシの安否だった。周囲を動く警察官は、誰もその続報を持っておらず、皆それぞれの職務に忙しく、問い合わせようとする者もいなかった。ニシは駐車場に現われなかった。すでに病院へ搬送されたのかもしれない、とクロハは考える。エントランスから直接幹線道路へと運び出されたのだろう、と自分にいい聞かせた。

娯楽施設の駐車場は今も警察車両の発する警告灯の赤色で占められ、騒然とした雰囲気が消える気配はなかった。クロハは指先で、自らが放った銃弾の位置を鑑識員へ知らせる。質問に答えるうちに、胸の鼓動は静かになっていったが、今度は熱を持ったように頭の中がぼうっとし、どこか遠くから自分の後ろ姿を眺めている心地になった。

制服警察官の一人が近付き、何かを差し出した。クロハが地面に捨てた、引き金を留めるためのゴムだった。小声で礼をいって受け取り、それを回転式拳銃に装着し直していると、機動捜査隊の班長、かつての上司が目の前に立ち、その拳銃はなんだ、と厳しい声で咎めた。クロハは改めて手中の黒い金属の塊の重さを意識した。ハンカチを探して包み、外套のポケットに仕舞ってから、他の警察官から借用したものです、二発、威嚇のために発砲しましたが被疑者には命中していません、と説明すると、班長の目元の緊張がわずかに緩んだのが分かった。それでも、いい加減にしろ、と低い声で叱り、しばらくこちらを睨みつけていた。クロハは班長の強い目線を見返す気になれなかった。怪我は、と訊ねられ、私にはありません、とアスファルトの白線へ目を落としたまま返答した。鈍い動作でポケットティッシュを取り出して片手の血糊を拭き取り始めるが、そうすること自体、ニシに対する裏切りのように思えてくる。

独自の調査は結果的に銃弾の発射を伴う、被害者の発生する事態へと陥ってしまった。どんな力が働いて、いつの時点で状況が捩じれてしまったのか、疲労で満ちた頭では想像することもできない。

物音のする方向へ顔を上げると、脚立に乗った鑑識員が金属製の案内板に食い込んだ銃弾を、ピンセットで慎重に引き抜こうとするところだった。それで、と班長が口を開きかけた時、幹線道路の方角から、腕章を着けた大勢の私服警察官がやって来るのが見えた。所轄署の刑事課員達だった。聴取を交代する格好で、班長がその場を離れた。去り際には、もう一度きつい視線をこちらへ送った。

クロハは刑事課員達の顔を見渡した。見覚えのある人物も数名いたが、知らない者がほとんどだった。刑事課員は十名を超えていて、その人数に取り囲まれたことに違和感を覚え、次に彼らの血の気を失った青い顔色に気がついた。署に戻って話を聞かせてもらう、といったのは強行犯係長だった。灰色の、癖毛の頭髪をクロハは覚えている。疑問が浮かび、

「……建物内の実況見分を終えていませんが」

訊ねると、後で行う、という短い言葉が係長から返ってきた。クロハはショルダーバッグを建物内に置き忘れているのを思い起こし、そしてようやく、回転式拳銃の本来の所持者である大柄な警察官のことを思い出した。

バッグを取りに戻る、と伝えると、刑事課員達は顔を見合わせ、同意はしたものの、驚いたことに全員がクロハを囲んだままついて来ようとする。不信を隠そうともしない彼らの扱いは不快だったが、そのおかげで緊張とともに、少しずつ体内に現実感が戻ってきた。

刑事課員に前後を挟まれた状態でエスカレータで上階へ戻りフロアに立つと、メダルゲームもスロットマシンも全て電源を落とされているのが分かった。刑事課員達の靴音ばかりが耳に入る静かな環境を、クロハはひどく不自然に感じる。

ＣＧによる競馬場を映していたはずの三台の大型液晶画面も操作卓（コンソール）のＬＥＤも消された薄暗い一角を、鑑識員の手にする小型の投光器が照らし出している。光が動いた拍子に、リノリウムの床の血溜まりが見え、その少し後方に立つ大柄な警察官の沈痛な表情を一瞬、明らかにした。クロハは、周囲の刑事課員を押し退（の）けるようにして近付き、

「ニシさんは」

「……救急救命士に、運ばれていったよ」

こちらを一瞥し、

「だがその頃には、体は冷たくなっていた」

クロハは外套から回転式拳銃を引き出し、ハンカチを外して銃把を相手へ向け、差し出

した。

「二発使いました。威嚇射撃です。被疑者は狙っていません」

何も聞こえていないように男は無言で拳銃を受け取り、背広の内のホルスターに仕舞った。男の両手にも、乾いた血液がこびりついていた。男が、こちらの背後の刑事課員へ小さく頷いたのを、クロハは見逃さなかった。この男をどう判断するべきなのか、未だに分からない。慎重に、

「あなたの所属を教えてください」

「……交通課員、シオサキだ」

シオサキと名乗った男は、隣接する警察署に属している事実を認めた。

「あなたは」

憤りが込み上げ、

「ニシさんが狙われていたことを、知っていたのですか」

シオサキは小さく緩慢に首を振り、否定した。それ以上の動きは現われなかった。背後にいた刑事課員が、バッグを、と声をかけてきた。クロハはシオサキの前を過ぎて操作卓に近寄り、席の上で口を開けたままだったショルダーバッグを閉じ、手に取った。傍でしゃがむ鑑識員がこちらを見上げたが、何もいわず作業に戻った。

刑事課員に促され、クロハはエスカレータへ引き返した。途中で振り返ると、シオサキはまだその場に立っていて、まるでそこにニシの魂がとどまっているように、操作卓を見詰め続けていた。

＋

覆面警察車両で警察署に戻ったクロハは、刑事課の机の並ぶ二階へ案内された。フロアの隅にある取調室に入るよう勧められ、逆らいはしなかったが、内心では屈辱を感じていた。刑事課強行犯係は最初から、私を被疑者のように扱っている。

窓のない無機質な空間で聴取を受ける側として折り畳み椅子に座ったのは、初めてのことだ。こちらの前方、スチールデスクの向こうに二人の刑事課員が腰を下ろした。背後にも二人が回り込んで立ち、クロハの不快感が増幅される。全員が男性で、四、五十代の熟練した捜査員らしく見えた。通常ではありえない人数。圧力の掛け方。冷静になれ、と喉の奥で呟く。

目前の年嵩の取調官が、机に頬杖を突いて上目遣いにしばらくこちらを凝視したのち、何が起こったのか説明するよう求めてきた。

クロハは、会計課員の西勝英(ニシカツヒデ)から二人きりで会うことを要求されていたこと、承諾し娯楽施設で落ち合った際に、突然暴漢に襲われたことを証言した。何も隠すつもりはなかったが、取調官は声に疑いを込め詰問するように、

「なぜ、そこで会った」

「……区役所から依頼されていた、居所不明児童についての調査をその施設内で行っていたからです。直後に会うことになり、私から指定しました」

「その場で、どんな話をしたんだ」

「正直いって、全てを理解することはできませんでした。ただ……」

「一体、何の話をしたのか、と聞いているんだ」

脅すようないい方に、クロハも怒りを抑えられず、

「そんなことより」

思いがけず大声となり、

「ニシさんは無事なのですか。同僚の安否について、私は未だに何も聞いていません」

わずかに身を引いて、取調官達が顔を見合わせた。斜め前に座る四十代らしき補助官が、揉み上げの辺りを指先で掻き、

「……警察病院に運ばれたはずだ。安否の連絡は、まだ入っていない。今は事案関係者と

しての聴取に、集中してもらいたい」

取調官が咳払いをして、強引に話を事案へ引き戻そうとする。

「ニシは君にどんな話を？」

「……彼自身のお話です。普段の生活についての、雑談」

「他には」

「今、何を後悔しているか……話は全て曖昧なものでした」

口にするべきかどうか、一瞬迷ったが、

「最後に、私に渡したいものがある、といっていました」

目前の男の、皺の多い顔貌が引き締まり、

「受け取ったのか」

「いえ」

取調官の反応を観察しつつ、

「譲り受けてはいません。ニシさんがそうしようとする前に、暴漢に襲われました」

「その内容について、何か聞いてないか」

クロハは相手を見据え、

「内容……どうして中味のあるもの、ということが分かるのです？」

取調官が言葉を失う。

「私には」

自分でも、声色から温かみが消えてゆくのが分かり、

「あなた達の方が、私よりもずっと事情に通じているように聞こえますが」

取調室が静まり返った。そのことにも、クロハは苛立った。この期に及んでも、彼らは何も事情を説明しようとしない。こちらから仕掛けるつもりで、

「ニシさんはあの時、確かに何かを渡そうとしていました。今でも、私が受け取るべきものだと思っています」

それは今我々が決める事項ではない、といって取調官は厳しさを羽織り直すように姿勢を正した。改めて最初から、事件の説明を求められたクロハは反感を静め、一警察官として丁寧に状況の変化について解説するよう努めた。自分とニシの位置関係。時間経過。被疑者の動き。事件発生の瞬間。シオサキと名乗る警察官に助けられたこと。被疑者が加害後どう逃走し、自分がどう追ったのか。

機械的に事実関係だけを説明するのは、容易だった。憤りを抑えることもできた。ただ、身振りのために軽く片手を挙げた際、手のひらの皺に残された乾いた血液に気付いた時には、深呼吸せずにいられなかった。そのまま口ごもってしまい、取調官達の焦燥が募って

ゆくのも把握していたが、しばらくの間、聴取を中断せざるを得なかった。

クロハは手のひらを見詰め、ニシの死を想起していた。ニシの身をシオサキに預けて被疑者を追おうと決意した時点で、会計課員の横顔からは生命が消えかかっているように感じていた。

背後に立つ刑事課員の一人がいったん外へ出て、水で湿らせたタオルを持って来てくれた。無言のまま、死んだと決まったわけじゃない、と心の中で唱え続け、タオルを手のひらに当てた。擦ると血液は茶色の染みとして簡単に布地に移っていったが、爪の奥に入ったものだけは拭い去ることができなかった。

結局、クロハは事件についての一連の説明を三度、繰り返した。取調官へ話さなかったのは、ニシが渡そうとしたものについての、個人的な想像だけだった。警察署全体が血眼(ちまなこ)になって探し、警戒する何か。その内容。

取調官が室内に持ち込んだノート・コンピュータの液晶モニタを睨み、打ち込んだ内容を確認するのを、クロハは待った。コンピュータが閉じられ、けれど取調官の口から発せられたのは、聴取の終了を告げる言葉ではなく、再度の詰問だった。本当に具体的な話は何もなかったんだな、と念を押そうとする。憤りが脳の奥で再び発火するのを感じながら、

「ありませんでした」

静かに息を吸い込み、

「すでに何度も伝えた通りニシさんの用件とは、私に何かを渡すことでした。彼の容態は分かりませんが……」

——私に渡そうとしていた、何か。

「彼の背広の、左の内ポケットにあるものは私の所有物となるはずだった何か、です」

不可能なことは分かっていたが、

「早急に譲渡、いえ、返却を要請します」

それはきっと署内の会計の不正に関する情報であり、帳簿そのものである可能性が高い。会計課員であるニシは、裏帳簿の情報(データ)を小型の記憶装置(ストレージ)に転送し、私に渡そうとしていたのだろう。黒葉佑(クロハユウ)という、部外者に限りなく近い署員に。私はあの時、受け取るのをためらっただろうか？　会計情報(データ)であると気付いた時に。少しも怯まなかった、といったら嘘になる。すぐに受け取ってさえいれば、状況はもっと単純になったかもしれない。それとも、さらに複雑化しただろうか？

捜査の手順上ありえない話……警察官の言葉とも思えない……ニシ本人からの聴取ができない以上……まず捜査担当者である我々が押さえるべき物証……刑事課員達が口にする否定の言葉を浴びながら、クロハは下唇を噛む。命を懸けてまで貫こうとした彼の意志を、

このままでは継ぐことができない。スチールデスクに両手を突いて、立ち上がった。取調官へ、

「私も警察官です」

下手な行動を起こそうとするな。機動捜査隊班長の言葉を思い起こす。

「警察官として、行動します。まずは今回の事案についての報告書を作成しますから、これ以上のご質問はそれを通読されたのちに、お願いします」

お前は敵を作りすぎる、といわれたこともある。まだ駄目だ、と取調官が唸るようにいい、

「あんたには今夜一晩、刑事課内にいてもらいたい」

「なぜです」

「……君が事件の関係者だからだ。事態が、どう推移するか分からないからだ」

「私に、何の嫌疑があるのです……」

「嫌疑云々の話ではない。あんたには……これが、感じられないのか」

取調官は机の上で軽く両手を広げ、

「この、ぴんと張った空気が。あんたも所轄署員だろうに。混乱が鎮まるまで、せめて一晩でいい、我々と同じ空間にいるべきなんだ」

「……逃げも隠れもしません」

クロハがショルダーバッグを肩に掛け、出口へ歩き出す素振りを見せると、取調官と補助官も立ち上がり、折り畳み椅子の脚が床に擦れる甲高い音が室内に響いた。

「一階の警務課カウンタ内にいます」

気圧(けお)されないよう自分を励まし、

「そこで、報告書を書き上げます。捜査上、早急な聴取が再度必要となるのでしたら、随時協力します。ですから」

顎を引き、瞼を細めて自分よりも背の高い取調官を見詰め、

「退(ど)いてください」

無言で睨み合う格好となり、室内から言葉が消え、身動きも消えた。けれどクロハは、取調官の瞳の中にも周辺視野に存在する補助官の様子にも、動揺が現われているのを認めていた。

扉が乱暴に鳴った。誰かが外から、慌ただしく叩いている。背後にいた一人が扉へ向かい、薄く開き、小声で何かを話し合っていたが取調官は視線を逸らさず、それはクロハも同様だった。

刑事課員が扉を閉めて戻ると取調官の斜め後ろに立ち、耳打ちを始め、その声はこちらにもはっきりと聞こえていた。

……新たな応援を刑事課から三人出すよう、特捜本部が要求しています。

取調官はクロハを見下ろしたまま、眉間の皺を深くして、

「……係長は何と？　俺の班からはもう二人も出張（でば）っているんだ。これ以上、人員を割く余裕はない。係長の指示を仰げばいいだろう。わざわざ、こっちに話を持ち込むな」

もう一つ、と刑事課員は落ち着きのない様子でいい、

「警務課の黒葉佑（クロハユウ）を管理官が呼んでいます」

「管理官が……なぜだ」

「理由は聞いていませんが……特捜本部の増援の一部かと」

刑事課員が一瞬こちらを見やり、

「至急、とのことです」

取調室の空気から威嚇の気配が消えてゆくのを、クロハは肌で感じ取ることができた。代わりに現われたのは、消極的な混乱。

クロハだけが動き出すが、今度はその行動を誰も邪魔しなかった。失礼します、といい置いてスチールデスクから離れ、補助官の脇を通り抜け、扉のノブに手を掛けた。

取調室の外ではクロハと同世代の私服の男性が、緊張の面持ちで直立していた。見覚えがあり、この男性（ひと）は確か、管理官の運転手を務める捜査一課の人間だ、と見当をつける。

私服警察官は自己紹介をしなかった。外へ、と短くいって階段のある方向へと歩き出した。後ろ姿を追い、その背中が発する気分を感じ、彼は私を警戒しているのだろうか、とクロハは想像する。

たぶんお互いに、と考え直した。

+

自動扉を抜け、私服警察官の後に続き、駐車場の隅に停められた銀色のセダンへ小走りに向かった。粒の細かい雨が降り始めていた。

私服警察官が後部座席の扉を開け事務的に、どうぞ、と促した。既定となった路線を後ろから突かれ、歩かされているように思え、反発も覚えたが、他の方角へ逸れることも考えられず、失礼します、と挨拶をして覆面警察車両へ乗り込んだ。

予想通り、座席の奥には管理官が腰掛けていた。同乗するクロハを、痩せぎすな初老の男性は見ようともしなかった。セダンは静かに発進し、枝道から幹線道路に入り、速度を上げた。訊ねたいことは多くあったが口にする気にはなれず、無言で硝子越しの夜の路上を眺めていた。自動車警邏隊と機動捜査隊に所属していた頃の癖が抜けず、駐車された車両内の人の動き——特に、違法薬物に関係しそうな、落ち着きのない行動——に敏感になってしまう。

覆面警察車両が高速道路入口の坂道を上り始めた時、管理官が口を開いた。

「君を、特別捜査本部に参加させる」

一瞥したのが分かり、

「異存はあるか？」

「いえ」

と即答する。捜査員への復帰は、自分自身が望んでいたことだった。けれど、なぜこのタイミングで復帰が許されたのか、その理由が分からなかった。単なる管理官の気紛(きまぐ)れだろうか？　署内で軟禁状態の私を知り、助け船を出そうという気になったのだろうか。管理官により二重に助けられた、という事実にクロハは気がついた。管理官は、こちらの心の動きを察したように、

「新たな犠牲者が発生した。特捜本部は手が足りず、君は事件の概要を知っている。それだけだ。質問は？」

「ありません」

「こちらには、確認しておきたい話がある……先程、発砲したな」

「はい」

「被疑者に怪我はない、と聞いているが、事実か」

「威嚇射撃のみで、被疑者には全く命中していません。その他の怪我もありません」

「そうか」

わずかに頷いた後、

「施設の設備に弾痕を残したのは、失策だ。そのために施設側へ、何が起こったか細部を説明する必要が生じ、結果、発砲の事実が報道機関に漏れるだろう」

「はい」

「だが、威嚇射撃により被疑者を即座に確保、という事実も変わらない。二発の威嚇射撃と凶悪犯の確保。相殺すれば、県警にとって悪くはない結果だ。あくまで相殺すれば、だがな。報告書の提出を忘れるな」

「はい」

管理官が深く座席にもたれたのは、こちらの説明に満足した証しだろうか。しばらくすると着信音が鳴り、管理官が携帯電話を開き、二言三言喋ってすぐに切断した。フロントグラスの方を向いたまま、会計課員が亡くなった、といった。

「二時間ほど前に、確認されたそうだ。西勝英といったな。残念な話だが……すでに被疑者は確保している。後は所轄署に任せておけばいい」

クロハは瞼を強く閉じる。

何か返答しなければ、と思うが、声を出すことができなかった。

＋

セダンは高速道路から迂回道路（バイパス）に入り、そのまま国道へ降りた。高層建築が景色から消え、さらに国道から逸れると路上の照明も少なくなり、覆面警察車両は二車線の狭い道を慎重に進むようになった。クロハにとっても、管轄となった経験のない不案内な土地だった。道に沿って用水路が走り、灰色の畑が闇の中に薄らと広がっていた。

赤い光の集合が前方に見え、セダンが近付くと、道路脇に集う沢山の警察車両の様子が明らかになる。セダンも、簡易舗装された駐車場の中へと進入し、プレハブ小屋の傍に停まった。

私服警察官が運転席を素早く降り、外で折り畳み傘を広げるが、管理官は自分で扉を開き、必要ない、と断って道路の反対側へと駆け出した。クロハも慌ててその後を追った。

用水路に架かる短い橋が、立入禁止テープ（キープアウト）によって塞がれていた。その先は上り坂となり、石段へと続き、奥は暗闇の中に消え、用水路の手摺りに結わえられた金属製の看板が、寺院の存在を知らせている。

立入禁止テープの傍では強まりつつある雨足の中、幾本かの傘が揺れていた。近隣住民が中を覗いて事情を知ろうとする様子だったが、そこからでは何も窺えず、不満そうに小言をいい合っている。管理官に気付いたレインコート姿の制服警察官がテープを持ち上げて内部へ通し、案内役として動き出した。

石段を走り上がると、落葉した木々に囲まれた木造建築が現われた。寺院の前を過ぎて奥へ急ぎ、濡れた敷石の上でクロハの革靴の踵が滑りそうになる。

排気ガスの匂いが漂い始めた。石段の脇に設置された小型発電機が唸りを上げ、そこに繋がれたケーブルが数本、丘の表面に開いた長方形の入口の内へと伸びていた。それぞれの手にジュラルミンケースを持った大勢の鑑識員が、石材の枠で囲まれた暗い入口から列となって現われ、管理官へ会釈をして擦れ違った。

内部は人工洞窟だ、とようやくクロハは今自分がどこにいるのか、その位置を把握した。密教修行のために丘陵状の岩盤に穿たれた地中の伽藍、という知識が現実と接続される。

雨が、前髪から唇へと滴り落ちた。すぐ近くに東屋が設置されていて、そこに屯する捜査員の中にサトウの姿を見付けた。目顔で挨拶を交わし、管理官に続いて石灯籠に挟まれた短い階段を登り、扉のない入口を潜ろうとする。

狭いな、という呟きが聞こえ、薄暗がりの中、管理官が立ち止まって振り返り、

「外で待っていろ」

と指示を出した。棒立ちになりかけたクロハは続いての、テライ、という管理官の呼びかけを聞き、反射的に背後を確かめた。

はい、と返事をしたのは運転手を務める捜査一課員だった。テライの視線はこちらを捉えていた。感情を殺した顔付きの奥に敵意らしきものが窺え、クロハは後ろを見るのをやめた。管理官を追い、人工洞窟の内部へ足を踏み入れる。

内部の通路は狭く、生暖かかった。床は平らに削られていて、電源ケーブルの流れにさえ気をつけていれば、歩行を妨げるものはどこにもなかった。ずっと奥まで続く気配があり、大勢の話し声が内部を反響し、届いてくる。先導する制服警察官が、レインコートを側壁に擦らせながら何度も岐路を折れた。数百メートル歩き、そしてクロハは異臭に気がついた。

蛋白質（たんぱくしつ）の腐敗する臭い。遺体の臭いだった。

突然視界が開け、円形の少し広い空間に辿り着いた。スタンド式の照明が設置されていて、その明るさは、数秒の間まともに目を開けていられないほどだった。床の隅に赤紫色

の何かが固まっているのが見え、瞬きを繰り返して明るさに慣れると、それはパーカーの色であり、検視官達がしゃがみ込み、遺体に着せ直している姿を認めることができた。

検視作業も終了したようだった。ビニルシートの上で仰向けにされた被害者が、十代前半の少女であるのをクロハは確認する。皮膚には腐敗した血管が蜘蛛の巣のように浮かび上がっていて、死後数日間の経過を知らせていた。広間は照明と密集した警察官のせいで熱気がこもり、その環境が遺体の腐食を積極的に進めているように思えてくる。

クロハは両手で鼻と口を覆い、腐臭を避けてゆっくりと深呼吸する。何度も見たはずだ、と心の中でいった。自動車警邏隊に所属していた時にも機動捜査隊員だった際も、遺体とは接してきたはず。未成年者の死が間近に存在することが、クロハを動揺させていた。

管理官は他の捜査一課員へ事情を訊ねている。検視官も加わり、遺体を見下ろしたまましばらくそこで話し込む気配があり、クロハは忘れ去られた存在となったのを自覚し、遺体に短い黙禱を捧げたのち、広間を出た。

管理官がこちらに何を期待しているか、どんな立場で何をさせたいのか、今も想像はできていなかったが、少なくとも、上司達の話を後ろからぼうっと聞いているのは時間の無駄のように感じる。それに正直なところ、期待通りに動きたい、とも思ってはいなかった。

ショルダーバッグから出した小型の懐中電灯を手に通路を進んだ。すでに方向感覚を失っていたが、時折壁面に小さな照明と矢印の描かれたパネルが現われ、その指示に従って歩いてさえいれば、内部を一順することはできるはずだった。

遺体遺棄の現場となった洞窟内を一通り、自分の目で確かめておきたかった。歩くうちに、所々の広間を曲がりくねった通路が繋ぐ構造となっているのが分かり、電灯の光を巡らせると、壁面や天井に仏像や龍や梵字(ぼんじ)の彫り物が出現した。それらがいつ頃彫られたものなのか正確には分からなかったが、表面の摩耗の具合や凹凸の深さのばらつきからすると、様々な時代の彫刻が混在しているように見える。

人力での掘削作業の労苦を想像すると、過去の修行場に対する畏敬の念が体内に生じるが、遺体の捨てられた場所であるのを思い出した途端、どこかへ押しやられてしまう。

あの、痩せこけた横顔。少女が苦しまずに死んだ、とはとても思えなかった。

なぜ加害者達は、この場所を選んだのか。遺体の状態からすると、洞窟内で殺害したのではなく、死後の被害者を運び込んだ、ということになる。管理された遺跡の中、遺体は目立つ場所にあり、数日間も放置され続ける事態はありえないはずだった。

一連の、遺体遺棄の場所は広く分散している。それでも、この位置は県内だ。なぜそこまで県境を越えないことにこだわるのかは分からなかったが、少なくともある範囲内で、遺棄現場を分散しようという意図は窺える。恐らく人工洞窟という環境自体に大きな意味はなく、分散と、防犯カメラを避けることのできる環境を組み合わせて選択された結果なのだろう。

でもこれまでの遺棄とは違いがある、とクロハは思う。明白な、一つの相違。

加害者から、遺体を隠そうとする意図が消えかかっている。海中でも山中でもない、人の目の届く場所。事故を偽装しようとする工夫もない。少なくとも翌日には発見されることが、分かっているはずだった。加害者達の心理上の変化。どんな理由に基づいての、変化なのか。

内部の湿度は高く、順路に従って細かな上り下りを繰り返すうちに目に入ってきたのは、金属製の手摺りを隔てて通路の脇を流れる地下水だった。透明度は高く、懐中電灯の光を溝の底が反射する。顔を上げると通路の先に、小さな白い明かりが見えた。クロハの手中にある小型のＬＥＤ電灯と、よく似た光源。

互いに近付き、相手が機動捜査隊班長であるのを認識する。数時間前に会ったこともあり、一瞬緊張が解れそうになるが、班長の険しい表情がその心地を吹き飛ばした。クロハは咎められる前に、

「特捜本部に編入されました」

そう伝えると、目前で立ち止まった班長は露骨に口元を歪め、そのようだな、といった。

「ここは今、どんな状況でしょう」

「……捜査一課の真似事か」

クロハは引かず、

「必要な情報は教える、と班長は以前そういったはずです」

しばらく無言で睨みつけたのち、来い、といって班長は歩き出した。案内する気がないように早足で進み、突然現われた登り階段にクロハは足を取られ、転倒しそうになる。石段に突いた手のひらをもう一方の手で払い、置いていかれないよう、駆け上がった。

順路を無視して短い階段をさらに何度か登り、新たな空間に辿り着いたところで、班長の足が止まった。ここにも浮き彫りにされた仏像が壁面の上部にあり、その前には火の点いた蠟燭とともに林檎が供えられていた。広間は意外に明るく、見渡すと床の隅が欠け、孔(あな)が開いている。そこから光が漏れ、空間を下方から照らしていた。

腐臭にもクロハは気付いた。床の孔に近付き覗き込む。管理官と検視官が話し込む様子が、見て取れた。遺体遺棄の現場が真下に位置している……いや。班長へ向き直り、

「遺体は、この孔から下へ落とされたのでしょうか」

「そのようだ」

班長が懐中電灯の明かりを消し、クロハもそれを真似た。

「矢印に逆らって進むと、先にここに出る。たぶん奴らは孔から落とすことで、遺体を洞窟の奥深くに捨てた、という錯覚に陥ったのだろう。どちらの広間も、入口からの距離は変わらないんだがな」

そうか、とクロハは内心、頷いた。遺体を隠す意図が加害者達から消えたわけではない、ということだった。少なくとも、全く消えたわけではない。

「……アプリの運営会社から通報があったのは、三時間前だ」

班長が続け、

「地域課員が確認に訪れたところ、遺体を発見した」

『ｋｉｌｕ』により、新たな《柱》(ポール)設置の申請がされた、ということ。

「緊急配備は実行したのですか」

クロハの問いに、

「していない。地域課員が発見に手こずったらしい。被疑者の目撃情報もない。遺体の運搬に車を使ったはずだが、その型も車両番号も分からない。即時の確保は困難、と通信指令本部が判断した」

一度、深く息を吸い、

「だが、連続殺人の犠牲者の一人、ということは明らかだ」

「……付近に監視カメラ等は？」

「見付かっていない。敷地内にも防犯の設備はない。警備会社と機械警備の契約を結んではいるが、建物の中だけが対象ということだ。外には洞窟があるだけで、盗難被害に遭うような財産は存在しないからな。見ての通り、敷地にも洞窟の入口にも、門扉はない。時間外であっても侵入しようと思えば、誰にでも可能……遺跡、というものに何の敬意も感じないのであれば、な」

「何か、新たな手掛かりは見付かりましたか」

「手の痕だ」

といって、班長は額を指先で拭った。

「掌紋、ですか」

「子供の拳だ」

「拳？」

「検視官や警察医でなくとも な、一目見ただけで分かる。被害者の体中に、殴られた痕があるんだ。大人よりも一回り小さな拳の形が、はっきりと目視できる」

クロハは、床の孔からもう一度下方を覗き込んだ。位置を少しずらすと、仰向けに寝かされた少女の顔が視界に入った。白緑色の顔色。血管が首から額にかけて、まるで描いたように細かく走っている。腐敗のために皮膚が浮き上がり、顔立ちの表面を崩していた。黒ずんだ箇所を見て取ることができた。眼窩の縁にあたる部分。反対側の頬骨。首筋にも、それらしき痕が。

「全身に打撲箇所が存在する。つまり」

班長がいう。

「加害者達は、時間をかけてあの娘を殺した、ということだ」

「打撲のみで、殺害したのでしょうか……」

「致命傷となったのは、後頭部への鈍器による一撃だ。苦しみの末に、それを受けたことになる」

死後は血圧が消失し、皮下であっても出血現象は現われない。痣は、生前に攻撃を受けた事実を示していた。クロハは眉をひそめる。事案の残酷さを知ったためだったが、もう一つ、気になったことがあった。かつての上司の態度が、いつもと少し違うように思えた。班長のいい方は、被害者へ感情移入しすぎているようにも感じる。事案に対しての疑問は幾つもあり、

「被害者の身元に関しての手掛かりは」

「所持品はない。性的な被害その他は……司法解剖の結果待ちとなるだろう」

「加害者については……」

「掌紋、指紋が被害者の衣服に残されていた。それと、足跡。鑑識が採取を終えている。すぐに以前の事案との関連は、明らかになるはずだ」

「地域課員が発見に手こずった、というお話でしたが」

班長の様子を窺いながら、

「運営会社が通報したのち、地域課は直ちに臨場したのでしょうか」

「優先的にな」

班長の顔色が冴えないことに、クロハは気付く。

「だが、今回は《柱》の位置が遺体遺棄の場所から、離れていたそうだ。そうでなくとも、時間差はどうしようもない。運営側の通報を受け、すぐに動いたとしても加害者はもうその場にはいない。最初から網を張っていたならともかく、結果を受けての警察の動きは、常に後手に回ることになる。時間差だ。問題は」

歯軋り（はぎし）りの音が聞こえてきそうな表情。

「大丈夫ですか、班長」

思わず、そう声をかけた。

「どこか、体調が……」

「何か、思い出さないか……あの娘は、どこかで見たような気がするんだが」

そう問い返され、クロハが言葉に詰まっていると、

「交通事故だったか。いや、そんなもの……機捜として何度も見ている」

独り言のようにいう班長の額には、汗が滲んでいた。その時になってクロハは、班長が娘を交通事故で亡くしている事実を思い出した。それは本人からではなく人づてに聞いた話で、警察官だった彼女は職務中の事故で亡くなった、という事情だったはず。

下方から音がし、遺体袋に納められる少女の姿が孔の先に存在した。ファスナーが閉じられ、腐臭が薄らぐのが分かった。吐き気を催したのは、艶やかな遺体袋の奥の、少女の体に残された拳の痕を想起したせいだった。子供の拳。子供達の拳、だろうか？

クロハの首筋から頬の皮膚が粟立った。殴打が本当なら、彼らは人間性を失っている。中心人物など最初から存在しないのかもしれない。集団としての欲望があり、顧みることなく、合意もないまま凶暴な方向性を保ち、闇雲に疾駆しているだけなのかもしれない。

班長が電灯を点け、広間から出ていった。

勘を頼りに進むと管理官達のいた広間に戻り、そこには鑑識員が一人だけ残って照明機材を片付けている。邪魔にならないよう、クロハは足早に通り抜けた。捜査員達の気配を頼りに歩き続けると、不安を覚える前に外に到達することができた。

＋

駐車場へと引き返す管理官と運転手役の後ろ姿が、植え込みの向こうに消えた。駆け寄って、覆面警察車両に同乗するべきだろうか？　否定的な気分が勝り、周囲を見回すと東屋の隅にはまだサトウが座っており、ＨＭＤを装着したまま熱心にノート・コンピュータを覗き込む姿が画面の光を受け、暗がりの中でぼんやりと浮かび上がっている。鑑識課のジュラルミンケースの群れを避け、お疲れ様、と声をかけて近付くと、

「以前にクロハさんの助言に従い、電脳犯罪対策課で罠を掛けた件ですが」

前置きもなくサトウが用件に入り、

「すでに設置された《柱》を撤去し様子を見る、という方法を現在でも一ヶ所で継続しているのですが……これまで、反応は一切ありません。これは『ｋｉｌｕ』側の余裕のなさを表している、と考えていいのかもしれません。それよりも」

顔も上げずに、

「新たな《柱》についてですが、どんな風に聞いていますか？」

「……遺体遺棄の位置から離れた場所、とだけ」

クロハはサトウの流儀に従い、直接会うのが久し振りであるのを気にしないようにして、

「違うの？」

「いえ、確かに離れています。というよりも、離れすぎている」

「どこ？」

「寺院の敷地内を越えています。駐車場のようです」

「道路の反対側？」

クロハは、管理官達の去った方角を振り返る。サトウには、実際に赤色に輝く光の柱が見えているはず。

「遠いわね。確かに」

「洞窟の内部では、無線もＧＰＳも届きませんから」

「それなら、もっと入口の近くでもいいと思うけど……少しでも早くこの場を去るため、かな」

「はい」

「リスクを少しでも下げるために。同じ理由で、申請をしたのは遺体遺棄後のはずよね」

「恐らく」

「地域課の発見が遅れた、というのはその辺りの事情が関係しているせいね。むしろもっと積極的に、捜査側の攪乱（かくらん）を狙ったのかもしれないけれど」

「そうですね」

サトウの同意が、表面的な態度のように思え、

「違和感が？」

訊ねると、キーを何度か叩いてからコンピュータの画面をこちらへ向け、

「攪乱のため、とするには、犯行推定時刻から《柱》の設置まで、それほどの時間経過はないようなんです」

クロハはサトウの隣に座る。液晶画面の中には寺院周辺の地図が広げられ、そこに幾つかの印が書き込まれており、よく見るとその一つ一つに、時刻が細かなフォントで併記されている。

「……目撃者はいない、と聞いたのだけど」

クロハの疑問に、

「今のところは存在しません。ですが、寺院関係者による参禅の時間も見回りの時刻も決

まっていますから、ある程度の推測は可能です。見回りから《柱》の申請時刻の間……約一時間半内に、遺棄が行われた、ということになります」

サトウは少し考えてから、

「加害者達が、見回りの時刻を知っていたかどうかは不明ですが……いずれにしても、攪乱の意図があるなら、犯行から申請までの間をもっと空けるべきではないでしょうか。この時間的猶予からすると遺棄行為の後、駐車場に戻り慌てて申請した、という風な行動に思えます」

「この時間差は？」

クロハは地図の隅に並べられた時刻の列を指差し、

「《柱》の申請時刻と警察への通報時刻との間に、一時間の経過があるようだけど……」

「運営会社側の問題です。問題、というより限界でしょう。『ｋｉｌｕ』による申請は、一種のエラーとしてサーバを保守管理するエンジニアに伝えられるはずですが、彼らも企業として障害対応やログ解析、設定変更等の日常業務を抱えています。つまり」

人差し指で自分の額を叩き、

「申請があった際、それを業務に追われる運営会社のエンジニアが素早く見付け、通報し、通信指令本部が敏捷に判断し、申請された座標付近に地域課警察官が偶然存在する、という幾つかの幸運に恵まれない限り、現行犯、あるいは準現行犯としての確保は望めない、ということになります。ですが……幸か不幸か今回のことで、運営会社の態勢も見直されるでしょう。これまでとは逆に、警察の捜査に非協力的、と非難を受ける可能性がありますから。GPSを利用した位置測定に同意するよう、電脳犯罪対策課からも再度働きかけてみます」

クロハは頷く。班長の懸念、時間差の問題が解消されるかもしれない。クロハの方から、

「今回は何かこれまでと違う、という気がするのだけど、どう……」

サトウはまだ、違和感の原因について説明していない。分かります、と答えてHMDを掛けた顔を、駐車場の方角へ向け、

「以前には存在した強い警戒心が、薄れているように思えますから」

「残虐性が加速しているとは思わない？」

「群集心理が働いた結果、かもしれません」

ノート・コンピュータを受け取って、

「でも僕がいっているのは、これほどの騒動になった今も、なぜ加害者達は新たな《柱》を設置することにこだわるか、ということです」

「リスク意識よりも、自己顕示欲が上回ったから？」

「警察側は、『侵×抗（シンコウ）』と事件の繋がりを、今も公表していません。繋がりに気付いた報道機関もない」

サトウのいう通りだった。広く公表されなければ、自己顕示欲は満たすことができない。サトウがＨＭＤを外して、

「それなら《柱》の申請の続行は、ただ確保の危険を増幅させ続ける以外の意味は持たないはずです。実現困難とはいえ、現行犯での確保の可能性は零ではありません。ですが、《柱》の申請を取りやめるだけで、彼らからすると、その不安のほとんどを消し去ることができる。なぜ、続ける必要が？」

「……自暴自棄になっている。捜査が遠からず自分達の元に及ぶ、と考えている」

「実際は、警察側は確保に至るまでの手掛かりを摑んでいません」

「自己の行いを顕示するのではなく、記録することで満足を得ている、というのは……」

「そうであるなら、もっと洞窟の近くに《柱》を設置するべきでは……」

同時に、黙り込んでしまう。何か、ちぐはぐな印象だった。けれど、一連の事案のどこかでずれが生じたのは、はっきりと感じ取ることができる。サトウも同様のはずで、だからこそ同じように言葉をなくしている。

「加害者集団自体の意志が……」

クロハは議論の材料とするつもりで、

「分解しかけているのでは。余裕を失いつつあり、その分結束力も弱まっている、とは考えられない？」

「方向性にばらつきが生じた、と？　ない、とは断定できませんが……」

「あるいは元々、私達が考えているほど彼らの方向性は統一されていないのかも」

「それはそれで、矛盾です」

サトウがわずかに顔をしかめ、

「少なくともこれまで加害者達は、殺人と遺体遺棄の場所を分散しつつ防犯カメラを完全に避ける、という隠蔽(いんぺい)工作を実行していました。高度な工作、といえるものです。全く無軌道な集団には不可能な方法でしょう」

「待って」

脳裏で何かが小さく光ったように感じ、

「特捜本部も私も、《柱》の設置を強い自己顕示欲の表出、として考えていたけれど、もし全然別のものだとしたら……」

サトウは反論の代わりに、怪訝な表情を深める。

「分離して考えてみる、っていうこと」

クロハは諦めずに、

「例えば、集団の意志に反して事件を世間へ知らせようとする一部が存在する、という風に」

「『侵×抗（シンコウ）』を利用して？　通報一つで済むのに、ですか？」

「消極的な通報、という可能性は……」

「集団と一部を分離して考える、という発想は一理あると思いますが」

呆れた、という態度を隠そうともせず、

「『ｋｉｌｕ』は他にも、未成年者の関連する過去の事案発生の位置に《柱》を設置しています。合わせて考えれば、やはり非人間的な嗜好を抱えた者達、と定義する他ないのでは」

「過去の事案と結びつけることで、集団の異常性を明示しているのかも……」

「クロハさんはたぶん」

ノート・コンピュータを閉じて、床に置かれた大きなボストンバッグに仕舞い、

「残酷な集団の中にも一片の良心が残されている、と信じたいのではないですか」

サトウが冷静にそういい、クロハは溜め息をつく。反論のしようがなかった。私はこの期（ご）に及んでも横顔以外見たこともない少年に、凶悪な印象を重ねたくない、と思っている。どうにかして別の可能性と結びつけたいと考えている。無用な思い入れ。そうとしか、いいようがない。

ＨＭＤを片付けたサトウが、顔を上げた。クロハの後方を見詰めている。振り返ると、傘を差したテライが東屋の前に立っていた。機材を運び出そうとする鑑識員のために位置を変え、それでもこちらを眺め続けている。管理官が呼んでいる、と察したクロハが長椅子から立ち上がろうとすると、テライは遮るように片手を広げて見せ、大声で、

「娯楽施設の実況見分に立ち会うように」

自らが発する命令であるように、

「その後、特捜本部へ戻り、捜査会議に参加するように。報告書はその後で。管理官からの指示です」

返答も待たず踵を返して、走り去っていった。クロハは自分の外套の肩口に、外からの滴が細かく付着していることに気付き、指先で払った。携帯端末（スマートフォン）を取り出し、タクシー会社を検索していると、ボストンバッグを抱えて立ち上がったサトウが、僕が送りますよ、と申し出てくれた。

＋

軽自動車が高速道路から降りた途端、不審者への警戒で一瞬気持ちが張り詰めてしまう。

街なかの夜景に対して必要以上に神経を尖らせる自分を意識するが、クロハが今思いついたのは、そうしている方が本当は楽だからではないか、という疑いだった。他の事柄を考えずに済むから。特に、仕事上の人間関係について。

レンタカーを運転するサトウの横顔を一瞬、クロハは確かめる。この男性警察官だけは、例外のようにも思える。サトウは、クロハの人間関係の枠の外に位置している。どこか浮世離れしている、という印象があり、それがいいことなのか悪いことなのかは分からなかったが、おかげで漂う緊張感も最低限に近く、助手席に深く体重を預けたまま、サトウの話――電脳対策課に寄せられた奇妙な報告、例えば、ＰＣウイルスを御祓いで駆除したと主張する祈禱師について――に耳を傾けることができた。娯楽施設の事案に関して、互いに触れることはなかった。慰めも励ましの言葉もなく、娯楽施設の前で車を降りた時にも、礼をいったこちらへサトウは頷いて見せただけだった。全部、当然のものとして流れ去り、そのことをクロハは嬉しく感じる。

娯楽施設入口の照明は、全て消されていた。立入禁止（キープアウト）テープが簡易に張り渡されていて、傍には制服警察官が一人、立っている。警察手帳を開いて見せると、すぐにテープの端に繋がれたカラーコーンをずらして、クロハを中へと通した。

けたたましく響く娯楽機械のサウンドを懐かしいとは思わなかったが、建物内部が静まり返っている状態を、クロハの感覚はどうしても異常なものとして捉えてしまう。エスカレータのモータ音が、聞き取れるくらいだった。

メダルゲーム・コーナーでエスカレータを降りると、ようやく人の気配がし、フロアの奥で現場検証作業の進められる様子が視界に入ってきた。警察署の刑事課員と県警本部の捜査一課員と鑑識員。店長の姿が、フロア内の扉の奥に消えるところだった。操作卓(コンソール)へ近寄ると、こちらに気付いた強行犯係長が行く手を阻むように立ち、何かなど存在しない、と低い声で告げた。

「あんた、本当に何も受け取っていないのか……」

クロハは相手を見上げ、

「遺品の中に記憶装置(ストレージ)は存在しなかった、ということですか」

「ない。どこにも。上着には警察手帳と名刺入れ以外、何も入ってはいなかった」

係長は厳しい目付きでさらに詰め寄ると、声を潜め、

「ニシは携帯電話さえ、所持していなかった。そんな馬鹿げた話を、誰が信じる」

「そんなはずはありません。直前まで……」

メイルでのやり取りを、といいかけて口をつぐんだ。ニシは私との通信を隠すために、会う寸前に電話か端末をどこかへ捨てたのだろうか？　彼があの短い会話の最中、身にまとっていたのは確かに覚悟と呼べる雰囲気だった。けれど、通信機器を捨てる必要があるだろうか。第一、身の危険を感じていたとはいえ、あの瞬間の死をニシが予想していたとは思えなかった。それならば――

すぐに思い至った。目前の私服警察官を押しやって周囲を見渡したかったが、強行犯係長はクロハの移動を許さず、

「あんたは、ニシと連絡を取り合っていたはずだ」

刑事課員が周囲に集まり始め、

「ニシとの通信に使用した、あんたの携帯電話、端末を証拠として提出してもらおうか」

「拒否します。どちらも、通常の職務で利用しています。現在の特捜本部での捜査にも、支障が起こります」

「……では、ニシとの間でやり取りしたメイルその他、提出できるものはファイルとしてこちらへ送付してもらいたい」

「殺人の事案と関係する内容が含まれているとは思えませんが、可能な限りの協力は約束します」

刑事課員達が放出する、剝き出しの敵意を浴びながら、

「ですが、すでに被疑者は確保されています。犯行の動機等、事案の背景については、直接被疑者に聴取するべきではないでしょうか」

「周辺捜査の必要は、ある」

「ニシさんが、どうして殺害されなければならなかったか、私も知りたいと切実に思っています。一刻も早く真相の解明をお願いします。だからこそ」

操作卓に突っ伏した、ニシの苦しそうな横顔。クロハは興奮を鎮め、

「……今、私に絡むのは筋違いのはずです」

鼻白(はなじろ)む刑事課員達の隙間を抜けて、クロハは歩き出した。

捜査一課員も交えたその後の実況見分は、滞りなく進んだ。刑事課員達は時折こちらを不満気に睨みつけたが、それ以上感情的になることはなかった。県警本部の人間の同席が彼らを抑制しているのは間違いないとしても、それ以上に彼ら自身の間に広がる疲労が、徐々に刑事課員達の動きを緩慢にしているように思えてならなかった。

刑事課員達の表情は硬く、その動きはどことなく鈍かった。鎖を引き摺るように。私も

たぶん、同じように見えていることだろう。

二時間程度で実況見分から解放されたクロハは、立礼して現場を離れた。強行犯係長がこちらを見やるがそれだけで、何の言葉も口にしなかった。

＋

エスカレータで一階まで降りた時、自動扉の開閉音を耳にした。見ると、大柄な背広姿の男性が建物に入って来る。九龍城砦跡の薄暗い路地を再現した通路を走って回り込み、エレベータに乗り込もうとするシオサキの袖口を摑み、引き留めた。

「あの時あなたは」

驚くシオサキが事態を呑み込む前に、

「私に被疑者を追わせた。私だけが被疑者の姿を見ている、といって。拳銃まで渡し……でも、本当にそうだったの？　あなたの意図は別にあったのでは？」

エレベータの扉が閉まった。シオサキから逃走の気配がないと判断したクロハは、背広の袖から指先を離し、

「あなたは私をその場から去らせて、記憶装置(ストレージ)や携帯端末を確保したかった。その機会を作るために、ニシさんの救護を引き受けた。つまり」

シオサキは目を合わせようとしない。けれど、耳を傾けているのは明らかだ。

「それらは今、あなたの所持品となっている、ということ。どう……」

一気に捲(まく)し立てる。相手は何の反応も見せなかった。否定も脅しも嘲笑もなく、それどころか、積極的な心の動きが一切窺えない。シオサキは何かを迷うように、口を閉じたまま顎を動かしていた。今になって、少し不自然な状況であることにクロハは気がついた。

シオサキがニシの記憶装置(ストレージ)を手に入れたのだとすれば、なぜそれが警察署の刑事課へ渡っていないのか。強行犯係長の焦燥の様子からすると、連絡さえ受けていないように思える。この件に関して、彼らは共犯者だったのでは。シオサキが背広のポケットを探り、何かを取り出して見せた。エレベータの扉の上部に設置された赤色のランプが、配給品の携帯電話を薄暗く照らした。

「……ニシのものだ。俺の電話は調子が悪くてね。ニシの所持品をその場で借りた」

携帯電話を背広に仕舞い、

「呆然としていたせいで、そのまま持ち帰ってしまった。これから刑事課へ返しにいくところだ」

嘘だ、とクロハは思う。けれど、それを証明する手立てがないことも分かっている。

「ニシさんは、記憶装置を所持していませんでしたか」

詰め寄り、

「背広の左胸。私に渡そうとしていたものが、そこに入っていたはずです」

「その内ポケットにあったのは、名刺入れだ。後は財布。所持品はそれだけ、と聞いている……あんたはまるで、勘違いをしているんだよ」

赤色に染まった苦々しい表情。

「俺はあんたの敵じゃないんだ。むしろ、あんた側に立っている。いいか」

壁のボタンを無造作に押すと、

「特捜本部への参加を許されたのは、あんたにとって幸運な話だ。できるだけ、そのままでいるといい。もう事態は動き出していて、あんたや俺の手を離れている。決着へ向けて、な」

「……あなたは何者なの」

本能的に、クロハの足が男から距離を置こうとする。混乱しつつ、

「一体、何をしているの」

「人のことがいえるか？　あんたの方こそ、どういうつもりで動いている？」

顎を上げて扉を見詰め、

「俺はあんたが、ニシから秘密裏に何かを受け取ったんじゃないかと思っていたがね……どうもそんな雰囲気じゃなさそうだ。だが、中味について予想はしている。違うか？」

エレベータの到着を、チャイムが知らせる。

「あんたはそれを受け取って、どうするつもりだったんだ？　どう扱うにしても、あんたは今と同じ立場ではいられないはずだ。いいか、余計な動きを見せるな。あちこち嗅ぎ回らなくとも、いずれ完全に理解できる時がくる。それまでは、特捜本部の捜査に集中するんだな。余計に動けば動くほど、署内がきな臭くなっていくだろうよ。そんな必要はないんだ……あんたが自分から虎穴に入り込む必要は、全くない」

大柄な体をエレベータの中に乗り込ませた。目前で扉が閉まった後も、クロハは身動きができなかった。赤い照明に全身を晒したままシオサキのいう、決着、の意味をしばらくその場で考えていた。

＋

警察署の最上階、講堂に設置された特別捜査本部へ、クロハは初めて捜査員として入室した。実況見分が順調に進んだため、いったんタクシーで自宅に戻り、シャワーを浴びて仮眠を取り、携帯端末と配給品の携帯電話を充電することもできた。

無理に気負い立っても怖じ気付いてもいなかったが、少し緊張はしている。クロハは講堂内後方の椅子に、静かに着席した。仕事を割り当てられておらず、どこの班にも組み込まれていないために、自然と一人だけ集団から離れる形となった。遮光カーテンの隙間から、曇天のわずかな光が漏れている。すでに前方の雛壇には理事官、管理官、捜査一課長、副署長、刑事課長が座っていた。心労のせいか、署長の姿だけが見当たらなかった。捜査員達が続々と到着し、すぐに講堂は人で一杯になった。クロハは席を譲るために隅の椅子に移動した。百人以上の人員が集められている。

刑事部長と捜査一課長が現われ、席に着いたところで捜査会議が開始された。

新たな事件の発生により会議はリセットされ、一連の殺人の概略と捜査状況が庶務班員から説明されることになり、クロハは熱心にその話を聴いた。運河沿いの公園での足跡や娯楽施設での指紋採取等、詳細を知らない話は幾つもあった。やがて捜査会議の進行は、新たな遺体遺棄の報告へと移った。

捜査一課員が、未成年被害者の素性について未だに判明していない事実を報告した。行方不明者として登録された人物の中に特徴の一致する女性は見当たらない、という話だった。似顔絵を作成し聞き込みを行う、と冷静に捜査員はいったが、その後ろ姿からも沈痛な気分が滲み出ているようにクロハには思える。これで被害者のうち一人を除き、全員の身元確認が停滞している、ということになる。

管理官からの指名を受けた鑑識員が立ち上がり、被害者についての検視と司法解剖の結果を伝える。クロハはノートに書き記していった。

性別、女性。

推定年齢、十二歳から十六歳位（身長、永久歯の成長状況等、身体所見）。

死後二日から四日経過（腐敗等、身体所見）。

性的被害の痕跡なし。

体中、特に背中、腕、太股に皮下出血（拳による打撲痕。三人から暴力を受けたと推定）。

「――拳の大きさからすると全員、十代前半の未成年者のものではないか、と。靴痕も体に残っていますが、三人を超える様子はなく、また被害者の衣服に残された指紋も、洞窟内の足跡も三人分だったことを考慮すると、被疑者の人数を同じように推定して問題はないものと思います」

特捜本部全体が小さく騒めいた。新たな事実は加害者が集団であるという実態を明確にしたが、同時にクロハが感じたのは、その人数がやや少ない、という印象だった。管理官から質問があり、

「検視では、直接の死因は拳による暴行ではなく、鈍器による後頭部への一撃という話だったが」

「拳、足による暴行、その激しさは皮下出血斑からも明らかですが」

短い髪に白髪の交じる鑑識員は背中を丸め、机上の資料を確かめながら、

「顔面等、致命傷となる位置には存在しません。鼻骨や眼窩床(がんかしょう)の骨折、歯列の歪みも生じていません。死因は後頭部への鈍器による一撃、頭蓋骨骨折を伴う脳挫傷、と警察医により鑑定されています。ただ、これも司法解剖で明らかになった事実ですが」

資料を捲り、

「胃の中に内容物が全く存在せず、脳、心臓等、主要臓器に萎縮が見られ、これは飢餓状態にあった者の特徴的所見である、ということです」

「……食事を制限されていた、と？」

「数日間、絶食状態に置かれていた、ということです」

「水分については」

「水は摂取していたらしく、膀胱内に尿を確認、また皮膚の状態からある程度の水分量は保たれていた、と思われます。服装等の乱れや汚れも比較的少なく、管理された状態で監禁され、体力が衰えたところを殴打、鈍器による殺害、という様態ではないか、と」

「暴行の時間は」

「断定はできませんが……皮下出血痕が幾重にもなっているところをみると、三十分以上は続いたのではないでしょうか」

講堂内が静まり返った。恐らく同じ光景を、捜査員全員が頭に描いている。

うずくまる少女。暴力が続く。絶望の中、鈍器が振り下ろされ——

そう簡単に捉えていいのだろうか。クロハは自問する。他の可能性は？　腕や太股への攻撃が多いのは、致命傷を避けたためでは？

もう一つ。性的な被害がない、というのは男女に拘わらず、これまでの被害者と同様だったが、これも少し奇妙なことに思える。加害者達の歳の若さに関係があるのだろうか。快楽を暴力そのものから得ている、という話も考えられる……

「他に、判明したことはあるか」

管理官の質問に、

「これは、司法解剖とは関係のない事柄ですが」

鑑識員は雛壇へ顔を上げ、

「昨日、娯楽施設の非常扉のノブから採取した指紋、掌紋と、今回の加害者三人のうち一人のものが、一致しました」

クロハは目を閉じ、俯いた。

居所不明児童と集団暴行の加害者が完全に重なった、という事実が甲高い音となって、頭蓋骨の中を反響するようだった。分かっていたはずの事実。心の隅で否定し続けた重なりでもある。

鑑識員は、一連の被害者達の遺体に残された掌紋についても同一人物のもの、と断定していたが、ボールペンを動かしていたはずのクロハの指は、それ以上動こうとしなかった。『細身の少年』。子供支援室のイマイへ、この事実をどう伝えるべきか、考えていた。

＋

捜査会議が班の編成へと移り、クロハはそっと講堂から通路へ出た。娯楽施設での被疑者確保と発砲について、報告書の作成を命じられていたからだった。

一階のカウンタ内には当直員の一人として職場に残るミズノが制服姿のまま席に着いて

いて、目が合うと何か気まずく、ぎこちない会釈を交わすことになった。会計課のニシの机に、小さな陶器製の花瓶に白い百合の花が挿され、手向けられていた。机の傍に寄り、両手を合わせて短く祈り、クロハは自分の席に座った。背後にミズノが存在するのを居心地悪くも感じたが、ノート・コンピュータのキーを叩き、報告書の作成に集中し始めると、それもほとんど忘れることはできた。

書類の雛形に従って文字を打つのは難しい作業ではなかったが、状況を思い出そうとする度にニシの死も甦り、苦痛を覚えずにはいられなかった。呻き声を上げげそうになり、クロハは何度か額を手のひらで押さえた。次第に沈痛な感覚が、悔しさへと変化してゆく。気になったのはニシが所持していたはずの、記憶装置の行方だった。

もしそれが渡されていたら。キーを打つ手が止まってしまう。もし私の元にあれば、警察署の会計課を相手に、争いを仕掛けることになっていただろう。そんなやり方が本当に可能だろうか？　何の後ろ盾もなく……結局は警察署全体と対峙することとなり、きっと、県警本部も巻き込む巨大な騒動を引き起こす事態になったはず。

シオサキがいっていた話は嘘じゃない、と思う。警察官を続けることができるかどうかさえ、予想できなかった。私に、本当にそんな覚悟があるだろうか？

——いつ辞めても構わない。

それが、警察にとって正義となる行為の結果であるなら。でも、姉さんが生きていたら、私の潔癖症に呆れるかもしれない。

全ての報告書を書き上げ、複合機で印刷を始めると、機械の駆動音が大きく空間に響いた。立ち上がってA4用紙の束を手にした時、一瞬またミズノと目が合った。ひどく緊張している、とクロハは見て取った。何か気の毒にも思うが、どう声をかけていいのかも分からなかった。

自分の机に戻り誤字を確かめて、打ち直した書面を印刷し直した。書類の作成が一通り終わったのを確認すると、またニシと記憶装置についての件が気になり始めた。

被疑者は、この建物の中に留置されているはずだった。取調室か留置場の中に。接触の許可が下りる、という状況はありえないにしても、聴取の内容について知る方法がないものか、クロハは思案を巡らせる。

暴対課なら、と思いついた。県警本部の暴対課には、被疑者の前歴についての問い合わせがあったかもしれない。

携帯端末の住所録でカガの連絡先を検索するが、メイル・アドレス以外の登録はなかった。付箋やクリップや目薬、まとめられた充電用コードの並ぶ引き出しの中からカードケースを取り出し、そこに仕舞ったままでいた大勢の名刺を、クロハは机の上に並べた。

すぐに見付かった。加我晃太。名刺交換した当時の、捜査一課員の肩書きが印刷されている。

端末に携帯番号を入力し、通話アイコンを押した後になって不躾な依頼であるのを自覚したが、諦める気にもなれない。呼出音が七、八回流れ、接続された後も無言の反応が続き、クロハが名乗って早朝の連絡を詫びると意外に平穏な声で、どうした、と訊ねる言葉が返ってきた。嗄れてもいない。起きていたのだろう。

「……娯楽施設での事案についてなのですが」

クロハは周囲を気にして声を低め、

「所轄署から県警暴対課の方へ、何か問い合わせがきていないでしょうか」

『会計課員の件か……』

「すみません、被疑者についての情報が知りたいんです……当事者として」

『一課の連中から聞いたぜ』

カガの口調に慎重な色が混ざり、

『娯楽施設の実況見分じゃあ、刑事課と相当険悪な雰囲気だったらしいじゃないか……あんたらしいがね。こういっちゃなんだが……』

深い溜め息が雑音となって聞こえ、

『こんな時は、その会計課員と知り合いでなくてよかった、と思うね、正直いって……形式的な哀悼の意、で済むからな……いや、あんたの立場が全然違うのは、知っているさ』

沈黙が降りた。カガの方から、

『……被疑者の話だったな。そっちに留置されているんだろう？　刑事課からの説明は』

「何もありません」

短く答えたのは、背後のミズノを意識したせいだった。

『問い合わせ、ね。ちょっと待てよ……』

擦過音。場所を移動したらしい。他の人間、数名の気配も届いた。カガは県警本部内にいるらしい。

『……サカイオサム。三十二歳。独身。離婚歴あり』

こちらの準備を確認せずに、喋り出した。慌ててクロハはペンを手に取り、机上のブロック・メモに書きつける。

『病的賭博。依存症のカウンセリングを受けている。二十代の前半、暴力団の準構成員だったこともある……が、末端の末端だな。三年前に、仕事先のロッカーに実包の入った拳銃を隠していたために銃砲刀剣類所持等取締法、並びに火薬類取締法違反で懲役に服し、四ヶ月前に出所したばかりだった。どこかの組織からの預かりもの、だろうな。本人は口を割らなかったそうだが』

一息入れ、

『今回の殺人に関しても、どうやらサカイは完全黙秘を貫こうって態度だったらしい。が、指紋の照合から前科持ちの面が割れた。問題は、なぜ唐突に所轄署の会計課員を狙ったか、だろうが、以前に奴が摘発され連行されたのは、そっちの警察署だからな、逮捕当時の恨みを晴らすための犯行、という動機は成り立つし、刑事課もその線で進めているらしいがね……』

おかしい、とクロハは思う。ニシは事務職一筋の警察官であり、刑事課に所属した事実はないはずだった。被疑者は、明らかにニシだけを狙っていた。操作卓（コンソール）の並ぶ設備の中、会計課員の姿を探し、男は通路を往復したのだ。脳裏に、ニシが撃たれた瞬間の映像が発光するように再生され、クロハは小さく唸った。カガへ、

「被疑者の薬物使用については、聞いていますか……」

『採尿して、覚醒剤の反応が出たそうだ』

常習者だろうか。景気付け、という理由もありそうに思える。拳銃を捨てた後の被疑者の態度を想起する。いったん確保されたのちは反抗的な素振りもなく、こちらの指示に従い、男はすぐにアスファルトへ俯せになった。興奮した様子もなく、むしろ自発的な動き

を忘れたように、完全に体の力を抜いていた。

「……取調室内での様子は、分かりますか」

『そこまでは、な……一課なら、立ち会った奴がいるはずだがね』

クロハは口を閉ざし、考え込んでしまう。直接、捜査一課との繋がりがない以上、その先の情報を得る手立てもない。それ以前に被疑者が完全黙秘を狙っているなら、本当に欲しい情報を手に入れるのは難しいだろう、と思う。本当に、私が欲している情報。

サカイオサムの裏で誰が糸を引いているのか。

クロハの胸の中で、痛みに似た緊張が鋭く走った。自覚しなければいけないのは、サカイの背後に誰かがいるとすれば、それはこの警察署の人間だということ。

——すぐに上司である私に知らせるべき、とは思わないか。

専門官による命令。あるいは、忠告。焦燥した上司の表情を思い出す。署内のひずみは、あの頃から始まっていた。そしてナツメは今、恐らく私を避け続けている。

『あんたこそ、同じ署内にいるんだろ』

カガの声が聞こえ、

『何か口実をこしらえて、刑事課へ押し掛けて実際にサカイと接触する、ってのはどうだい』

今となっては刑事課員達は逆に、私が二階に上がり込むのを許さないだろう、とクロハ

は思う。難しいと思います、と素直にいうと、

『それで要するに、あんたは今頃になって気付いたわけだ』

カガの口調が変わった。皮肉な笑みが、朧気に目前に想像していた三十代の男の顔に、広がった気がする。

『俺達が似た者同士だってことに。俺も周囲に敵が多い方だと思っていたがね、あんたはそれ以上だな。で、同類に頼るしかない、ってのがようやく分かった。違うか？』

瞬間的に反論しそうになるが、クロハは自分の防衛本能を抑えた。カガなりの励ましのようにも思えたからだった。そうかもしれません、と答えると奇妙な間が空き、

『……黙秘ってのはな、何かを隠しているってことだ。知られたくない事実があるって話さ』

慎重な口調となり、

『裏があるとしたら、あんたはまだ慎重に動いた方がいいと思うがね……』

捨て台詞(ぜりふ)のようにいうカガへ、もう一度、早朝の連絡を詫びて通話を切断した。機械的に名刺を片付けながら、署内にいるはずの敵、サカイの後ろに存在する者について考えていた。

漠然と、人の形状をした影を連想する。人形(ひとがた)は徐々に、専門官の姿へと変形してゆく。疑問はむしろ、どうやってサカイをけしかけたのか、ということ……

突然、階上から物音が聞こえ、クロハの思索を破った。緊迫感とともに、階段を大勢の人間が雪崩のように降りて来た。

特捜本部に所属する捜査員達が無言のまま、駆け足でカウンタの前を通過してゆく。エレベータの開閉音とともにフロアに管理官が現われ、厳しい表情でクロハの前を横切った。一瞥はしたが、何も声をかけてはこなかった。報告書作成の途中、と見做されたのだろうか。クロハはその場で棒立ちになり、捜査へ向かう全員を見送ることになった。

連続殺人の加速。

事態は悪化し続けている。加害者達の悪意が膨れ上がる様子を目の当たりにし、気分が悪くなる。呆然としている自分を認め、動き出すことを体へ命じ、報告書を警務課長と副署長の机に置き、席に戻って机からショルダーバッグを取り出し、肩に掛けた。特捜本部で事案の詳細を聞き、タクシーで後を追うつもりだった。

一階で待機するエレベータに乗り込み、最上階のボタンを押そうとした時、閉まりかけた扉を突き出された誰かの手が遮った。

目の前に、硬い表情のミズノが立っていた。私が送ります、といった。

運転席に座ったミズノがキーを回した途端、警察無線のスピーカから新たな事案に関する報告が流れ出した。助手席でシートベルトを装着しつつ、クロハは情報を聞き漏らすことのないよう耳をそばだてる。ゆっくりと、警察車両が警察署の敷地を出た。ステアリングを握り締め、ミズノはひと言も喋ろうとしなかったが、今はその方がありがたかった。スピーカが続々と、遺体発見現場の現在状況を伝える。遺体は未成年男子。十二、三歳。鑑識を待ち、現場保存。機動捜査隊臨場。捜査一課臨場。鑑識課臨場。

クロハは、小さく首を傾げた。《柱（ポール）》、の単語がひと言も聞こえてこない。断片的に繰返される情報を総合すると、どうやら今回の通報は市民によるもので、『侵×抗』の運営会社とは関係がない、という話のようだった。

けれど、とクロハは考える。被害者はまたも未成年者だ。一連の事案とは関連性がない、とはとても思えない。特捜本部も同じ判断をしたからこそ、瞬時に現場へ動いたのだ。

クロハはミズノの横顔を盗み見た。厚い雲を透した朝陽を浴びて、青白い印象だった。汗がこめかみの辺りで細かく光り、唇は強く引き結ばれている。彼女の親切をどう受け止めるべきなのか、分からなかった。運転を申し出たミズノは、ひどい緊張の中にいるらしい。

こちらにも、その気分は伝染している。セメント工場の巨大な円筒形のプラントがフロントグラスの奥に見え、クロハは我に返るように現在地を思い出した。このまま短い橋を渡り、埋め立て地に進入すれば現場に到着するはずだったが、クロハの連想は止まらず、さらに地下道を潜った先にある港湾振興会館とコンテナの群れに思い至り、痙攣（けいれん）したように背筋が震えてしまう。

クロハの記憶の中のその一画は、死の色で塗り潰された場所だった。レンタル・コンテナの一基から始まった多くの死、その起点と終点が、近い距離の中に集約されてしまっている。

今でも夢に見ることがあり、見る度に自分へ忘れるよう仕向けていた映像は、錆びたコンテナから発見される、アイの冷たい体だった。突如、その悪夢が実感を伴って目前に広がり、感覚の全てを包み込むようだった。事件のあった敷地内のレンタル・コンテナは全て撤去され、今は資材置き場に替わっている、という事実を頭の中で何度も繰り返した。同種の事業が周囲に沢山あったとしても、それは私には何の関係もない――

ミズノが車両の速度を落としてステアリングを切り、十字路を折れた。当然の進路変更だったが、クロハはそのお陰で身体感覚を取り戻すことができ、脱力して助手席にもたれ、息を吐き出した。

　道を低層の倉庫ばかりが囲むようになり、景色が開け、頭上の曇り空の広がりを意識し始めた頃、道路の中央に、関係者以外立入禁止、と記されたバリケードフレームが現われ、埠頭構内であるのを示した。車両はフレームを軽く除け、奥へ進んだ。

　急に、金属製の高い塀に視界が遮られるようになった。この一帯がリサイクル資源の一時保管場所であるのはクロハも知っていたが、作業員以外の人気がないため、機動捜査隊の密行警邏でもほとんど訪れたことはなく、馴染みの薄い場所だった。赤錆色の塀の上から、重機によって高く積み上げられた屑鉄の山の先端が覗いていた。

　警察車両の列が前方に見え、その最後尾にミズノは車を停止した。この親切はたぶん、ミズノなりの和解の試みなのだろう、とクロハは見当をつけ、

「助かりました。ありがとう」

　そう言葉をかけて扉のインナーハンドルに触れた時、クロハさん、という緊張に満ちたミズノの声が、外に出るのを引き留めた。

「……警察署は今、大変な状況に陥っているのだと思います。後戻りのできないところに」

　薄い朝陽が、ミズノの顔を白く照らしている。

「専門官のいうような平穏な解決はもう、ありえません。県警本部の監察官室へ、会計課

の情報を公開してください。きっとニシさんも、そうしようとしていたはずです。躊躇する時間が長引くほど、事態はより悪化するのではないでしょうか」

突然の提言に、クロハはその内容をすぐに理解することができず、口ごもってしまう。理解できるようになると、小さく首を横に振り、

「……私は結局、その情報を受け取ることができなかったんです。本当に」

こちらの答えをミズノがどう受け止めたのか、気になった。事実を知り、落胆しただろうか。それとも私が相手を警戒する余り、嘘でごまかしたと思っただろうか。ごめんなさい、とクロハが謝ると、

「……ニシさんは日に日に追い詰められていったのだと思います」

俯いたミズノは、体内の痛みをこらえているようにも見え、

「ニシさんが信用した署員は結局、クロハさん一人でしたから……私も、他の署員も信用に値する、とは判断してもらえませんでした」

「今でも不思議です」

クロハは率直に、そういった。

「彼がなぜ、私を信用する気になったのか。ニシさんが何かを直接、私に渡そうとしたのは確かです。でも、部外者に近いからというだけで……」

「情報を預ける相手として、きっと彼なりの判断基準があったのだと思います。それに、その判断は間違っていませんでした」

面を上げたミズノが断言し、

「ある時期からニシさんは、はっきりと署内で孤立していました。会計課から情報が漏れているのでは、という疑いがあって。それ以来、署内での彼は上からの監視下にあったと思います。以前から心労は顔にも表れていましたけど、その辺りから、思い詰めたように口数が減っていった覚えがあります」

「情報漏れというのは……」

「分かりません。そう噂されていただけです。会計課とは関係のない署内でやり取りするメイルにさえ、上司達は神経を尖らせていました。全署員へ、個人宛てのメイルも含めて全て報告するよう、要請した時期もありました。皆、恐れているんです……ニシさんの行動を。今では、クロハさんの行動を」

二つの瞳が見詰めている。

「その結果、何が起こるかを。私も恐れています。でも私は」

瞳の中の虹彩まで見て取ることができ、

「今も警察署を信じています……辛うじて、かもしれませんが」

ミズノの期待には応えたい、とクロハは思う。けれど今となっては、その方法が見当たらなかった。あの時、早く記憶装置（ストレージ）を受け取ってさえいれば。

指先に力が入り、インナーハンドルが硬い音を立てる。ごめんなさい、ともう一度伝えて、クロハは警察車両を降りた。

＋

警察車両の連なりに沿って歩き、伸縮式フェンスの開け放たれた入口に達し、クロハはその内部に足を踏み入れた。

広い敷地の中央では、配電盤や湾曲した自転車や電動機（モータ）や変圧器（トランス）らしき装置が何本ものケーブルと絡まり合い、くすんだ銀色を帯びた丘陵を成している。敷地内の方々に、少しずつ質感の違う小山がうずたかく積み上げられていた。

奥の塀に沿って数台の重機と貨物自動車が停められており、入口近くのプレハブ小屋の傍には私服警察官が集まって、作業服姿の男性達を聴取している。管理官もそこに交じっていた。鑑識員ばかりが動き回り、その他の多くの警察官は、銀色の丘陵の上部へ漠然とした視線を向けたまま立ち止まっていた。灰色の雲と、資源というよりも瓦礫（がれき）の集合体のように見える小山の間を、二羽の烏（からす）が濁った声色で鳴きながら、円を描いて飛んでいる。

ブルドーザ一台が金属製の小山に接し、積み上げられた資源を支えるように排土板（ブレード）を高く持ち上げており、山の上方からそこへ、ヘルメットを装着した鑑識員が滑り降りて来るところだった。排土板に立ち、私服警察官の集団へ向かい両腕で大きく×の形を作ったが、クロハにはその意味が分からなかった。舞い降りようとした烏を、ブルドーザの屋根の上にしゃがみ込んでいた作業員が、金属片を投げて追い払った。

小山へ少し近付こうとしたクロハは、息を止めた。突然、被害者の姿を認識したからだった。

頂上に近い場所、太いダクトチューブに囲まれる形で、俯せに力なく倒れる小さな体がぼろ切れのように存在した。鑑識員による、×印の意味をクロハは理解する。すぐ傍の私服警察官達の聴取の内容が、耳に届いた。

……当直長があれを確認したのは、夜が明けてからで……全部の敷地内に当直員が配置されているわけではないですから……今日は別の保管場所へショベルを移動させる必要があって、それでまだ暗いうちから少し稼働させていましたから……夜間のいつ頃に放置されたのか、そこまでは……烏が集まって騒いでいたので……その話は、先程も他の警察官にお話しして……鮮やかな青色の作業服にジャンパーを着こんだ二、三十代の作業員が、挑みかかるように警察官の質問に答えている。

クロハは、腕章をつけていない警察官が自分一人であるのに気付いた。電脳犯罪対策課の人間がこの場に存在しないことにも。クロハは塀の傍まで下がり、ハンドバッグからHMDを取り出して携帯端末と繋ぎ、装着する。

アプリの起動を確認し周囲をゆっくり見渡すが、光を放つ《柱》は近くに一つも存在しなかった。

この事案だけは『ｋｉｌｕ』と関係がない、という話はありえるだろうか。一連の事案として捉える方が自然、としか思えなかった。でも恐らく、また何かが変化している。彼らの中の何かが。それとも、《柱》を立てていない遺体遺棄現場が他にも存在する、ということだろうか。

それも奇妙だ、と思う。指紋、足跡からするとたった三、四名程度でしかない者達がそれほど沢山の殺人と遺体遺棄を繰り返すことができた、とは考えにくい。むしろこの状況……深夜の間に二度の遺体遺棄が行われた、という現在の方こそ不自然に思える。狂気が凝縮されてゆくのを見るようだった。

敷地外から、騒音が聞こえ始めた。クロハはHMDを外し、銀色の丘陵を見上げる。あの頂上付近まで、加害者達が遺体を自力で運ぶのは無理だろうと思う。恐らく、未明に重機を稼働させた従業員が、そこに被害者が放置されているとは知らずに、鉄屑と一緒に積み上げてしまったのだろう。そのことを非難する者はいないはずだったが、作業員は今も、食いつくように捜査員と相対していた。事実を否定することで、心に受けた傷を無理やり塞ごうとしているように見える。

騒音が、次第に近付いて来る。塀を越えて、道路を移動する建設機械のアームが見えていた。作業員の一人が道路へ走り出し、建設機械を誘導し始めた。

見たことのない大きさの、油圧式ショベルが敷地内に入って来た。接触する距離ではなかったが、クロハは思わず数歩、後ろに下がった。起動輪とそれを包むクローラの大きさにも、ディーゼルエンジンの排気音にも驚いていた。

建設機械が慎重に金属製の小山へと近付いていき、数メートルを隔てて停車した。作業員と鑑識員がブルドーザから降りて離れ、管理官が建設機械の足下から運転手へ、遺体を下ろす手順を大声で指示し始めた。運転手が硝子越しに頷く姿が見えた。

油圧シリンダーがアームを持ち上げつつ、さらに銀色の小山に接近する。アーム先端の巨大なバケットが遺体とその周囲の金属を小山から削り取ろうとする時、アーム全体が身震いするように震え、クロハは緊張の余り、目を逸らしてしまう。

舗装された地面の上に、鉄屑と遺体が下ろされる。運転手の手腕に感心したのはクロハだけではないようで、傍に立つ中年の捜査一課員は拍手の体勢を作った後、この場にそぐわないことを悟ったらしく、すぐに両手を外套に突っ込んでしまった。

運転手が油圧式ショベルのアームを畳み、エンジンを切った。鳥の鳴き声ばかりが聞こえるようになり、その姿を探すと、貨物自動車の荷台の上に止まって、鉄屑を被害者から退かす作業員と警察官の作業を見下ろしていた。クロハはその場から首を伸ばし、被害者の姿を確認しようとする。横顔だけを知るあの細身の少年ではないか、という不安があり、捜査員達を押し退けて駆け寄りたい衝動をこらえていた。

話しかけられていることに、ようやく気付いた。中年の捜査一課員が、本人も困惑するような表情でクロハの前に立ち、

「こちらにやって来るかもしれない、と聞いていましたので」

遺体へ少しずつ近寄り、そのこめかみ辺りに乾いた血液が大量に付着する様子を認める。けれど、どうやら別人らしい、と見当をつけたクロハが捜査一課員へ曖昧に会釈をすると、

「いるなら取調室の様子を伝えるよう、カガ主任からいわれたのですが……」

聞き返しそうになるが、サカイオサムの件だ、ということがすぐに分かり、

「お願いします」

やや混乱しつつも、クロハは姿勢を正し、

「……直接、あなたが聴取されたのですか」

「立ち会いです。我々の事案ではないのですが、発砲による殺人ですから。取り立てて話すほどの情報もないのですが……」

高い背を少し丸めるように喋り、

「被疑者は完全黙秘を続ける、という態度でした。氏名、年齢、出身地、一切の話をしていないそうです。前科から身元は割れたわけですが……賭博狂の元暴力団関係者であることや、のちの調べでは多重債務者である事実まで判明しましたよ。しかし、どの話題を持ち出しても答える様子がない、と。私が立ち会った時もずっと歯を食い縛るようにして、俯いていました」

次第に詳細を思い出したらしく、

「情報を開示する、という以外の指示には素直に従っていましたが。小声で、返事だけはしていましたよ。写真撮影や指紋の採取、身体検査に抵抗するようなこともなかった、と聞いています」

「サカイの所持品から、何か分かったことは……」

「所持品は財布と錠剤の頭痛薬だけで、財布にも小銭以外入っていなかったそうです。携帯電話さえ持っていないという話で、違法薬物の所持もありません」

全ての用意を整えたのち殺害に向かった、ということ。落ち着かない様子で捜査一課員が外套を探り、名刺を差し出した。クロハも対応するが、まだ聞きたいことはあり、

「実際に被疑者を取調室で見て、どう思われましたか」

「何の印象もありませんよ。何しろ、ずっと下を向いているんですから……ただ」

何かを思い出したらしく、

「特定の話題にだけは、反応していたようでした。その時だけ、ふと顔を上げるんです」

「それは……」

「離婚した家族についての話題でしたね。特に子供については反射的に顔を上げてしまう、という風でした」

サカイオサム。病的賭博。元暴力団準構成員。銃刀法及び火薬類取締法違反。四ヶ月前に出所。

何かが、クロハの意識の中で繋がろうとしていた。

多重債務者。家族への愛情は残されている。

その対価。金額。

金額、とクロハは思わず口にして、

「……サカイの口座は、捜査対象に含まれているのでしょうか」

「我々の事案ではありませんから」

「本人だけでなく、元妻の口座も調べるべきです。急な入金があったかどうかを」

「被疑者の犯行は、誰かから依頼されたものと……」

「サカイの動機は恨みではなく、債務の減殺、あるいは帳消しだった可能性があります。捜査一課から警察署へ、提言していただけませんか。もう捜査もそこまで進んでいるかもしれませんが、念のために」

不確かな返事をする捜査一課員へ、情報ありがとうございます、と感謝の意を伝えて、クロハの方からその場を離れた。ビニルシートに移された遺体の姿を振り返り、少し迷うが、敷地の外へと歩き出した。管理官はたぶん、私が捜査現場にいることすら認識してはいないだろう。今はこちらを優先する、と決意した。

――きっと彼なりの判断基準があったのだと思います。

脳裏で再生されたのは、ミズノとの会話。

――会計課から情報が漏れているのでは、という疑いがあって。

道路に出て風を避け、敷地に沿って駐車された貨物自動車の陰に入り、携帯端末を取り出した。敷地から出た時、ミズノの運転する警察車両が送り届けてくれた位置に、そのまま停車しているのに気がついた。でも今は、思いついたことを試すのに誰にも邪魔されたくない。

スパムとして扱っていたメイルを受信フォルダへ全て戻すよう、端末を操作する。いつの間にか、メイルが数十件分も溜まっていた。最新の一つを開くが、やはり文字コードの変換エラーのために文章を読み取ることができない。短い文中に挿入された、金額らしき幾つかの数字にクロハは注目する。

この数字に、偽物のブランド・バッグの値段以外の意味があるとすれば。

寒さでかじかむ指先に息を吹きかけながら何とか変換エラーを正そうとするが、うまくはいかなかった。別のメイル・アプリを利用することを思いつき、高度な文字コード変換に対応したものを探し、ダウンロードのアイコンを押した。

貨物自動車と鉄骨で支えられた塀の隙間を、強い風が吹き抜けてゆく。苛立ちが募り、吐息は全て白く濁った。

新たにダウンロードしたアプリにメイルを読み込ませ、リストに並んだ変換形式(エンコード)を順番に選び、文章を何度も表示し直した。正確な変換が行われ、唐突にその内容が明らかになる。

設定書(捜査費)。捜査員名。協力者。領収書記録者。交付場所。交付額……

その項目と金額の意味を、クロハははっきりと理解することができた。警察幹部の私財とするために、架空の捜査協力者への支出を偽造し組織内に蓄える、という方法。すでに何年も前に、県警が不正経理を認めて五百人以上の関与者を処分して以来、根絶されたはずの犯罪行為だったが、ここに記載された日付はそれ以降のものとなっている。

これまで金額以外把握できなかったメイルのどれもが、同じ書式に基づいていることも分かった。送られたメイル全てが捜査費を偽造するための設定書であり、不正経理を証明する裏帳簿そのもの、ということになる。

そして、メイルの届けられた日付。最新の送付は、今日の午前零時。文中のサイト・アドレスを示す箇所に親指で触れると、ウェブ・ブラウザが起動し頁を表示した。短文形式のソーシャル・ネットワーキング・サービス（SNS）で、一項目は短い文章で埋められ、そのどれもが変換エラーを起こしている。

これはＢｏｔだ、とクロハは認めた。一種の人工知能。予め設定された文章を自動的にサイトに記載し、それを今も私へ送信し続けている。会計課員の遺志を受け継いで。

この仕組みこそがニシの用意した、会計課の情報（データ）を渡すための手段——

クロハは貨物自動車の陰から出ると、交通課の警察車両がまだその場に停車しているのを確かめ、運転席のミズノの元へ駆け寄り、硝子窓を拳で叩いた。こちらを見上げる両目は真っ赤に充血していて、そのことにクロハは驚くが、

「お願いがあります」

泣いていたのかもしれない、とも思う。けれど、そのことに触れる余裕はなく、

「専門官が現在、どこにいるか問い合わせてください」

ミズノであれば、警戒されることなくナツメの居場所を知ることができる。

「直接会って、私が彼と話をします。署内の問題について……会計情報(データ)を発見しました」

ミズノが、息を呑んだのが分かった。

＋

「それが……ニシさんの判断方法だった、ということですか？」

ミズノの問い。今も赤みの取れない両目を前方へ向ける交通課員の横顔を、クロハは一瞬だけ確かめて、

「そう。彼はSNSを通して、メイルとして会計情報(データ)を送っていた。文面が文字コードの変換エラーを起こしていたのも、たぶん偶然じゃない。もし、何も知らない人間がそのサイトを訪れても、意味を知ることはできないから。そして、事情をよく知る者が送られたメイルを目にすれば、その金額の羅列だけで捜査費設定書であるのが分かる。だから敢え

てマイナーな文字コードを選び、登録したのだと思う」

「SNSに文章を登録して自動発信させる、というのは……簡単に設定できるのですか」

「Bot。自動応答プログラム」

クロハは頷き、

「簡単に設定できるサイトが幾つもある。それに、そのやり方なら本当の発信者の身元を隠すこともできる。恐らく彼は署員全員へメイルを送り、味方側の人間を探していた。長年事務職に就く彼が、署内の電子情報に接触するのは容易(たやす)いから。メイルによる反響を、どんな混乱が誰に起こるものか、見定めていたはず。それは確かに、一種の試験でもあった、といえる。あなたは警察署が、情報漏洩について神経質になり始めた時期がある、といったわ。署員へ個人宛てのメイルまで、全て報告するように要請した、と。あなたは、メイルを全て報告した？」

「しました」

眉を寄せ、記憶を探るらしく、

「意味不明のメイルも、全て。それが……」

「それが、会計情報(データ)だった、ということ」

上司に報告した結果、ミズノはニシの試験に及第できなかった。何かを恐れるようにス

テアリングを強く握るミズノへ、

「私はその騒ぎの少し後に、県警から警察署に転属した。だから、情報を何の気構えもなく、受け取ることができた。警察署側は、本部から移ったばかりのほとんど部外者である私に、メイルの報告を要請することができなかったのでしょう。結果として、私はニシさんの試験に及第したのだと思う。偶然のようなもの、よね。でも私は、これを偶然として流したくはない」

「監察官室へ提出するべきです。全ての会計情報を」

強い口調で提案するミズノへ、

「もちろん、そのつもり。でも……報告書としてまとめるには時間がかかる」

痛みを覚え、気がつくと、携帯端末の角を鼻梁に強く押しつけている。私がこれからやろうとしていること。

「この情報を公表することにより、県警はまた、激しい非難にさらされるはず。きっと何人もの幹部の首が飛ぶことになる。関わった警察官は私も含めて皆、影響を受ける。だからこそ県警ではなく、所轄署の内部から報告させるべきだと思う。不正経理を隠蔽し続けた、当事者達から。でも私が本当に問題にしているのは、もうひとつの不正。この件に関連して、すでに二人の会計課員が亡くなっている、ということ。そして一人は……発砲により殺害された」

　自分の声色が冷えてゆくのを感じながら、

「ニシさんを殺害したサカイオサムが純粋な単独犯だった、とは思えない。多重債務を抱え、残された家族のことを気にする人間の犯行動機が警察署に対する恨みで、たまたま会計課員を狙った、というのは不自然だから。サカイは大金で動いた可能性がある。何者かにより殺人の依頼があった、という可能性。サカイオサム、という人間の情報を所持している者からの依頼。少なくとも、前回もサカイを検挙した警察署には、彼の詳細な情報が存在する」

　ミズノが黙り込んだ。ステアリングを持つ指先が、血の気を失っている。

「私がこれから、行おうとしているのは」

　本当にできるだろうか、とクロハ自身、疑いながら、

「誰がサカイへ殺人を指示したのか、その存在を明らかにすること。そしてたぶん」

　操作卓(コンソール)に倒れ伏す、ニシの姿。

「専門官は、その人物を知っている」

　違う、と心の中でクロハは呟く。ナツメ本人が殺人を教唆(きょうさ)した者、と私は疑っている。

　彼は県警本部に近付くな、といった。私の行動を最も警戒し、私の周囲に監視人を配置

したのも、専門官だ。そっと姿勢を傾け、ルームミラーでミズノの様子を確認する。充血の少し残る両目。下瞼が、アイシャドウを塗ったように赤らんでいる。強く閉じられた唇。彼女に、そこまで先の話をするべきではなかったのかもしれない、と思う。彼女は元々ナツメ側の人間であり、今は違う、とは断言しきれないのだから。

クロハは少し考えてから携帯端末を操作し、短文形式のＳＮＳ、故人となった会計課員の遺志を受け継いで情報を吐き出し続けるＢｏｔサイトのアドレスをサトウ、シイナ、カガへメイルとして送付した。説明を付さなかったのは関係のない件に巻き込んでしまう後ろめたさによるものだったが、特に説明がなくともその三人であれば察してくれるだろう、という期待が込められているのをクロハは改めて自覚する。

湾の形に沿って流れる首都高速道路に合わせ、ミズノが無言のまま、わずかにステアリングを傾けている。高架道路から窓の外を見やると、高層建築の合間に時折鉛色の海が現われた。

ミズノの問い合わせで分かったのは、専門官が、赤煉瓦倉庫広場で催される薬物乱用防止のイベントの打ち合わせに、水上警察署へ向かった、ということだった。イベントには警察音楽隊とともに県警カラーガード隊のフラッグ演技も加わる大掛かりな演奏が含まれ、その周辺警備の最終確認のために移動した、という。

緊張感が高まり始める。警察車両が坂道を下り、国道へ進入する。緊張が首筋や指先にまでゆき渡り、毒物のように痺れさせようとしている。

水上警察署の、煉瓦色の建造物が見えてきた。専門官は会議室にいるのだろうか。ミズノは警察車両を、建物の少し手前で停車させた。クロハさん、と静かに呼び掛け、

「専門官が……ナツメさんがあなたを警戒していたのは、治まりかけていた両目とその周囲の赤みが、再び濃くなってゆく。

「あなたのためです。あなたを署内の問題に巻き込まないよう、気を配っていたんです。ナツメさんは署内の問題を軟着陸させつつ、あなたに危害が及ばないよう最大限に努力していました」

クロハは頷いた。頷く以外の反応が思い浮かばなかった。

「私やシオサキさんに、クロハさんの動向を探らせたのは、あなた自身のためなんです」

「シオサキ、という人物と専門官の関係は……」

「警察学校時代の友人、と聞いています。年齢は少しずつ違いますが、アサクラさんを含めて同期で、信用の置ける仲だったと」

思いがけず聞こえたアサクラの名前に、クロハの心臓が一瞬、高鳴った。

「シオサキさんはむしろ、あなたを護っていたんです。結果的に亡くなったのは、ニシさ

んでしたが……今の警察署では何があってもおかしくない、という状況でした。もう想像されていることでしょうけど……」

俯くと、目縁（まぶち）から涙が零れ、

「私があなたへ接近したのも、専門官の指示によるものです。でも今は、自分の意志で動いています。正直にいって……指示通り近付いたのも私自身の判断で、あなたを専門官の元へ送り届けるのも……警察署のためでも、県警のためでもありません。ナツメさんのためです。あの人を責めないでください」

彼女とナツメとの間に何があったのか、訊ねる気にはなれなかった。ミズノの想いが頬を伝い、制服の裾に落ち続けていた。ミズノの行為は正義と連動している、とクロハは考えようとする。ほんのわずかだとしても、たぶん連動している。

協力してくれて、ありがとう。クロハはそういって、助手席の扉を開けた。

＋

革靴の踵が歩道を叩き、硬い感触が伝わり、何度かそれを繰り返すうちに、覚悟と呼ぶべき何かが胸の内に現われてきた。怒りに近い感覚。怒りそのものかもしれない。水上警

察署の自動扉を通り抜け、警察手帳を取り出して警務課の受付カウンタに歩み寄り、

「……警察署の者です。専門官のナツメがこちらに打ち合わせにやって来ている、と聞いたのですが……急用がありまして」

問い詰めるようにいうと、女性警務課員はクロハの証票へ顔を寄せて確認した後、

「今、出発するところです」

署内の奥を指差し、

「イベント会場へ向かうために皆、警備艇に乗り込んでいます」

クロハはカウンタを離れ、警務課員の指差した方向へ走り出した。通路の奥の非常扉を開くと、コンクリート製の発着場に接岸された白い小型高速船がすぐ間近に存在し、すかさず近付き、橙色の救命胴衣を身に着けて甲板に立つ所轄署員へ証票を掲げ、乗船許可願います、と大声を発して返答を待たず、警備艇へ飛び乗った。

後部扉から船室へ足を踏み入れた。狭い室内の前方に操舵席が見え、手前に設置された席の全てを制服警察官が埋めている。全員の視線がこちらに注がれ、その中には専門官のものもあった。水上警察署の幹部らしき初老の男性達へ会釈し、クロハは狭い通路を前進して専門官の傍へ寄り、その椅子の背に手を掛けた。

互いの瞳の中の深刻な色を確かめ合う時間があり、ナツメはこちらを睨みつけたまま、

うちの署員です、このまま出航してください、と前方の操舵員へ呼びかけた。

船室の床に小さく響いていたエンジン駆動の感触が一気に増し、金属の鋲で留められた窓硝子を震わせた。クロハは低い天井に設置された手摺りを摑んだ。当惑と緊張の混じる船室内の空気を、専門官が破った。

「君がここに来た、ということは」

大声ではなかったが、駆動音に掻き消されないだけの張りがあり、

「訴えたい話があるのだろう」

他の警察署の人間が同席しているとはいえ、専門官にとってこの場は、内部の問題を話し合うのに相応しい、とクロハは確信する。海上の警備艇内は密室に等しい。

「会計課の情報の件ですが」

今頃になって専門官の隣に、署長が座っていることに気付く。

「私が預かっています。捜査費設定書の話です。警察署から報告する気がないのであれば、私が監察官室へ証拠品として、提出したいと思います」

水上警察署の幹部全員が、わずかに顔を背けたのが分かった。聞くべき話題ではないと判断した、ということ。クロハは相手の反応を待った。

「我々が報告する」

ナツメは、日常的な事務処理の話をするように淡々とした口調で、

「だが君は、刑事課の調べでは何も預かっていない、と証言したはずだ。証拠の隠蔽はそれ自体が罪となることくらい、君も……」

「ニシさんは直接、何かを手渡そうとしていたわけではありません」

金属製の手摺りを握り締め、

「ネット上のある仕組みを介して慎重に、継続的に私へ情報（データ）を送り続けていたんです。遅ればせながらつい先程、その事実に気付きました」

「詳細は後で聞こう。まず、証拠となるものを提出しなさい」

「提出いたします。けれど失礼ですが、条件があります」

警備艇が揺れ、両脚にも力を込めた。

「私の質問に明確な回答がない場合、私か、あるいは信用の置ける者達の誰かが、県警本部へ報告することになります」

ナツメは表情を崩さなかった。けれど顔色は青く、頬の痩け具合も今では病的なほどだった。クロハは、専門官の制服に装備された回転式拳銃を目に留めた。異常な警戒心。

「誰がニシさんへの発砲を指示したのか。それを、お答えください。今すぐに」

突然、すぐ傍で何かが大きく動いた。クロハはその動きに、瞬時に対応することができ

なかった。署長の乾いた指先が、自らの所持する拳銃のホルダーに触れ、震えていた。署長の腕をナツメが渾身の力で押さえつけている。手首を摑まれ、徐々に署長の腕がホルダーから離されてゆく。制帽が落ち、汗の噴き出した額が露になった。失礼します、とナツメがいって手首を放し、強引に署長の制服から拳銃を抜き取った。途端に、署長の小柄な体が音を立てて座席に座り込む。深呼吸を繰り返し、髪の薄い頭頂部をこちらへ向け、膝に落ちた制帽を凝視している。

ナツメの手に握られた黒色の凶器にクロハは緊張するが、専門官は静かに吊紐(ランヤード)の螺子(ねじ)を外し、自分の制服の外ポケットに回転式拳銃を収めた。

署長の指先が今も震えているのを目にしたクロハは、自身の拳銃を手にしようとした初老の警察官の覚悟を知った。署長は拳銃自殺を試み、この場で幕引きを図ろうとしたのだ。クロハはナツメがその行為を予期していたことに驚き、以前にも同じ状況に出くわしておきながら、全く予想していなかった自分に愕然とする。棒立ちとなるクロハへ、

「……分かっている。このままでいいわけがない」

ナツメの声が届き、

「捜査費設定書というシステムを作り上げたのは、ずっと以前に退職した警察官達だ。県警本部の不正経理の報告以来、根絶されたはずの仕組みだが、我々の警察署では残されて

いた……システムを守り続けていたのは、我々だ」

感情のこもらない口調で、

「前任の会計課員は、報道機関への情報公開を画策し、発覚して追い詰められ、自宅で首を括った。自殺により、不正経理の情報が外部へ滲み出ようとし、それでも私はシステムを守ろうとした。どこかに、穏便な着地点があるものと考えていたんだ。その発想も、ニシが殺されることにより弾け飛んでしまった」

ナツメは何度かひどく咳き込み、

「後は、惰性だ。署を推進する力は消え、着地点を完全に見失い――そんな場所は最初からなかったのかもしれないが――警察署全体で、システムを守るために今まで無理を続けてきた」

私に喋っているのではないのかもしれない、とクロハは思い始める。ナツメは水上警察署の幹部達を事案の証人として、設定しようとしている。幹部達は皆静まり返り、俯いていた。ナツメの言葉が過ぎ去るのを、大人しく待つように。署長の荒い呼吸が、静まり始めた。

「強引に着地させる意志が、必要だったのだろう。ニシのように。君のように。私が持つべき意志だったが、そんなものはどこかで磨り減り、いつの間にか消えてしまった」

手のひらで顔を拭い、

「申しわけないが……この状況では、私と署長は会場の設営に携わることができません。県警本部へ向かいます。諸々の警備の手配を、水上警察署の主導で、お願いします」

クロハ越しに、水上警察署の制服警察官へと頭を下げる。幹部達は、眠り込んだように反応を見せなかった。あるいは、わずかに頷いたのだろうか。

エンジンの駆動音が弱まり、警察音楽隊の演奏が小さく聞こえ、窓の外には赤い煉瓦で覆われた建物が見えていた。広場では、カラーガード隊の女性達が音楽に合わせ、フラッグを宙高く放り投げる演技を予行している。

「このままでいいわけがない……巻き込んでしまい、すまなかった」

ナツメがクロハを見上げ、

「……君はまだ、私の部下だ。警備艇を降りたら警察署へ戻り、私物を全て持ち出して自宅待機をしていなさい。何らかの指示があるまで、そのまま。君の名前をことさら強調するつもりはないが、黒葉佑という個人が今回の件に関わっていることは、多くの署員が知っている。君は所轄署に留まるべきではない」

カラーガード隊の掛け声。歓声。

クロハは、はい、と返答する。他につけ加えるべき言葉があるはずだったが、何も思い浮かばなかった。ミズノのいう通りだった、と思う。ナツメは最初から、私のことを気にかけてくれていた。

「君は私の友人の、命の恩人だ」

複雑な色を瞳の中に見たように思え、

「私は警察署を守り、アサクラのためにも、君を守るべきだと思っていた。ニシの所持品を回収させたのは私だが、そのためにあの男を、シオサキを拳銃の携行まで頼み、君の傍につけていたわけではないんだ。アサクラのため、あなたのためだ。あるいは私自身の……いや、よそう」

視線を窓外へ向け、黙り込んだ。灰色の発着場が、ゆっくりと近付いて来る。接岸するとナツメは制帽を拾い上げ、署長の体を支えながら立ち上がった。

五

嵐はゆっくりとクロハを通り過ぎた。それは頭上の遠くにあり、曖昧な感覚で、その接近と通過をはっきりと認識することもなかった。自宅にいるクロハは嵐の気配を、警察官である友人達の励ましの電話と、無言電話、罵詈雑言(ばりぞうごん)を綴ったメイルが押し寄せた時期とその沈静で、皮膚感覚として受け取った。

謹慎に近い自宅待機、という自覚があり、こちらから誰かへ連絡を取ることは控えた。食料品と新聞と週刊誌を買う時にだけ、部屋を出た。

TVと各新聞社の報道で、クロハは警察署副署長の発表による不正経理発覚の報告と、会計課員殺害に関連する警察署長の逮捕を知った。新聞社によって報道の熱量に多少の差はあったものの、不正経理に関しての報道がすぐに収まってしまったのは、恐らくよく似た報告が過去にも幾つかの都道府県警に存在し、すでに市民の関心が薄れているせいだろう。警察が経理の問題にどれほど神経を磨り減らし、傷口を広げたかを思い返し、クロハはやり切れない気分になった。より大きく扱われたのは警察署長による殺人教唆の方で、被疑者となった当人は否定し、泥沼の状況が生じ、その分報道も過熱して、連日、彼の経歴が細かく更新されてゆくようだった。

週刊誌の文中に、クロハは夏目保（ナツメタモツ）の氏名を発見した。署長の腹心の部下として、その履歴が簡単に触れられただけだったが、初めて知る情報ばかりだった。

貧困状態のひとり親家庭から奨学金を受けて大学進学し、県警では主に警備課と警務課を務め、機動隊勤務時代の上司に付き従い、引き立てられ、着実な出世を重ね、そして現在、その上司の犯罪行為により立場が崩れてしまった、という話。警察学校卒業と同時に結婚し、数年前に離婚に至った、という過去。誌面からは執筆者の悪意が滲み出るようで、署長とともに人生を転落した一人の男性、という扱いだったが、クロハはそこに、ナツメの苦悩を思わずにいられなかった。

恩人と警察署を庇い続け、最後には弾劾（だんがい）する側となったのだ。

署長が常に拳銃を携行していたという事実を知った後では、ナツメ自身の武装の理由も、上司の暴発を警戒したため、と理解することができた。ナツメの、血の気のない顔を思い起こす度に、後悔に似た気分が胸に浮上した。他のタイミング、他の告発の方法があったのでは、と考え、その都度、自分にはできるはずがないと思い直すことになった。彼は今、何を考えているのだろう。署内の犯罪から距離を置くことで、少しでも気持ちが楽になっていたら、と思う。

励ましの言葉を贈る立場ではないことも、分かっていた。報道で事案の停滞を目にし、色々な事柄が頭に浮かび、そして最後に想像するのは、いつもナツメの疲労だった。


待機期間中、キリとは二度、ネットを通じて少し長く会話をした。

どちらもキリが放棄していたはずの仮想空間の中、いつの間にか整備され改築されていた建物の一角、照明の煌々と灯る空間に誘われる格好で実現した機会だった。キリが警察署の不正経理問題とクロハを結びつけて考えているとは思えなかったが、少なからず気を遣う風に見えたのは、きっと独自の嗅覚によるものなのだろう。

道路側の壁が取り払われ、開放された建物の一階は眩しいくらいの光で満たされており、初めてアゲハ＝クロハが訪れた際には、その光源が奥に並べられた大量の自動販売機によるもの、となかなか気付くことができなかった。近付くと、自動販売機のショーケースの中には、小さな仏像や甲虫類や色々な規格の電池や、ロボットのプラモデルが入っていた。照明の設定の強さのせいで、どれも色合いがほとんど青白色に飛んでしまっている。

アゲハは二度とも、キリと二人で自動販売機の群れに背を向けて小さなベンチに座り、風景の中を細かなノイズのように走る雨と、道路に次々と広がる波紋のテクスチャを眺め、他愛のない話をした。新たに発売される携帯端末の、搭載カメラの解像度の話。映画の話。ニューラルネット人工知能の実現に必要なムーア曲線の、角度の話。興味のある話題も、相槌を打つだけの内容もあったが、どんな話をしていてもクロハの気持ちは浮き立たず、平静に過ごすことができた。二度目の会話の最後に、キリがいった。

「そろそろ、外で会う場所を決めようと思うのだけど」

キリの、膝に両手を揃えて座る化身（アバター）は実際に恥じらっているように見え、

「本当に、私が決めてしまっていい？　もし退屈そうだと思ったら、その時は……」

「その時はその場でキリに、退屈、って伝える」

アゲハ＝クロハは思わず、微笑んでしまう。

「私達、友達だから。遠慮はなしで」

分かった、と少し小さな声でキリが答えた。


連続殺人事案の進展は特捜本部からは知らされず、クロハがその概要を知ることができたのはサトウのメイルのお陰だった。一度だけ送られたサトウからのメイルは、こちらの近況を訊ね、捜査の進展状況を大まかに知らせるもので、クロハは、買い溜めていた文庫

本の消化やネット検索やＴＶを観て時間を潰しつつ平穏な生活を送っている、という話を簡潔に返答し、情報の詳細を要求するような真似はしなかった。

サトウからのメイルで分かったのは、銀色の丘陵の中で見付かった六人目となる被害者――死因はやはり、鈍器の一撃による――が、その数時間前の遺体遺棄に関わっていた、という事実だった。洞窟内に三人分存在した掌紋、足跡それぞれの一組が被害者のものと一致した、という。クロハはシンク前に置いたキッチンチェアに座り、無意識にジンの瓶を仕舞った冷蔵庫に視線を送ってしまい、小さく頭を振って誘惑を振り払い、そして事案について考え込んだ。

狂気の加速。少年達の集団は、すでに瓦解が始まっている。亀裂は最初から存在していた、と考えるべきかもしれない。少年達の素性がなかなか明らかにならないのは、首謀者も含めて全員浮浪児であることを示している、という推測はこれまでもあったが、夜半に連続して遺体遺棄を行った事実はそれを裏付けているように思える。彼らがまともに通学、通勤しているとは考えられず、たとえ両親が健在だとしても、社会的な範囲からは完全に外れ、また別の生態系の中に属している、としか思えなかった。その生態系は街の建物の陰の部分、奥まった場所に作られているはず――でも、それなら少年課の情報網に少しも引っ掛からないのはなぜだろう？　……少ない情報を基にして、たぶん少し、推測がゆき過ぎている。

クロハが姿勢を変えると、安物のキッチンチェアの脚が大きな音を立て、軋んだ。携帯端末(スマートフォン)で、サトウからのメイルを何度も繰り返し読んでいた。

新たに被害者となった少年の素性について。推定では十代半ば。遠目に見た、というだけにすぎないクロハには具体的な風貌も思い浮かばなかったが、今はその方がいいという気がしてならない。『細身の少年』ではなかった、という事実に安堵を感じるのは間違っていると思う。けれどもし今回の被害者が同一人物だった場合、冷蔵庫の扉を開けてアルコールへ手を伸ばさずにいられた自信がなかった。

メイルには、地域課の警察官の中に新たな被害者と面識のある者がいるらしい、という不確かな情報まで載せられていた。問題となり兼ねない話だけに、警察内で慎重に調査を続けている、と。奇妙な情報。それを当てにしていいものかどうかさえ、クロハには判断ができない。

玄関のチャイムが唐突に鳴り、クロハを驚かせた。部屋着のスウェットシャツのまま扉を開けると、姿勢を正した若い制服警察官がそこに立っていて、身を固くするこちらへ素早く敬礼し、辞令です、とだけ告げて封筒を手渡し、去っていった。クロハはしばらくその場で封筒に目を落としたまま、呆然としてしまう。辞令、と聞こえたのを思い出した。

封筒の中には、県警本部刑事部捜査一課への異動を命じる辞令書が入っていた。異動の指示も、警邏中の地域課員から辞令書を渡されたことも意外だったが、県警の処分の仕方には、私はたぶん感謝しなければいけないのだろう。

クロハはキッチンチェアに座り直す。コントローラをエアコンへ向け、室内の温度を一度上げた。辞令書は、勤務開始日時を二日後の週明けと設定していた。後一日半の間に、用意するべき事柄はあるだろうか、と考える。

何もない、と思えた。けれどやり残したことはあり、決着をつけよう、とクロハは決意する。一つは、キリとの約束だった。

キリへメイルを打ち、食事会の日取りを明日に設定した。彼の漠然とした決意が、また挫けてしまう前に。どこへでもいくから、と書いて送付した。

もう一つ、いつまでも避け続けるわけにはいかない問題がある。区役所子供支援室のイマイへ、調査結果を報告するべきだった。イマイの探していた居所不明児童は、横顔だけが防犯映像に記録された『細身の少年』である可能性が高い。

正確な結果とはいえない、といういいわけを自分へ繰り返し、最終的な報告をこれまでずっと控えていたが、他の答えが現われない以上、知らせを長引かせるのが無意味であるのは、クロハにも分かっていた。

本当の問題は、児童を心配する区役所職員へこの結果をどう伝えるか、ということだった。凶悪な集団のうちの一人、と正直にいうべきだろうか。それとも、該当するような児童は見当たらなかった、と伝えるべき？　全くの嘘、とはいいきれない。わずかな可能性とはいえ。クロハは端末の角を強く鼻梁に押しつけた。私自身、そんな話を信じてはいないのに。

居所不明児童としての調査はこれ以上続けることはできない、と明言するべきだった。その児童は現在進行形の事案と密接な関連があり、特捜本部の捜査と切り離すことができない、と。

鼻梁に痛みが走る。事案の細部について訊ねられた場合、どうしても一連の殺人事件に触れる必要が生じてしまう。中年の女性職員の俯く姿を想像することができた。それでも。報告は調査を引き受けた私の義務だろう、と思う。直接会って、話をしなくては。

端末を顔から離し、両瞼を閉じて長い息を吐き出した後、クロハは着替えをするためにキッチンチェアから立ち上がった。

区役所へと向かうつもりで市営バスの座席に座り、窓外の午後の景色を眺めていたが、人工の溜め池を備えた集合住宅の傍に停まった時、一瞬の迷いが生じ、クロハはその停留所で降りてしまった。

もう一度現場を確かめたい、という衝動が湧き上がったせいだったが、それも自分に対するいいわけであるのもはっきりと理解していた。区役所子供支援室のイマイへ説明するのに、どこまで一連の殺人事件に触れるべきかまだ決め兼ねていて、もう少し時間が欲しい、というのが本当のところだった。面会の連絡さえしていない。対面する決断が、なかなかできずにいた。

＋

集合住宅の敷地に入り、管理事業棟のある方角へ進んだ。夕刻に近い半端な時間帯でもあり、住人と擦れ違うこともなかった。その傍の細い坂道を上って東屋へ向かうつもりだったが、私道を曲がると鋭く短い音が、高層集合住宅に囲まれた空間に連続して反響したことに気付いた。溜め池の傍に二人の小柄な人影を、クロハは遠目から見付ける。緑色と黒色の厚手のジャンパーをそれぞれ着込んだ後ろ姿から兄弟のようにも見えたが、近付くにつれ、そうではないことが見分けられるようになった。

二人は交代で空気銃を撃っていた。狙っているのは私道の中央に置かれた、敷地内でのエアガンの使用禁止を告知する金属製の細い立て札で、二人は六、七メートル離れた距離からそこを狙っていたが、札に当てるのがやっとで着弾の位置は安定せず、空気銃の性能を罵り、苛立ちを募らせている様子だった。

独特の駆動音から、二人が扱っているのは自動拳銃の形をした固定スライド式の電動空気銃であるのがすぐに分かる。発射音の鋭さと札に命中した瞬間の衝撃音の強さから、子供の使用していい玩具ではないことも分かった。

クロハは少し離れた場所から二人の様子を眺め、居所不明児童そのものを想像するが、頰の膨らみから栄養状態のよさ——むしろ二人とも、少し肥満しているように見える——を認め、しばらくの間、腕を組んだまま子供達の射撃の光景を眺めていた。

黒色の上着を着た一人が振り返って見物人の存在に気付き、もう一人へ小声で知らせたらしく、二人分の反抗的な視線が数秒間クロハを刺し、次には無視を決め込んだとみえ、背を向けて電動銃の射撃を再開し始めた。けれど動揺は姿勢にも表れており、立て札に着弾する頻度が目に見えて低くなった。クロハは歩み寄った。外套の内から警察手帳を取り出し、警察です、と告げた。

「銃を貸して」

差し出された片手と突然の申し出に二人は驚いたらしく、互いの目配せもうまく合わず、その場で棒立ちになっている。落ち着かない様子の二人へクロハは微笑み、肩に掛けていたバッグをアスファルトに下ろして、

「大丈夫。没収はしないから。見ていて」

ためらう様子で渡された電動銃を、素早く金属製の立て札へ片手で構えて見せ、

「一発必中で狙うなら、この姿勢」

体の側面を的へ向ける、射撃競技用のインライン・スタンスを取り、

「肩の関節を姿勢で固定して、片目で照準する」

引き金を絞ると着弾はやや左に逸れた。たぶん、銃身内のシリコン・パッキンが劣化してしまっている。

「反対の手は、服装のどこかを摑むこと。あるいはポケットの中に入れて、動かさない。そして、息を止める」

照準を意図的に、わずかに外して発射した。今度は狙い通りに、赤文字で印刷された漢字の中央に命中した。一瞬の着弾だったが、子供達にも見えたらしく、無言のまま驚く気配が伝わってくる。クロハはいったん電動銃を下ろし、

「体の余計な動きを抑えるために、息を止めるの。呼吸の動作さえ、射撃の邪魔になるのよ」

もう一度構え、撃って見せる。再び漢字の中央に着弾した。

「引き金を絞るのを目的とは考えないこと」

クロハを見上げる二人へ、

「それは、経過なの。着弾した箇所を見定めるまで、心を鎮めていないと駄目」

さらに二発続けて、同じ位置にプラスチック弾を当てた。子供達は、今でははっきりとこちらの動きに釘付けとなっている。

「心を静かに保つこと」

一人へ、電動銃を返した。

「それが一番大切な技術」

クロハが微笑み促すと、子供は恐る恐る、といった様子で、それでも立て札へ電動銃を構えた。姿勢を直したり、〝利き目〟の確かめ方を教えたりするうちに二人の射撃の精度が少しずつ上がり、金属製の的に弾の接触する甲高い音がよく鳴るようになった。クロハは、騒音の発生源となっているのが今になって気になり始め、

「全部撃ち尽くしたら、終了」

二人へそう告げる。

「ここは私道で警察の管轄じゃないから、逮捕もしないし、いいつけたりもしないけど、やっぱり他の場所を探した方がいいと思う。屋内は？　どちらかの家の中でも……」

「こんなに長い距離で撃てないよ」

「BB弾が家に転がっていたら、お母さんが帰ってきた時、凄く怒るから」

子供達が口々にいった。

「エアガンの禁止されていない公園もある、かな。私が市役所に問い合わせて……」

電動銃の発射音が変化する。マガジン内のプラスチック弾を撃ち尽くした、ということだった。緑色の上着を着る子供が、気落ちしたように銃を下げ、いいよもう、といった。

「俺のじゃないからさ。兄ちゃんのだから。いつも持ち出せるわけじゃないよ」

「そう……」

クロハはピルケースとして使っていたファスナー付きのビニル袋がショルダーバッグに入っていたのを思い出す。身を屈めて、立て札の周囲に散らばったBB弾をビニル袋に拾い始めた。子供達を振り返ると、渋々といった感じではあるものの真似をし出し、幾つか拾う度にクロハの持つビニル袋へ落としに来る。黒色の上着を着た子供がこちらに近付いた際、ほんとに警察なの、と話しかけてきた。

クロハはもう一度警察手帳を取り出して開き、顔写真と氏名の入った証票を見せた。もう一人も近寄って来て、覗き込む。

「黒葉佑……そちらのお名前は？」

訊ねると、緑色の上着を着た方がカトウアキオと、もう一人がイシバシトシキと名乗った。素直に氏名を教えてくれたことが少し意外でもあった。クロハは二人の名前に聞き覚えがあるのに気付いた。

特別捜査本部の聴取対象者。記憶に残っているのは、未成年の対象者が珍しかったからだ。すでに警察と接触していたからこそ、二人は氏名の明示に抵抗を見せなかったのだろう。クロハは辺りを見回し、プラスチック弾が視界に入らないのを確認して、ビニル袋をアキオへ渡した。アキオはやや不貞腐（ふてくさ）れた様子で、ジャンパーのポケットに袋を捩じ込んだ。聴取では、有益な情報を二人から聞くことができなかったはず。反抗的な態度。トシキが怪訝な表情で、

「まだ、誰か探してるわけ」

「そう。君達と同じくらいの年齢の少年……その話は前に警察にしてくれた？」

「いったよ」

顔を背けるようにし、

「一応。威張（いば）ってて、嫌な感じだったけどさ」

クロハが感じ取ったのは、意思の伝達の歪みだった。もしや、特捜本部の聴取は滑らかに進まなかったのでは。ある言葉を思い出す。

——小学生二人は、虚言癖とまではいいませんが……

そういったのは、区役所の相談室で、イマイの隣に座った区民課の職員だった。目の前の二人が、問題児とされた子供達なのかもしれない。でも、今なら……改めて質問する気になり、娯楽施設の防犯カメラに記録された映像、『細身の少年』とすでに被害者となった未成年者の横顔を携帯端末に表示させ、アキオとトシキに見せた。知ってるよ、と二人は簡単にそういった。クロハは緊張を覚える。アキオとトシキの聴取が行われたのは、特捜本部が記録映像を手に入れる以前だったはず。

「二名とも知っているの?」

クロハの問いに二人は、違う、と口々に否定し、

「こっちの子だけ」

アキオが画像を指差した。細身の少年。

「夏に、溜め池にいた」

「一緒に遊んだ?」

「同じ場所にいた、っていうだけだよ……その子、ちょっと臭かったし」

「その話は、警察にも教えてくれた？」

「したよ。色々な人に、何度も」

とトシキがいい、

「でも、警察官のそいつはさ、その子のことよりも、俺のお父さんがいつもいないとか、お母さんが夜に働いていることとか、学校を休んだのが何日分になるとか、結局俺等のことばっかり気にしていたから」

アキオが首を竦めるように、

「威張ってたよ。それに、しつこかった。すぐに嘘だ、って決めつけるし」

当時の状況を想像するクロハは、分からなくはない、と思う。聴取を担当した警察官は真剣に、目の前の子供達を心配し助言しようとしたのだろう。けれどその心遣いのために、貴重な証言を得る機会を失ってしまったのでは。

「あなた達の会った子供の名前は覚えている？」

「聞かなかった」

トシキが答え、

「隣の学校に通っている、っていったけど」

「その子に関して、他に覚えていることはない？」

「臭かったよ。それに結構、痩せてた」

「服装は？」

「普通。Tシャツだよ。それよりも、溜め池で泳いだ後、背中の黒いところが透けて見えてさ、怖かったよ」

「黒い……痣？」

「たぶん」

アキオが頷き、

「どうしたの、って聞いたら、大人にやられた、って」

「お父さんかお母さんに、ってこと？」

「違う。違うっていってた。一緒に住んでいる大人、だってさ」

「大人……」

クロハは絶句する。まるで、全身の血液が逆流したように感じた。トシキがいう。

「馬鹿でしょ、そんな奴と住むなんて。大人が決めたから、ってさ。食べ物をくれて、髪の毛を切ってくれる、って。ここで遊んでいるのも、大人に知られたら怒られる、っていってたから。誰にもいわないで、って」

「その人の特徴や年齢について、何か聞いている？」

「全然。大人、っていうだけ」

急に表情を硬くし、

「いった方がよかったんだよね、この話……」

クロハは端末を仕舞い、その場に屈んだ。不安そうなアキオとトシキのそれぞれの手を取り、

「これは本当に、大事な話」

握り締め、

「協力してくれて、ありがとう。また誰かが聞きに来た時も、お願い。その警察官に文句があるなら……私に直接伝えて」

呆然とする二人に、名刺を渡した。立ち上がり、早足でエントランスの方向へと歩き出し、一度だけ背後を振り返ると、クロハの興奮が移ったように頬を紅潮させる子供達がその場で見送っている。

クロハはもう一度、携帯端末を取り出した。特別捜査本部の外線番号を呼び出す。

タクシーの後部座席で、どうして管理官がその警察署にいるのか、考えることになった。都市部のやや北方に位置する所轄署の会議室がなぜ、面会場所として選ばれたのかを。その管轄区で捜査本部が設置された、という話は聞いたことがなかった。

機動捜査隊分駐所を含める比較的新しい建物は以前の勤務先でもあり、馴染み深い場所だったが、そのために、意外な面会の設定はクロハを奇妙な気分にさせた。タクシーを降りて曇り空を仰ぎ、すぐに陽が沈み始める時間帯であるのを確認し、警察署の自動扉を抜けた。カウンタ内の顔馴染みの女性警務課員と目が合って会釈を送り、エレベータに乗り込んだ。

最上階へ向かう間、機動捜査隊班長と鉢合わせしないよう願っている自分を、クロハは認める。たぶん班長は捜査一課に異動したことも、特捜本部の捜査に首を突っ込んでいるのも喜ばないだろう。いい争いをするつもりはなかったが、何か小言をいわれた時には、反射的に異を唱えてしまいそうだった。

最上階は冷えきっていた。活動的な雰囲気は一切なく、どうしてここに呼び出されたのか、クロハはますます分からなくなる。指定された会議室の扉には、何の張り紙もなかった。内側からは、確かに人の気配が届き、それも数人分存在するらしい。クロハが拳で木製の扉を叩くと即座に、入りなさい、という管理官の返答が聞こえた。

講堂の何分の一かの空間の中央に置かれた長机を、六名の男性達が囲んでいる。ほとんど全員の視線が、鋭くクロハを見据えた。問題ない、と室内前方に座る管理官がいった。

「私がここに呼んだ。捜査一課の者で、優秀な捜査員だ。彼女からも関連する報告がある」

クロハは机に近寄り、県警捜査一課員、黒葉佑です、と挨拶をした。小さな仕草の会釈だけが、それぞれから返ってきた。年配の男性ばかりで、半数が制服を着用していた。一番年嵩の者が、副署長であることに気付いた。テライと、机に肘を突いて両手で額を支え、俯く制服姿の男性だけが、比較的若年に見えた。

所轄署の会議室に集まっている、ということは全員警察官なのだろう。机に両肘を突く男性を中心にして全員が席に着いている状況に、クロハは気がついた。もう一つ発見して驚いたのは、俯いた男性が声を殺して泣いていることだった。

「間違いないか」

と顔を伏せる男性に声をかけたのは年配の制服警察官で、男性は、間違いありません、と消え入るような声で答えた。

「全て、私の責任です。もっと早く確認するべきでした……」

そのまま泣き崩れる男性へ年配の警察官は、責任を問うているのではない、と冷静にいい、

「いずれにしても似顔絵が回った時には、すでに被害者は亡くなっていた。感傷的になるよりも、今は捜査だ。何度でも質問に答えて、できるだけ細部を思い出し、捜査に協力するべきだろう……」

ですが、といいかけた反論はそれ以上言葉にならなかった。クロハは、男性の両肘の間に置かれた書類が死体見分調書であり、そこに載せられた写真が六日前に瓦礫の山の中で発見された少年の姿であるのを見て取った。目前の光景が、急に鮮明になったように感じる。所轄署の会議室で何が行われているのか、理解できた気がした。

つまりこの男性が、被害者と面識のある地域課警察官であり、会合は内部にも秘密裏に実行された、地域課員の上司と特捜本部の捜査員による聴取、ということだ。

クロハは部屋の端に置かれたパイプ椅子に、そっと腰を下ろした。地域課員の顔に覚えはなく、新しく配属された者だろうか、と想像する。あるいは、全く関連のない警察署の会議室が聴取の場として選ばれた、という話かもしれない。聴取の最中に呼び出されたのは、管理官から信頼されている証し、と考えていいのだろうか。いや、そんなことよりも。

クロハは膝の上にショルダーバッグを載せ、両手を組み合わせて強く握り締め、地域課

員の話に集中する姿勢を作った。質問を受ける地域課員は啜り泣きの合間に、丁寧に答えてゆく。何度も言葉に詰まり、聞き取りはなかなか進まなかったが、急かそうとする者はいなかった。

テライがノート・コンピュータに聞き取り内容を打ち込んでいる。次第に話の点と点が結びつき、詳細が明らかになってゆく。

交番に勤務する地域課員は以前、被害者となった少年から相談を受けていた、という事実。少年の話はひどく曖昧で、こちらの反応を探るような態度に地域課員はいい印象を持たず、ほとんど相手にしなかった、という話だった。注意報告書にも書きませんでした、と地域課員がいった。

「その子供は……人を殺したことがある、といっていたんです」

指先で流れる涙を拭い、

「私は、まともに取り合いませんでした。薄笑いをして、挑発的な態度に見えましたから……ふざけていると逮捕するぞ、と追い払おうとした覚えがあります」

「逮捕という言葉に、何か少年の反応は……」

管理官の質問に、

「無理でしょ、って……誰にも気付かれたことはないんだ、といっていました。当時は、自転車同士の接触事故があり、その報告書を仕上げている最中ということもあって……その少年は、書類を書く私にずっと話しかけていました。なかなか立ち去ろうとしないんです。私は、からかわれているとしか思えず……」

「午前中の聴取では、少年は主犯に関する情報を仄めかしていた、という部分もあったが……その点について、何か思い出した話はあるか」

「……あの人、といっただけです」

死体見分調書を真剣に見詰め、思い出そうと努めているらしく、

「『あの人』は色々なことに警察より詳しい、とか。ほとんど毎日盗み聞きをしている、と……優しいから世話をしてくれる、とか。ああ、その子供は私を指差して、お前よりも賢くて、ずっと優しそうに見えるから絶対に捕まらない、といったんです。その時は、じゃあ、『あの人』がまた何か悪いことをしたら連絡をしなさい、と伝えました。証拠があれば逮捕ができるから、と。助言ではなく、威嚇のようなものです。確かに、その言葉をきっかけに立ち去った、と記憶しています。ですが今思えば……その子供は私に、助けを求めていたのだと思います。それを……」

両手で顔を覆い、その手首を涙が伝った。

「……すみません、それ以上は思い出せません。たぶん、他にはもう……」

重い沈黙が会議室の中に満ちた。管理官が手に持った紙コップの中味を一口啜り、こちらを一瞥する。発言の機会を与えられたものとクロハは解釈し、

「私も、同じ話をするために来ました」

啜り泣く地域課員以外の視線が一瞬にして集まるが、気後れよりも事態の進展を望む興奮が勝り、

「以前、加害者の一人が出没した、と思われる共同住宅敷地内で先程聞いた話です。夏にそこを訪れた少年は同年代の子供達へ、親ではない大人と暮らしている、と喋ったそうです。食事、住居の提供等の世話を受けていて、そしてその『大人』を恐れている、とも」

クロハは一息に、

「『大人』とは、『あの人』である可能性が高いのではないでしょうか」

「つまり」

管理官は紙コップの中を見詰め、

「加害者集団を率いているのは、未成年の少年少女ではない、ということだな」

「少なくとも、社会的には成人の機能を持った者、と考えるべきだと思います。『あの人』は、他人へ衣食住を提供できる能力があります」

管理官が小さく頷いたのを認め、クロハは先を続ける。

「『優しそうに見えるから、絶対に捕まらない』」

パイプ椅子に腰掛けたまま身を乗り出し、

「接客業に就いている、とも考えられます……あくまで想像にすぎませんが」

「続けろ。想像でいい」

「『警察より詳しい』。『お前よりも賢くて、ずっと優しそうに見える』。警察官と比較したことに何か意味があるのだとすれば、『あの人』は何か公的な印象のある仕事に就く人物、なのかもしれません」

「公務員。宗教関係者。非政府組織(NGO)や非営利組織(NPO)の職員も含めるべきか」

「医師や看護師等も、近い印象ではないでしょうか」

「……四日前、『侵×抗(シンコウ)』の運営会社が、ようやく利用者の位置確認に同意した」

パイプ椅子の背にもたれ、

「運営は個人情報保護法を盾に、GPSを使っての捜索にこれまで同意しようとしなかった。警察の要請から規則とプログラムを変更すれば、その事実が外部に漏れた場合、激しい批判を浴びることになる。今回の位置確認の同意も日常業務の内、負荷計測の名目で回数を決めて測定を試みる、という非常に限定的なものだ。さらに居場所を知るには、位置確認の間に『ｋｉｌｕ』が端末の電源を入れ、アプリを起動している必要がある。頼りない捜査方法だったが……二日前、『k·i l u』が市内に一瞬、その姿を現わした」

クロハは息を呑んだ。管理官が話を続け、

「携帯電話の販売代理店だ。少年が一人で訪れ、そこで携帯ゲーム機と『侵×抗』を起動させた」

「ゲーム機、ですか」

思わず聞き返すと、管理官は紙コップを口にして頷き、

「『k·i l u』が使用していたのは、携帯端末ではなかった、ということだ。少年が起動させたゲーム機をカウンタに置いて店員へ希望したのは、通信機能の再契約だったという。中古品として購入した機械には、未使用の無料通信期間が残されていて、その機能がじきに終了するために、再契約がしたいと申し出たそうだ。だが、未成年者では契約ができない旨を説明され断念し、退店した。保護者を同伴しての再訪はありえない、と明確に拒否した、という」

「通信機能の利用可能な期間は、後どれほどですか」

「明日、切れるはずだ」

「少年は店内で、どんな様子でいたのでしょう」

「防犯カメラに、映像が残されていた。以前、娯楽施設に出没した一人、より体の線の細

い方の少年と考えられている」

眉間の皺がいっそう深くなり、

「映像上では、普通の少年、としかいいようがない。店員の話では……再契約はできない、という説明に、ひどく落胆していたそうだ」

「特捜本部は現在」

質問せずにはいられず、

「『細身の少年』を本事案の中で、どのように位置付けているのでしょう」

「……加害者であり、犠牲者でもある」

紙コップを静かに机の上に置いた。

「情報を総合すれば、自主的に殺人に参加したとは考えにくい」

「『侵×抗』を使い、《柱》の設置を申請し続けたのも、殺人の誇示、が理由とは思えません」

組んだ両手の指が痛む。力を込めすぎている。

「販売代理店での振る舞いからすると、主犯格の『大人』の同意がない状態で《柱》を申請し続けた、という風に見えます。これは、外部に助けを求めるための、少年なりの方法だったのではないでしょうか。消極的といえば、確かに消極的なやり方ですが……『大人』という畏怖の対象が傍にいたため、《柱》の申請、現在の殺人行為と過去の未成年者関連の事件を結びつけることで、秘密裏に犯罪の全体像を訴えていたように思えます」

「過去の殺人を、少年がどうやって知ったのか」

「図書館にいけば、情報は幾らでも手に入ります。あるいはゲーム機自体に、ウェブ・ブラウザがインストールされていたのかもしれません。これも想像ですが……『大人』がそういった記事を収集していた可能性もあります」

「とはいえ、訴えるには……奇妙な方法ではある」

「少年達は、『大人』という檻の中に捕らわれています」

立ち上がりそうになる自分を抑え、

「それは、心理的な檻です。暴行を受け続けても、集団から離れることのできない学生。過労死するまで会社で働き続ける社会人。これはむしろ、ありふれた共通の心理的メカニズムです。《柱》の設置という行為が、檻の中からの、精一杯の抵抗だったのではないでしょうか」

「まるで、呪いのようだな」

腕組みをし、

「……我々は被疑者を非行少年の集団と仮定し、街の暗がりばかりに注目しすぎたのかもしれん。コインパーキングや自動販売機の周囲ばかりを、な。非行集団であれば他の犯罪、窃盗や恐喝から足がつく、と考えていたからだ。が、主犯は最初から陽の当たる場所にいた、ということになる。家出人や居所不明児童を集め、統率し、犯罪の手先として使った……はずだが、疑問が残る」

今では、全員が熱心に管理官とクロハの会話を聞いている。顔を伏せたままの地域課員でさえ、意識を向けていることが分かる。

「その可能性は当然、特捜本部でも検討された。小さな可能性として優先順位を落としたのは、最終的な犯罪、が見当たらないせいだ。未成年者を集めた結果、共食いのように集団内の暴行殺人だけがあり、その先にあったはずの外部への犯行が少しも見えてこない」

「集めること自体が、目的だったのかもしれません」

クロハは今も、思考を働かせ続けている。

「それ以降の、明確な目標は存在しなかったのかもしれません。集め、コントロールする、という行為そのものが狙いだったのではないでしょうか。一種の……カルトを作りあげることが」

管理官が、ゆっくりと頷いた。

「新たな情報を基に、捜査方針を絞る必要がある」

年嵩の私服警察官へ、

「これから、主犯の職場となり得る職業を至急リストアップしてもらう。対象は主に未成年者ではなく、『大人』だ。対象を絞り、徹底的な聞き込みを行う」

「……盗み聞き、ではないのかもしれません」

地域課警察官がわずかに顔を上げ、いった。

「その子供は何かの拍子に、『あの人』は今日もトウチョウしている、といったんです。盗み聞きではなく、出勤を意味する、登庁、だったのかもしれません」

……さらに範囲は絞られる。クロハは口の奥に絡む唾を呑み込んだ。素早く管理官が反応し、

「明日は休日だ。公務の建物のほとんどは、休館となる。今日中に聞き込みを開始したい。市役所、区役所職員等の公務員を中心とする。念の為、警察官も含めるように。すぐに特捜本部へ向かい、リストアップを指示してくれ。私もすぐに戻る。車の用意をしておけ」

年嵩の私服警察官とノート・コンピュータを閉じたテライが席を立ち、会議室を出ていった。室内の動きに釣られて立ち上がったクロハへ管理官が近付き、ご苦労だった、といった。

「君の捜査一課員としての仕事は、週明けからとなる。この事案とは関係がない」

背筋を伸ばし、はい、と返答する。

「特捜本部があの警察署に存在する以上、君を参加させることはできない。理解していると思うが、な。捜査一課では、他にも多くの事案を抱えている。与えられた職務に集中するように。明日一日は、ゆっくり休むことだ」

もう一度、はい、と答えた。管理官はクロハへ背を向けると長机に戻り、制服警察官達へ、ご協力感謝します、といった。落胆する必要はないはずだった。事案の捜査は急速に進むだろう。地域課員へ、彼の受けた苦痛へ向かって一礼し、クロハは会議室を出た。

階段を降りながら、『細身の少年』について考えていた。主犯が『大人』であり少年達ではない、という事態に焦りを感じ始めている。事態の推移により少年達は、保護の対象となるはずだった。

救わなくてはならない。少なくとも、残された二人の命は。

防犯映像に記録された少年の横顔。無事でいて欲しい、と思う。気掛かりなのは、共食い、だった。

『大人』の仕掛ける共食いが終わった、という保証はどこにも存在しない。

+

キリとの待ち合わせ場所に向かう途中、電車の座席に座っていても、バスに乗っている間もクロハは二人の少年のことが頭から離れず、携帯端末を手にしたまま、すぐに誰かへ捜査の進展具合を訊ねようと動く親指に気付き、その度に、問い合わせは忙しい相手にとって迷惑でしかない、と自分にいい聞かせる。溜め息をつくと、今度は疲労が頭をぼんやりさせるようだった。眠りの浅さをクロハは思い出す。生欠伸（なまあくび）を噛み殺した。

目的地は、停留所と隣接していた。バスから降り、午前の冷たい風を受け、クロハは白い建物の前で改めて首を傾げた。

キリに指定された場所は、市電の歴史を保存する博物館で、その不思議な選択をメイルで知らされた時も首を捻ったものだった。子供向けの博物館に思えたし、そもそもの約束は食事をする場所、という話だったはず。キリらしい、とは思うけれど。どうせなら、四輪関係の方が私の好みなのだけど。

エントランスで、ダッフルコートのポケットに両手を突っ込み、キリが待っていた。痩せてはいるものの血色はよく、クロハは少しほっとする。

チケットを受け取り、実際に入館して順に館内を巡り始めると——居並ぶ本物の市電、ぴかぴかに塗り直された車両に乗り込んで運転席を確かめ、パンタグラフを見上げ、一抱え以上もある銀色のモータに触れ、幾線もの鉄道模型の走る巨大な立体模型(ジオラマ)を覗き込み、運転シミュレータに挑戦した時には、スイッチ装置を操作して、キリと同じくらいうまく運転することができ、充分に楽しんでいる自分をクロハは発見する。事案を忘れることができていた。

古い木造の駅構内休憩室を模した一角があり、丸テーブルの一つを前にして、クロハはキリとともに腰を下ろした。自動販売機で購入したコーンアイスの包装紙を剝がしながら、自分が如何にリラックスしているか、という話をするとキリは顔をしかめて、僕は凄く緊張しているんだけど、といった。

「緊張していなければ、もっと停止位置目標ぎりぎりで車両を停められたと思うよ」

ベルギーチョコレート入りの、少し硬いアイスクリームをクロハが口に含んで溶かしていると、まだ寒いのに、とキリが非難するようにいった。その後、レトルト容器の中で四角く片寄った炒飯をプラスチック製のスプーンで掻き混ぜつつ、いいわけのような話を始めた。

「色々考えたんだけど」

身を竦めるようにして座るキリの様子は、まるで仮想空間内の化身の少女のようで、

「クッキーの自動販売機が何十台も並んでいるアウトレット店、とか。何でもないファミリーレストランとか。もっとずっと高級なお店とか。でも、自分でも楽しめる方がいいかな、って」

上目遣いに、一瞬だけクロハを見る。

「アゲハが退屈じゃなければ、いいのだけど」

「退屈なんてしていない。でも」

クロハはコーンアイスの先で周囲を差し示し、

「食事の約束だったはずなのに。自動販売機しかないのよね」

「ごめん」

さらに身を縮めるようにして、

「考えてる途中で、方向性がずれたみたい」

「じゃあ食事に関しては、次回に」

「僕がまた、探すの」

「当然です」

わざと前歯を覗かせてクロハは微笑み、

「男性の役割、でしょ」

「でも、僕はアルコールも飲めないしさ、すぐに頭が痛くなるから。食べること自体に、余り興味もないんだよ。それに……」

スプーンの動きが、レトルト容器の中で止まり、

「選択肢の多すぎる状況、って苦手なんだ。その分岐点に立っていること自体が、苦痛。お店を選ぶのって難しいんだよ。僕にとっては、凄く」

キリの表情に影が差したのが分かる。

「会って食事をするだけよ、キリ」

できるだけ柔らかな口調を作り、

「同じ空間で食べて、お喋りをして、愚痴をいい合って。そうして、気持ちをリセットさせるの」

「ネットでだって、できる。通話機能さえあればいいんだから。テキストのやり取りだって」

「それもいいけど」

キリの感情をいたずらに刺激しないよう、気をつけながら、

「直接対面した方が安心できる……気持ちが安らぐと思うのだけど」

「アゲハには理解できないんだよ」

影が暗さを増すように思え、

「たとえば、コンビニエンスストアのレジに並ぶ時。後ろに人が増えていって、コインがうまく取り出せない時。お釣りをもらって、ありがとうございました、っていわれた時。どうするのが正解？　自分が臨機応変に素早く動けるなんて、最初から思っていないよ。でも……どのタイミングで謝ればいい？　どの瞬間に、微笑み返せばいいのさ？　世の中は、そういう曖昧なもので満たされているんだよ。僕以外の人間は皆、当たり前だと思っている。でも僕にとっては、この世はとても曖昧で、いつも選択を迫ってくるんだ」

「キリ、私もそんなに器用な人間じゃないわ」

先の欠けたコーンアイスを見詰め、

「私も、自分を異星人のように感じることはあるもの。どうして周りと同じようにできないのか、って。どうしてこんなに……潔癖症なのかって。頑固なのかって」

見当識が失われてゆく気がして、クロハは深呼吸し、

「だから、立ち止まりたくない、とも思ってる。意識して、前に進もうと」

「立ち止まったら、どうなるわけ……」

「どうにもならない。でしょ？」

溶けて流れ出しそうになる黒褐色のアイスクリームを、傾けることで防ぎ、

「それをたぶん、私は怖がっているの。どうにもならないことを。どこにも着かないことを。歩き続けていれば、どこかには辿り着くでしょ？」

「そんなこと、分からないよ」

面を上げたキリは頑固に、

「歩いていたって、どこにも着かないことだってある」

「でも、いずれは辿り着く、と信じることはできる。止まったら、希望も持てないから」

少し考えて、

「辿り着くのが正しい、と決めつけているわけじゃないの。ただ、何ていうのかな」

言葉を選び、

「ここにはいたくない、と思ってる。どこか違う場所にいきたい、と。これ、たぶん性格的なものよね。全然、キリの参考にならない」

キリは不思議なほど、こちらの目を凝視している。けれど影は薄れたように見え、それは分かるかも、と呟くようにいった。

「僕も、僕の部屋は好きだけど。ほとんどの時間そこで暮らしているし」

視線を外し、

「でも、大嫌いなんだ」

「似た者同士」

クロハはコーンアイスを持った手を、キリのスプーンを握る片手に軽くぶつけ、

「これからも、よろしく」

ようやく、キリが微笑んだ。


手のひらについたコーンの欠片を払っていると、携帯端末が鳴った。登録のない電話番号が、液晶画面の中で光っている。通話アイコンに触れた途端、

「クロハ君か」

名乗りもしなかったが、すぐに管理官の声だということが分かり、はい、と返答すると、

「至急、特別捜査本部に来て欲しい。準備は何もいらない。警察車両（PC）を送る。市内か？」

「いえ、市内では……特捜本部ということは、警察署に戻れ、ということでしょうか」

「そうだ。急を要する事案が発生した」

「どのような」

「直接、説明する。現在位置を知らせてくれ」

市電保存館にいる、と伝えると一方的に通話は切断された。近寄るな、といわれていたはずの警察署に戻るよう命じられ、その違和感について考え込んでいると、あのさ、とキ

リが話しかけてきた。

「市内の事件を、ＳＮＳで検索してみたんだけど」

大型の端末画面をクロハへ向けた。銀色の建物の前に、立入禁止（キープアウト）テープが張り渡されている。青色の、総合庁舎、の文字が見える。区役所前が閉鎖されたみたいだよ、とキリがいい、

「この話じゃないの？」

非公式情報が先着する、という小さな認識の混乱を抑えつつ、

「そうかもしれない。でも、分からないわ」

「じゃあ仕事だね、アゲハ」

「そう。迎えがここに来るって。ごめん、キリ」

「全然」

恥ずかしそうな笑みを浮かべ、

「アゲハの足を引っ張るようなこと、しないよ」

「……もう少し肩の力を抜いてよ、キリ」

少し肩の力を抜いたら、ユウ。それは色々な人間に、何度もいわれた言葉。子供の頃から、姉さんにいわれ続けた言葉でもある。ありがとう、とつけ加えると、スプーンで口に

運んだレトルト食品を頬張ったまま、携帯端末を両手で操作しつつ、キリは黙って頷いた。

やがて遠くから、警察車両の警報音が聞こえ始める。

＋

後部座席に乗り込んだ後も、警察車両が警報音を轟かせて緊急走行を始めたことに、クロハは驚いていた。何が起こったのかを訊ねてみるが、迎えを命じられた地域課員二人も把握していないらしく、曖昧な返事以外聞くことはできなかった。

通話での、早口の指示をクロハは思い起こす。管理官らしくない、とも考える。どこか冷静さを欠いていた。管理官を動揺させるような何かが発生した、ということだった。新たな犠牲者？　被疑者の確保？　でもそれらが、私を特捜本部に呼び戻す理由になるとは思えない。

区役所を内部に含める総合庁舎の封鎖についても訊ねてみたが、地域課員から返ってきたのは、分かりません、という拒絶するようなひと言だけだった。警察無線からも、その件に関しての情報は聞こえてこない。地域課員二人の後ろ姿から感じ取ることができるのは、強い緊張感。

何かが進行している、とクロハは思う。公にするべきではない、何かが。

警察署の二重の扉を抜け、一階カウンタの方を見やると、ほとんどの人間の顔が強張ったように思える。ミズノだけが、小さく頷き返してくれたようだった。エレベータを呼び、独立した空間に乗り込んだことにほっとする。自分の行為を恥じる必要はない、と考えてはいたが、それでも署員の視線は気になった。

エレベータの扉が開いた瞬間から、喧騒の空気がクロハに届いてくる。講堂内は沸騰した水流がうねるように、誰も彼もが動き続けていた。捜査員達が説明を求め、指示を与え、口論し、携帯電話で何ごとかを確認し、連絡を取り合い、クロハを押し退けて通路へ出ようとする。

入口で立ち竦んでいると、退室しようとした私服の捜査員がこちらに目を留め、講堂の前方へ向かい、来ました、と大声を上げた。室内の声量が、一気に小さくなった。渦の中心に管理官がいるのを、クロハは発見する。管理官は講堂内を見渡し、

「打ち合わせのある者は外へ出ろ。それ以外の者はその場に座れ」

指先で招かれ、クロハは捜査員の合間を擦り抜けて、管理官の前に立った。スーツ姿が着崩れて見えるのは、疲労のせいだろうか。無言の動きがクロハの周囲に起こり、椅子を

引く擦過音があちこちに起こった。中には所轄署員の姿も交じっていたが、不思議と敵意を感じることはなかった。腰掛けるよう指示され、従うと、

「時間が惜しい。簡潔に話をしたい」

管理官も雛壇の長机を椅子代わりに座り、

「君も知っての通り、特捜本部では昨日から、公務員を中心に方々への聞き込みを行っている」

ボールペンの先を小刻みに机に打ちつけながら、

「正午までには、全員が庶務班へ連絡を入れるよう指示していた。が、区の総合庁舎へ向かった二名の捜査員からの報告がなく、連絡のつかない事態が起こった。近くの交番に勤務する地域課員一名を確認にいかせたところ」

机の上でペンが倒れ指から離れるが、自覚した様子はなく、

「やはり、戻らなかった。三人ともに連絡が途絶えたことになる。その事態を特捜本部がはっきりと認識した頃、区役所から通信指令本部に一一〇番通報が入った。少年らしき声だという。名指しで、君を呼んでいる」

庶務班からクロハへ一枚の書類が回ってきた。文面には、日付。時刻。受理担当官氏名。そして、入電内容。

警察署警務課員のクロハユウを、ここに。話し合うだけだから。クロハユウ以外の者を送った場合、真っ先に職員を殺す。職員は六人いる。警察官も三人いて、一人は大怪我をしている。急がないと死んでしまう。吹き抜けの階段を使って、二階から来るように。

「庁舎は休日のため、閉館している」

腕組みをした管理官の指が、スーツの上腕に食い込んでいる。

「区役所内で残業中の者をリストアップしたところ、実際に六名が確認された。それぞれへ連絡をつけようとしているが、誰の携帯電話も応答しない。建物は全てのフロアの電源が落とされ、エントランスのシャッターも下ろされている。防犯カメラは動いているが、通信ラインが遮断されているらしく、外部からの映像入手もできない。つまり、少なくとも……子供の悪戯という規模ではない、ということだ」

「この事案は恐らく、立て籠り事件です。人質もいる」

管理官の傍の席に座る、深緑色のフライトジャケットを着た目付きの険しい中年男性が口を開き、

「本来なら刑事部の中でも我々、特殊犯捜査係（SIS）が全面的に担当する事案ですが……犯人は

なぜか、あなたを呼んでいる」

「通報は他にも二度あった。内容は同じだ。君を交渉相手として指名している。少年の声。問題は、その奥に存在するはずの『大人』だ。君自身、庁舎を訪れたことは？　被疑者に心当たりはあるのか？」

「居所不明児童に関しての問い合わせを受けた際と、警察音楽隊のイベントについての打ち合わせのために二度、訪問しました」

クロハは少し考えるが、

「被疑者の心当たりについては……分かりません。実際に会話をしたのは子供支援室、区民課、地域振興課の職員ですが、挨拶を交わして私が警察官であると認識した者は、もっと多いはずです」

「残業者としてリストアップされた者の顔写真を今、収集している。集まり次第、確認して欲しい。君が直接会話した職員の名前も、そこに加えたい」

「了解しました」

「中の様子が、少しも分からないのです」

フライトジャケット姿の捜査員――特殊犯捜査係長が口を挟み、

「問題はむしろ、犯人からの要求がないことです。全ての照明が落とされた上、カーテンとシャッターで遮られ、内部の動きがほとんど視認できない。状況を推測するのも難しい、という状態です。特捜本部の予想では、実行犯の数は多くないという。しかし、自暴自棄の行い、とはいいがたい。素早く籠城状態を作り上げたことからしても、ある程度の計画性はあったように見えます。そして……地域課員が内部で捕らわれているとすれば、彼の拳銃は現在、犯人の手にあると考えるべきです」

「彼らはこちらからの問い合わせに、一切応じようとしない。唯一の要求が、君だ」

管理官がいい、

「結局誰かが、交渉人(ネゴシエータ)となる必要がある」

クロハが管理官の目を見据えて頷き、理解していることを示した。理解が胸の痛みへと変質し、息苦しさを生んだ。

「君は、元機動捜査隊員だ。拳銃も充分に扱える。被害を最小限に抑えることを考えれば、君以外の適任はいない。そして……ある意味では、好機だとさえ私は思っている」

管理官が身を乗り出し、声を落として、

「君の微妙な立場、その問題を解消する絶好の機会だと。この件が終わった時、君を組織内部の異端分子として扱う者はいなくなるだろう」

あるいは、とクロハは想像する。あるいは管理官は、私が庁舎内で撃たれることを望んでいるのでは。内部通報者である私の死は、全部の問題を解決する——馬鹿な想像。

「あなたに、全ての責任を押しつけるつもりはありません」

係長が真剣な面持ちでいい、

「カメラとマイクを装着してもらいます。万全の態勢で支援し、状況が判明し次第、我々が一気に踏み込む……とはいえ」

少しの間、いい澱み、

「危険であることには、変わりません」

「拳銃も携行してもらう。もちろん、防弾ベストも」

クロハは今になって、講堂内が静まり返っていることに気付いた。管理官へ、

「他に、必要なものは……」

「一つ」

管理官の視線が、微妙に逸れたのが分かる。

「必要なのは、君の了解だ」

「……私がもし、断ったら？」

「ＳＩＳの女性捜査員が交渉に赴くことになるだろう。犯人との接触があっても短時間であれば、身代わりを偽装できるかもしれない」

「偽装が発覚した際には、民間人が犠牲となる可能性があります」

「そうなる前に確保する。いずれも危険な橋を渡ることには変わりない」

「私が、庁舎に入ります」

迷う必要はない、と思う。答えは最初から決まっている。

「装備品の準備を、お願いします」

ゆっくりと、管理官と特殊犯捜査係長が立ち上がった。

「……指揮官車で移動する。籠城現場と隣接する建物の中に対策本部を設置して、刑事部長以下がそこに集合する手筈となっているが、実質的な指揮は私が車内から行う」

管理官に促されたクロハも席を立ち、後に続いて講堂内を横切り、出口へ向かう。多くの視線を感じ、大勢の捜査員が周りにいた事実を改めて思い出した。

扉近くの捜査員数名がクロハへ向かい、姿勢を正して上体を曲げ、無帽の敬礼を行った。

＋

覆面仕様のマイクロバスが総合庁舎の裏手、建設工事現場の防塵シートに沿って停まった。車内は窓を潰して設置された液晶ディスプレイと無線装置のせいで狭く、同乗する捜査一課員、ＳＩＳ捜査員が無線状況の確認や機器の搬入で動く度に、誰かとぶつかり合った。

クロハは車内後方で外套を軽く畳み、防弾ベストを装着した。防刃のものよりもさらに厚く重く、それを隠すためにも、用意されたダウンコートを身に着ける必要があった。着替えを手伝ってくれた私服の女性もＳＩＳに所属する警察官で、自分が交渉人を拒否した場合この人が代わりになったのだろうか、とクロハはそんなことを想像する。短い髪。少しミズノに似ている、と思う。コートの胸元に小さな切れ目があり、そこにカメラとマイクロフォンが仕込まれている、という話だった。弛まないよう襟まで必ずファスナーを上げてください、と指示すると女性警察官は他のＳＩＳ捜査員とともに車内の小さな机上にノート・コンピュータを広げ、連動する小型装置の動作を確かめるために、姿勢の変化を何度かクロハへ要求した。

動作確認が済むと机の上が片付けられ、数枚の書類が載せられた。どれも簡素な線画で描かれた地図で、一枚目は建物の周辺地図、他は内部各階の案内図だった。ＳＩＳ捜査員から、建物内へ向かうための経路を説明された。最近訪れたこともあり、聞き返す必要はなかった。突入のために待機する人員の配置や、指揮系統の解説をクロハは聞いた。説明や忠告を聞く度に、自分の心が冷えてゆくのを感じる。

自動拳銃とともに、小さな片耳用のヘッドセットを渡された。携帯端末を介して通話状態を保つが、建物侵入後は基本的に会話は交わさず行動はあなたの判断に任せる、と特殊捜査犯係長が説明する。

「危険な兆候があれば、こちらの許可を待つ必要はない、すぐに引け」

クロハの傍に立つ管理官がいった。

「突入のタイミングの判断も、特捜本部で決定する。背後の動きに気を取られるな。では……何か欲しいものは？　食べ物や水分、その他……」

「必要ありません」

「ならば、君の気持ちの整理がつき次第……」

「大丈夫です」

姿勢を正して管理官を見やり、

「覚悟はできています」

「……彼女を残し全員、別の車両に移ってくれ」

周囲へ、管理官が大声で指示を出した。驚くクロハへ、

「五分、いや十分後に出発してもらう。短い時間だがそれまでに、必要な連絡を済ませて欲しい」

その必要はありません、といいかけて、クロハは口をつぐむ。とても大切な機会を与え

られたようにも、思えたからだった。

運転手も含めた全員が慌ただしくマイクロバスから降り、管理官がスライドドアを閉じ、クロハは車内で一人になった。改めて着席し、机に両腕を置いた。しばらく見動きもせずに席に座り、テーブル上の拳銃とヘッドセットを見詰めていた。取り残されたような心地だった。

必要のない時間だったのかもしれない。携帯端末の液晶を見詰め、友人達の顔を思い浮かべ、地域課当時の上司を思い出し、そして一瞬、アサクラの姿を想起した。クロハは小さく首を振った。

――もし、これが最後の会話になるのなら。

身動きを制限する防弾ベストの重さ。現実そのものの圧力のように感じる。

――聞きたい声は、一人しかいない。

クロハは、アイの父親の電話番号を画面上に呼び出した。迷いが生じ、通話アイコンの上で親指が止まってしまう。

私はアイの声が聞きたい。アイはもう自分で歩き始めただろうか。寝息だけでいいから聞きたい、と私は心底思っている。ミハラもたぶん、許可してくれるだろう。それなら、アイにとっては？　アイには私の気配だけでも覚えていて欲しい、と思う。でも、記憶が悲しい経験となることもある――

　突然、大きな音を立ててスライドドアが開いた。道路に立っていたのは、機動捜査隊班長だった。二人だけで話がしたい、と背後へ告げると、車内に乗り込んで来た。驚きながらもクロハは、路上で困惑する特殊犯捜査係長へ頷き、同意を示した。班長がドアを閉じ、机を挟んでクロハの正面に座った。顔色が悪く、息が乱れていた。肩で呼吸をしつつ、こちらを睨みつけていたが、

「……頼む」

　ジャンパーを軋ませて頭を下げ、

「交渉人を降りる、と管理官へ伝えてくれ」

「……なぜですか」

「命の危険があるからだ」

「機動捜査隊員だった際には、ＳＩＳの突入訓練に参加した経験もあります。犯人との接触は、機捜の役割の範囲内のはずです。当然……」

「だが、突入の専門家ではない」

「私が接触した方が、より被害を少なくできる可能性が高い、というのが管理官の判断です。私もそう思います。私がいかなければ……」

「他の警察官、職員の命が危険に晒される。それは分かっている。いい換えれば、どの人間でも状況は同じ、ということだ」

浅黒い額に汗が滲み、

「結局は誰かの命が、危険に近付く。人数の多寡の問題ではないだろう。この状況が発生したのは、お前のせいではない。これは、人質を取った立て籠り事案だ」

厳しい目で見据え、

「そのためのＳＩＳだ。上が何を考えてお前を交渉人に仕立てたのか……」

クロハは首を横に振って見せ、

「犯人は、私を指定しているんです。相手は恐らく、私の顔を知っています。私以外が接触した場合、被害を零にできる可能性は、ほとんどありません」

「お前は分かっていない」

班長の肩幅の広い体から、力が抜けてゆくのが見える気がする。

「お前の未来を懸ける価値が、この事案にあるのか。いっそ、この場で退職したっていい。結婚し、平穏な家庭を築くべきだろう。いいか、お前は女だ。それを忘れるな」

「だからこそ、私がいくべきです」

クロハも静かに視線を見返し、

「子供達に殺し合いをさせた『大人』に相対するのは、女性警察官である私の役割です」

班長が再び俯き、黙り込んだ。やがて小さな声で、

「……お前と初めて会った時のことを覚えている」

「……薬物捜査の最中でした」

「薬物銃器（ヤクジュウ）対策課の手伝いだったか。運転手を務めていたな。度胸があり、判断が速かった。当時は、女性の機捜隊員を探していた。上からの指示だ。私服で密行警邏を行う部隊として、その必要があるのは俺も理解していた。だから、お前を引っ張ることになった。実際に隊員として使い、お前が捜査に熱心であるのはすぐに分かった」

少しの間言葉を切り、

「同時に、お前を入隊させたのが失敗であることにも気がついた。捜査の奥へ恐れず踏み込もうとするお前の姿勢は、その身を危険に晒し顧みようとしない。危うさに気付き、できるだけ危険の少ない事案へ振り分けようとしたが……結果的にみれば、裏目に出ただけだった」

班長は、レンタル・コンテナの事案について喋っている。痛みを含んだ複雑な感情が、胸の中に起こった。

「お前のいいたいことは分かる」

机の上で硬く結ばれた両手。指の関節が血の気を失っていた。

「俺は警察官であった娘を事故で亡くしている。今になってもなお、娘を他人に投影してしまっている。私情が職務を歪めている、とお前ならいうだろう。だからといって、以前の部下が、娘と変わらない年齢の女性警察官が殺人犯の元へ単身赴くのを、黙って見ていることはできない。頼む」

背中を丸め、深く頭を下げた。その体が、ひどく小さなものに感じられる。

「何よりもお前自身のために、交渉人を降りてくれ。誰も代役がいないのなら、俺がいく。これから、管理官に……」

ありがとうございます。クロハは班長へそう伝える。でも。

「でも、私がいきます」

探してあげてね、とキリは私にいった。

「班長から見れば、小娘なのでしょうけど」

――きっとその子も、アゲハに見付けてもらいたいと思っているはずだよ。

「私も、色々なものを守りたいと思っている、警察官の一人なんです」

机の隅に置かれた小型のヘッドセットを取り上げ、携帯端末との無線接続をもう一度確かめる。右耳に装着し、自動拳銃を手にして遊底(スライド)を引き、薬室(チャンバー)に銃弾を送り、安全装置(セイフティ)

を押し下げ、コートに仕舞った。端末の時刻表示を目に留め、内ポケットに差し入れ、いって来ます、と告げてクロハは静かに立ち上がった。班長は座ったまま動かなかった。

スライドドアを開けると、管理官が封筒を片手に立っていた。総合庁舎の方向を指差し、クロハが歩き始めると管理官も歩調を合わせて並び、封筒から出した書類を渡してきた。確認すると、一枚一枚に顔写真と名刺が印刷されている。

「残業者のプロフィールだ」

管理官の息が白く染まり、

「全ては用意できなかった。この中で、見覚えのある者はいるか？」

「……見知った顔は、子供支援室の今居都見(イマイトミ)だけです」

クロハは書類を返して、

「ですが、私が覚えていないだけかもしれませんし、庁舎内に部外者が紛れ込んでいる可能性も、否定できません」

「分かっている。では……充分に気をつけてくれ」

管理官が立ち止まった。

「危うくなったら、迷わず後退しろ」

痩せぎすの初老の幹部が上半身を曲げ、無帽の敬礼をクロハへ送った。

同じ動作で答礼し、踵を返して総合庁舎へと歩き出す。

＋

総合庁舎を含む四つの建物が、吹き抜けの広場を囲んでいる。二輪車進入防止柵の前には立入禁止テープが渡されていて、その両脇にヘルメットを装着した機動隊員が二人、立っていた。隊員の一人が携帯電話でどこかへ報告した後、テープの片側を外して持ち上げてくれた。

タイル張りの広場に足を踏み入れる前に一度だけ振り返り、周りを見渡すと、狭い道路沿いの少し離れた場所に大型の人員輸送車両が止まっており、フロントグラスを通して、車内の奥で全身黒ずくめのＳＩＳ捜査員達がこちらを窺う様子が見て取れた。

クロハは機動隊員へ目礼し、テープを潜る。

広場内には美容院やレストランやドラッグストアの看板があったが、いずれも避難を終え、閉店していた。上を仰ぐと店舗の硝子張りの屋根の先に、オフィスビルの天辺が曇り空に溶け込むように、灰色に霞むのが見えた。

自分の革靴の踵が、タイルを打つ音がよく聞こえる。吐く息が目の前で白く濁る。ダウンコートに差し込んだままの片手は、中で自動拳銃を握り締めている。

赤い塗装で縁取られた階段を登った。今ではほとんど心臓の鼓動以外、意識することができなかった。本能がクロハ自身へ警報を送り続けている。

片手で金属製の手摺りを摑んだ。氷のような冷たさが伝わる。こらえ難いほどの恐怖を感じていた。それでも自分には引き返す選択肢が存在しないことを、クロハは知っている。ダウンコートの上から胸元を片手で押さえ、バロック真珠の硬い感触を確かめた。

二階に辿り着き、柱を回り込んで無人の法律事務所の前を過ぎ、自動扉の前で立ち止まる。明かりを落とされた内部では、避難口誘導灯の緑色の照明だけが輝いて見えた。閉庁につき立入禁止、の立て札が硝子扉の奥に置いてあり、先の様子は折り畳み式のパーティションで遮られ、窺うことができなかったが、その状況についてはすでに教えられている。

いきます、とヘッドセットへ向けて呟き、クロハはポケットの中で自動拳銃の安全装置を外し、一歩前に出る。

建物内部は、物音一つ聞こえなかった。自分の呼吸音以外、何も耳に入ってこない。誰かが銃を突きつけてくるようなこともなく、人の気配が感じられなかった。

振り返るとパーティションの裏に、子供のものらしい大きく乱雑な文字で、3かいへ、と書かれていた。クロハはコートに内蔵されたカメラがその赤色の文字を正面から捉えられるよう数秒の間立ち止まった後、歩みを再開させた。

二階の区民課のカウンタ前を通り、奥の階段へと向かった。薄暗がりの中、無人の席が並んでいる。誰かが潜んでいるかもしれない、とクロハは考えようとするが、何の動きも感じ取ることはできない。

次第に、神経が研ぎ澄まされてゆく。コートの中で握る自動拳銃の銃把(グリップ)、その滑り止めの模様を、手のひらで認識できるように思えた。階段を登り始めると、防弾ベストの重さが気になった。意識だけが、体の少し前を歩いている気がする。

クロハは踊り場で足を止めた。上階に知覚を集中させる。何か動きがあるように感じられる。三階に存在するのは——市政資料を並べる一角。高齢課。児童家庭課。子供支援室。息を潜め、ゆっくりと段を踏む。

フロアの奥から、何かの動きが届いた。はっきりとした動き。その気配。

歩を進めると、張り詰めた意識とは裏腹に体の働きを鈍く感じ、装備が上半身に加える強い抵抗を覚え、水の中を歩いているようだ、とクロハはそう思う。

足音。自分の靴音。衣擦(きぬず)れの音。呼吸音。私の呼吸……違う。私のだけではなく——子供支援室のカウンタの中に、二人の人影があった。窓からの弱い逆光を受けて、表情はほとんど塗り潰されていたが、そこに立っているのがイマイと少年であるのはすぐに分かった。クロハはコートの中の指先で、引き金の位置を確かめる。外に拳銃を晒すのはまだ早い、と判断した。

イマイが自分の前に立たせた少年の頸動脈の辺りに突きつけているのは、黒色の大型スタンガンだった。傍の事務机の上には矢の装塡（そうてん）されたクロスボウがあったが、クロハの目に留まったのはその脇の、タオルの上に載せられたアルミ製らしき数本の矢で、生地に血液らしい褐色が大きく滲んでいた。カウンタからは数歩分下がった場所で、子供支援室の女性職員は肩で息をし、スタンガンの先を小刻みに振動させている。

クロハはイマイの正面に立った。周囲を油断なく最小限の動作で見回し、

「……他の職員の方は」

「隔離しています」

ひどく声を震わせていった。その前で、警棒状の武器を首筋に宛てがわれて動けずにいる少年の、不思議なほど表情のない顔。紺色のスポーツジャンパーを身に着けた、少し長い髪をした痩せた顔貌だったが、『細身の少年』ではなかった。

「警察官が三名、訪れたはずです」

話しかけながら、クロハは周りの物音に耳を澄ませる。

「無事でしょうか」

「……二人は無事です。私服の刑事は」

「もう一人の、制服警察官は？」

影の中にあるイマイの両目。充血していることが分かる。

「分かりません。全員閉じこめています」

イマイがそう答えた。揺れ続ける暗い瞳の中から、クロハは何かを読み取ろうとする。状況を正確に表す、何かを。

「あなたのはずがない」

呼吸を整え、クロハは相手に語りかける。

「あなたが犯人のはずがない」

一瞬、瞳が大きく揺れた。余りに動揺が大きすぎる。子供支援室の女性職員は今や、立っているのがやっと、という状態に見える。

「何もかも、理に適わない」

クロスボウが脇に置かれてることにも、違和感を覚えていた。近距離では扱いにくい武器とはいえ、非殺傷携行兵器の方を優先的に手にするのは、今の状況にそぐわない。イマイは、警察官全員が隔離されている、という話をしていた。ならば、この状態で手に持つ

べきは、地域課員から奪った回転式拳銃のはず。クロハは相手へゆっくりと頷き、

「もうそれを下ろして」

けれどイマイは、スタンガンを少年へ突きつけるのをやめなかった。瞳の中で何かが動いた。何かを私へ――

クロハは、引き金に指を掛けた自動拳銃をコートから素早く抜き出した。振り向き、イマイの視線が示した方向へ銃の先を伸ばす。

カウンタの奥へと続く通路から、誰かが出て来るところだった。

背の高い白髪の区民課職員。タカシロ。その手には吊紐(ランヤード)を無造作に切断された、回転式拳銃が握られている。立ち止まり、

「……何事も、積み重ねだと思いますよ」

その銃口は、力なく床へ向けられ、

「使い慣れないものを手に、訓練された人間の裏をかくというのは、現実的ではない」

銃を持たない方の手は、背広の脇腹の辺りを押さえている。クロハは自動拳銃を握る片腕の角度を変え、タカシロの大腿部を差し、

「銃を捨てなさい」

「捨てる。だが、その前に少し話がしたい」

まるで、こちらの拳銃が視界に入らないかのように通路を戻り始め、仕切りの向こう側にその姿が隠れた。焦り、狭い通路へ慎重に進入しようとするクロハを、タカシロは相談室の扉のノブに手を触れて立ち、苦笑していた。

「二人だけで、話がしたい」

そういうと回転式拳銃を誇示するように持ち上げて見せ、

「話をするだけです。もしあなたが従わない場合、私はこれを闇雲に周囲へ向け発射しますよ。たぶん、何発も撃たないうちに、あなたの射撃で斃(たお)れてしまうでしょう。でもその前に、誰かは道連れにできるかもしれない。あなたが会話に応じるなら、これ以上誰にも危害は加えない」

銃を下ろし、

「では……あなたも」

止める間もなく、相談室の中へ入っていった。カウンタから物音がし、クロハはその様子を顧みた。少年を抱きかかえるようにして、イマイが床に座り込んでいる。クロハへ、小さく首を振るのが見えた。何かの警告。全ての状況が正確に、特捜本部へ伝わっているだろうか? 庁舎内は明度が足りず、こちらの動揺が姿勢を安定させていないかもしれず、うまく撮影できた自信がない。

クロハは、開け放たれた扉へと向き直った。タカシロの言葉が信用に値するものかどうかはともかく、その誘いに乗った場合、少なくともＳＩＳの突入までの時間を稼ぐことはできる。顎を引き、足を踏み出した。

扉に手を掛け、相談室の中を覗き込む。室内は薄い仕切り壁に囲まれ、天井との間には隙間があり、窓からの薄陽を滲むように差し込ませていたが、中央の机まではほとんど届かず、床から闇が溜まり暗部を作っている。暗がりの中、長机に組んだ両手を置き前屈みに座る初老の男の輪郭が窺え、以前よりもさらに体の線が細くなった印象だった。両手の傍に回転式拳銃が置かれている。銃口は職員自身を差していた。

クロハは扉を閉めた。やがて開始されるだろう外部の動きを、室内から遮断するためだった。黒色がいっそう深くなる。闇の中、両手を組んだまま、タカシロが正面の椅子を小さく指差したのが分かった。クロハは自動拳銃を区民課職員の上腕へ向け、

「その拳銃に、触らないで」

「もちろん」

落ち着いた声で初老の職員はいい、

「あなたが会話を続ける限りは。これがなければ、すぐに私を連行するでしょう？　銃は私にとって、話を続けるための唯一の装置ですから。あくまで会話のためです。座ってく

ださい」

「何のための会話なの……」

「それも説明します」

闇とほとんど同化した机上の黒い質感から目を離さず室内を回り込み、タカシロの向かいのパイプ椅子に着席した。椅子の背に体重を預け、腕を軽く組んで自動拳銃の重さを分散し、上腕を狙い続ける。沈黙が流れ、クロハが無言の時間に耐えていると、タカシロが小声で唸った後に口を開き、

「私と対照的だから、ということです」

微かに白い息が見え、

「なぜあなたをここに呼んだのか、と問われたら、そう答えます」

クロハは頭を左右に振り、

「私が最初に聞きたいのは、職員達はどこにいるのか、ということ。訪れた警察官達は何階のどの部屋に隔離されているのか、という話。そして、彼らは無事なのかどうか、という情報」

タカシロは身動きもせず、

「会議室ですよ。このフロアの奥の。職員と警察官は念のため、別にしています」

「クロスボウに、血痕があった」

「最初に訪問した警察官二人は、スタンガンで大人しくさせました。備品の結束バンドを使って拘束しています。次にやって来た制服の警察官へは、スタンガンを使ったのち、クロスボウで腹部を射貫きました。強い抵抗の気配があったのでね……」

動揺で、銃口が揺れる。

「もう亡くなりましたよ。今から助けようとしても、不可能です。でも……あなたのせいではないですから」

クロハは、自分の視覚が闇に慣れつつあるのを知った。瞬きもせずにこちらを凝視する、タカシロの両目に気がついた。

「生活保護課や児童家庭課。地域安全推進課。市税証明の発行」

男の声は少し掠れており、

「公務員として、沢山の部署に異動しました。最初は、自分がどんな仕事をしているのかすら把握できずにいた。相対する全ての人間が何かを要求し、私に心理的緊張を押しつけてきた。今から考えれば馬鹿げたことに、当時の私は一々、彼らの要求を額面通りに受け取っていたのです。哀願。恫喝。下らない自分語り……やがて私は、自分が直面しているものの正体に気付きました」

　タカシロが姿勢を変える。クロハの緊張が増すが、大きな動きはなく、

「直面していたのは結局たった一つ、利己主義と呼ばれる思考様式でした。彼らは全員、自分達の取るに足らない人間性を少しでも繕うために、腐敗したマスクを装着しているのです。自分の貧弱な内面を護るために、誇張した醜い物語をこちらに押しつけようとする」

　鼻で笑い、

「だが、それはもういい。彼らの人生は、退屈な仕事の時間を埋める喜劇だと思えばいいんです。本当に苛立たしいのは、笑い飛ばすことができないものでね」

　脇腹を片手でさすりながら、

「あなたは、イマイとよく似ている」

　闇の中で両目が細められ、

「自己満足だけで、日々を生きていける人間、という意味で。あなた達は誰からも頼まれなくとも、何かをしようとする。自らの善意を少しも疑わずに。実際には何の役にも立たないような、無駄なことにさえ力を注ぐ」

　クロハには、タカシロがどんな論理を基に、何の話を聞かせようとしているか理解することができずにいた。黙って聞いているのは時間を稼ぐためでしかない。それに本当は、訊ねたい事柄がもう一つあった。『細身の少年』の居所について。庁舎内でも、彼の姿は

目にしていない。

「気が散って仕方がないんだ。一つの仕事に没頭して働く私のような人間からすると。どうして目前の仕事が完成していないのに、よそへ首を突っ込もうとするのです？　その行為が周囲に影響を与えるのを、少しも考慮しようとせずに」

一体なぜ、タカシロは私をここに招き入れたのだろう。仕事上の愚痴を聞かせるために？　全ての犯行の原因が、同僚や警察官への不満だとでも？

「だが、それでも誰もイマイを笑う者はいない。いいかね、イマイはずっと以前から居所不明児童について情報を集めようとしていた。これはそもそも、誰からも求められていない仕事だ。行政からも、教育機関からも、市民からも。ましてや、子供の方から助けを求めるわけもない。児童のために、と彼女は心底信じていることだろう。本当は、自らのエゴから命じられた行為だとも知らずに」

「それだけが、あなたの動機……」

クロハは疑問を口にする。疑問から、必要な情報の開示へと誘導するつもりだった。

「たったそれだけのことであなたは、家のない子供達を集め、犯罪に利用した揚げ句、殺害して捨てた、というの」

「違う。私の内的な原動力は、嫉妬とはほとんど関係がない」

暗がりの中でも、男の口角が上向いたのが分かり、

「源となるのは、つまり私の虚栄心です。私がイマイやあなたと違うのは、エゴを自覚していることです。嫉妬との違いが分かるかな？　私が欲しているのは、あなたやイマイのような公的な立場ではない。欲しいのは、影響という名の力です」

「影響……あなたが完全に子供達を統率していた、と考えていいのね」

「統率。コントロール。そう」

「子供達を、どうやって集めたの」

「どうやって？　自主的に集めた、とでも？　私の話を聞いていなかったのか？」

タカシロは憤りに濁る息を吐き出し、

「私が連日、区民のエゴと対峙して忙しく働いている、と教えたばかりだろう？　必要なのは、耳を澄ませることだ。住民や民生委員や児童委員からの報告に、充分に注意を払うこと。丁寧に仕事をしていれば……」

「あなたがしていたことは」

言葉を遮ったクロハが思い出していたのは、イマイの依頼に応じて区役所を訪れた際の光景。

「同僚が情報を得るのをいち早く嗅ぎつけ、その善意に横槍を入れることでしょう」

たはず。

あの時、イマイから居所不明児童の話を聞こうとしていたこの場所に、割り込んで来たのがタカシロだった。再度の訪問の際、同じエレベータに居合わせたのも偶然ではなかったはず。

今思い起こせば――イマイは決して闖入者を歓迎していなかった。ずっと硬い表情で下を向き、声を震わせてさえいた。私はそれを、話の深刻さに彼女自身が緊張しているものと思い込んでいた。イマイは区役所で居所不明児童について嗅ぎ回るタカシロに不信を覚え、あの時点ですでに警戒し、脅えていたのだ。会話の最中、タカシロは話にわずかずつノイズを足し続け、情報に歪みを加えていた。

今なら、連続殺人の現場が県内に限られていた理由も理解できる。タカシロは、かつて地域安全推進課に所属した事実を口にした。その部署であれば県警とも連携し、防犯についての情報を得ることはある程度、可能だったはず。

タカシロは口をつぐんだまま、反論しなかった。微笑みが浮かんだようにも見えた。改めて、会話を楽しもうとするように。

「いつからなの……子供を集め始めたのは」

クロハの慎重な問いかけに、

「……全てが重なったんですよ。まるで天啓のように。虚栄心を自覚し、影響力を意識し始めた頃、体の中に悪性の腫瘍が見付かってね」

脇腹の辺りを片手で押さえて唸り、

「末期だといわれた。最近では鎮痛剤もうまく効かなくなってきた。悲劇だと思うでしょう？　その通り。ところが、この状況を分かち合う相手が私には一人もいないのですよ。定年も間近です。死ぬ時には、公務員でさえなくなっている。妻も子も兄弟もいない。葬儀を頼めるような友人も、親類もいないのです。自分の葬儀の手続きをしている間に考えていたのは……私が何者か、ということでした。公僕だと思っていましたよ。でも、私は公衆を不快な澱みとしか考えていない。公衆への奉仕になど、興味はないんです。では何者なのか？　結局……私は一個の巨大なエゴだった。最後に他者との違いを、自分自身を証明したいと思うのは当然でしょう？　そのために、影響、というものを意識し始めたのです」

「だから子供達を集め、統率した」

銃把を握る指に力が入り、滑り止め模様をこすって音を立てる。

「影響力を行使するために」

「そう。私は保護者になったんですよ」

痛みをこらえるような表情。実際に、こらえているのかもしれない。

「奴等は親と死別し、もしくは見捨てられ、または暴力を受けて腕が真っ直ぐに伸びなくなり、前歯を拳で折られ、片耳の聴覚をなくし、真冬にベランダに立たされ、煙草を押し当てた痕が全身に残り、性的被害に遭って逃げ出した者達です。全員が未成年者で、ひどく汚れていて、飢えていた。正直いって、私もいい保護者ではなかったと思いますよ。何しろ、意図的なのですから。影響力を試すためだけに、集めたのですから」

呟き込み、

「だが、衣食住は与えた。そこではっきりしたのは、粗末であっても寝床と衣服と食料を施せば、子供は保護者を上位の存在と認め、奇妙なほどいうことを聞く、という事実でした」

「それは」

クロハは体内の憤りを意識し、

「あなたの暴力に脅えていたから」

違う、と心の中で自分自身に反論する。子供達はそれぞれの方法で、周囲に知らせようと試みていた。交番へ向かい、あるいはMMORPGを利用して。『大人』の作った檻の中から、必死の思いで。

——そしてそれを、私は助けを求めるシグナルだと気付くことができなかった。

「子供達をどこに隠していたの……」

クロハの質問に、タカシロは薄笑いで答え、

「隠してなどいない。同居していた、というだけです。私が住んでいるのは、都市再生機構賃貸住宅でね、エレベータのない老朽化した建物で、上階になるほど住人が減ってゆく。私が多少奴等を殴ったところで、気付く者はいない。それに恐らく……あなたが想像する以上に、奴等は自由でしたよ。二十四時間、閉じこめていたわけではないんです。誰かに助けを求めることもできた。奴等が自分の意志でそうしなかった、というだけで」

「あなたは、子供達に殺人の手伝いをさせた」

クロハは冷静さを呼び戻そうと努める。

「暴力を振るわせた。その痕跡が被害者の体に残っている。でも致命傷となる場所には、子供の足跡も掌紋もない」

目前の男に、この場で主犯であり教唆者であることを認めさせるつもりだった。

「常に最後の一撃を加えていたのは、大きな影響力を持つあなた。でしょ?」

タカシロはまた低く唸り、

「……一線を越える、というのは最初から未来のない奴等にしても、難しいことのようでした。意外な話に聞こえるでしょうが」

「あなたは」

　怒りを抑えきれない。

「子供達からどれほどのものを奪い取ったか、分かっているの……」

「彼らは、義務教育さえ受けていないのですよ。奪うもの等、命の他にはない。それ以外の価値はない。私やあなたと同じように考えては駄目だ」

「……なぜ、集めた子供を殺害し始めたの」

「命というものはね、誰のものであっても貴重ですから」

　熟練な教師のように、

「私は命を粗末に扱ったりはしなかった。貴重品として、影響力の実演の成果として、計画的に消耗したのです。間隔が短くなっていったでしょう？　気付いていましたか？　もう本当に私は、死期が近付いているんです。早く、完成させなければいけない」

「……それも違う」

　タカシロは何も隠し立てするつもりはない、とクロハは判断する。より直接的に、

「カウンタ内の子供とは別に、もう一人少年がいたはず。結果的に彼が、あなたの計画を邪魔したのよ。ある電子的な仕組みを使って。そのことに気付き、あなたは自暴自棄に
……」

「奴等に買い与えた中古のゲーム機に、電話網を利用した通信機能が内蔵されているとは考えもしませんでしたから。私は旧世代の人間ですからね……何かこそこそと、いつも手放さずに弄(いじ)っている、とは思っていましたが。私が注目し始めると、シロウはますます慎重になった。無口な質(たち)で、指示をすれば素直に動くものですから、一番信頼していたのですが」

「……競輪場の駐車場。運河傍の公園。丁字路の交通事故。あなたが命令して、少年に他の未成年者を誘導させた」

「そう。それだけでなく、押し出せ、とも命じましたよ。運河でも丁字路でもひどく時間をかけていましたが、その通り実行したはずです。競輪場広場での演奏会には私も区役所職員として、参加していたのですよ。あの娘が現われた時には、驚きました。あれほどの瀕死(ひんし)の状態で、車の外に出ることができるとは思ってもいませんでしたから。後部座席に置いたまま、見張りもつけなかったのです。今では、笑い話のようなものですが。本当は仕事を終えたのち、シロウとともに海へ捨てにいく予定だったのですよ」

被害者達の手首に残された、少年の掌紋。その痕は、少年の恐怖心と相手への惜別の感情を刻印したものだ。少年の、指先にまで張り詰めた恐怖を想像し、

「シロウ、というその少年はどこにいるの？　会議室……」

「その話をするところだったんですよ。シロウの話を。シロウはまだ、ゲーム機を携えています。暗闇の中で退屈しないよう、私が持たせたのです」

クロハの首筋の皮膚が粟立った。形のない不安が胃の中に出現する。タカシロがこちらの反応を察したらしく、笑みが広がり、

「通信の契約は今日一日ある。GPSを利用して見付けられるかもしれない。そう思うでしょう？」

タカシロが身動きする。改めて肩口に銃口を差し向けるがその動きは止まらず、背広から何かを取り出し、広げた手のひらに載せて見せた。

「私にもまだ、学ぶ意志はあるのですよ。アプリは消去させました。通信に必要なカードは、抜いてある」

指先ほどの大きさ。金色の回路。加入者情報記録（SIM）カード。無線電話網を利用するために必要な——

タカシロが両手の指先でカードを折り曲げた。一瞬の動作だった。

「つまりシロウは」

机上に放り、

「通信機能の失われたゲーム機を抱え、鍵のかかった場所で一人、過ごしています。食料

はなし。水分は三五〇ミリリットルのペットボトル一本分。立ち上がることもできない狭い空間で、もう三日目になる。まだ誰も発見していないのでしょう？　ゲーム機の明かりも切れ、シロウは暗闇の中にいる。現在息をしているかどうかも、分からない。何しろ、あの栄養状態ではね……」

思わず、クロハは立ち上がった。自動拳銃の先を男の胸元へ突きつけ、

「少年の居場所を教えなさい。すぐに」

怒りの余り、クロハは周囲の物音を聞き逃しそうになった。静かな動きだったが、すでにＳＩＳがこの階に到達し、相談室を包囲しようとしている。タカシロの耳に届いていない、とは思えない。

「全部、ここで終わり。タカシロ」

銃を持ち続け疲労した右手をもう一方で支え、

「今この場で逮捕します。少年の居場所を黙秘したところで、あなたが得るものは何も……」

「告白しますが……あなたをここに呼んだ理由は、間違いなく嫉妬だ」

タカシロが大きく口を開け、子供のように喜色を露にし、

「私は今、本心からあなたやイマイを嘲笑うことができる。この瞬間のためにシロウをよ

そへ移したんです。これで、あなた達の信じる善意が私の殺意を増幅させ、少年を見殺しにした、という形が完成したことになる。私の力を、イマイもあなたも、警察も世間も目の当たりにする」

興奮で顔を紅潮させているのが、暗い中でも伝わってくる。ＳＩＳの迫る物音が室外から届いた。クロハは深く息を吸い込んだ。白髪の男へ、

「あなた自身の話をしましょう」

銃口を逸らし、机へ向け、

「あなたにとって、何か大切なものの話を。子供の時の話でもいい――」

「子供時代など、退屈なだけでしたよ。大切なものは昔も今も、私自身のエゴです。それ以外、もう私は何も持っていない。治療のせいで、性欲まで消えてしまった。守るべき財産も、庇うべき人間もない」

笑みは消えず、

「あなたには善意と覚悟がある。それを今から……叩き潰して見せよう。シロウの命を抱えているのは、私だ。あなたの心を殺す」

突然動き出したタカシロが、机上の黒い塊を摑んだ。クロハも自動拳銃を構え直すが、タカシロはこちらを狙っていなかった。驚きが迷いとなり、男が顎の下から自らの頭部を

撃ち抜くのを、止めることはできなかった。

銃声が轟くのと、相談室の扉が乱暴に開かれるのはほとんど同時だった。黒装束の警察官達が素早い動きで机を取り囲む。すぐに全員が、無言で自動拳銃を下ろした。

+

呆然と、男の背後の仕切りに散った黒い血液をクロハは見詰めていた。室内に薄く広がる煙の先に、生々しい金臭さが立ち昇ろうとする。相談室の内側をＳＩＳ捜査員の持つＬＥＤ電灯の光が動き回り、時折血液の赤色を明らかにし、そこに含まれる頭蓋骨の破片や細胞組織を照らし出した。発砲したのか、と誰かから訊ねられたクロハは、自殺です、と力なく答えた。

仰向けの体勢で、パイプ椅子にもたれていたタカシロの亡骸が動き出し、拳銃とともに床へとくずおれた。ぼんやりとしていた意識が突然、焦点を結んだ。

捜査員を掻き分けるようにして遺体に近付き、背広を探って革製の三つ折り財布を抜き出し、そこに入ったカード類を机の上にばらまいた。光を、と周囲に頼むと捜査員の一人が電灯を向けてくれた。

手掛かり。今真っ先に探すべきは、少年の監禁された場所に至るための、糸口だ。

クレジットカード。ドラッグストアのポイントカードが数枚。レンタルディスクの会員証。交通機関カード。カードの利用履歴から、シロウの居場所を割り出すことはできるだろうか？

いや、とクロハはその可能性を否定する。タカシロは自家用車を使ったはずだ。それなら自動車ナンバー自動読取装置（Ｎシステム）を利用すれば……クロハは両手で顔を覆った。タカシロが今更、警察の防犯機構に引っ掛かるような真似をするだろうか。もしレンタカーを使っていたら？　幹線道路を通らなかったら？　ＳＩＭカードを修復すれば、何か情報が引き出せる？　時間がない。クロハは耳殻（じかく）に装着したヘッドセットを押さえ、

「管理官、聞こえていますか」

クロハの大声が、相談室の仕切り壁を越えて天井に響き、

「被害者少年の居場所を至急、探ってください。緊急配備を敷き、全力で――」

突然、強く上腕を摑まれて転倒しそうになる。何とか踏みとどまり、腕を引いたＳＩＳ捜査員を、クロハは相手の防弾ゴーグル越しに睨みつけるが、すぐに状況を理解した。捜査員に悪意はなく、こちらを外へ誘導しようと焦っている、というだけだ。周りは混乱で満ちていた。救急隊員と入れ違いに、揃って退室しようとするＳＩＳ捜査員達の流れに従

って、クロハも階段の方向へと歩いていった。

中年の女性職員を載せた担架が目の前を過ぎ、続けて搬送されたもう一台には、灰色のビニルシートが掛けられていた。シートの端から、紺色のズボンの裾と黒い靴が覗いている。拳銃を奪われた地域課員だ、と認めた。

大きな音を立てて空調が動き出し、クロハを驚かせた。天井の蛍光灯が一斉に点灯し、その眩しさに目を細めながら、周囲を見渡した。自動拳銃を相談室の机に置き忘れたことに気付くが、関心を払う気にもなれない。イマイの姿も少年の姿も、もう見当たらなかった。焦りだけが増し、けれどどう動くべきなのか、判断することができない。エレベータの到着を知らせるチャイムが聞こえ、管理官が姿を現した。走り寄ると相手は眉をひそめて、

「怪我は」

「ありません」

「血が出ている」

指差されたこめかみの辺りを反射的に拭うと、指先に血液が付着した。返り血。管理官へ、

「私の怪我ではありません。それよりも、もう一人、被害者の少年がどこかに監禁されて……」

「すでに広域の緊急配備を発令し、主に地域課員を総動員して、子供を捜索させている」

「無闇に捜索するだけでは……」

「被疑者の自宅へ鑑識員を向かわせ、最近の行動を全力で洗い出す。あるいは子供は、この建物内にいるかもしれん。床下まで探す。状況は把握している。細部を聴取する必要はあるが、被疑者のほとんどの言動は明確に記録されている。怪我がないのなら指揮官車に戻り、休んでいろ。後は、特捜本部が中心となって動く」

ご苦労だった、というと管理官が手を伸ばし、クロハの耳からヘッドセットを取り上げる。歩き出し、相談室へと続く狭い通路に入っていった。

立ったまま、その場を動くことができなかった。疲労が頭の中を痺れさせている。階段を駆け上がる鑑識員達の邪魔にならないよう端に寄り、力の入らない脚で階段を下り始めた。

＋

商店に囲まれた吹き抜けの広場に入ると、中央に保護された者達が集められる様子があり、皆その場でうずくまり、顔だけを上げて警察官の指示に真剣に聞き入っていた。順番にいったん警察署に向かってもらいます、体調の優れない方は申し出てください。救急車の用意も……

クロハは職員の中に、イマイの姿を見付ける。イマイもこちらに目を留め、力なく会釈をした。しゃがみ込む職員の中から誰かが飛び出して、クロハのコートにしがみついた。

「キリウを助けて。連れていかれて、もう三日になる」

地域課員が少年へ近付き、落ち着きなさい、と声をかける。事案関係者の一人と接触していることをクロハはようやく認識する。キリウシロウ。それが、『細身の少年』の名前。確認すると、

「そう。もう僕等二人しか、残っていない。キリウは、『侵×抗』で、『あの人』の裏をかこうとしたから……こんな小さなペットボトルを持たされて、どこかへ……」

体を震わせ大粒の涙を零し、しゃくり上げる。クロハはタイルに片膝を突いて目線を合わせ、

「どこにいったか、想像できる？」

少年は激しく首を横に振り、

「家の中にはいなかった。いつもだったら、トイレに閉じこめられるんだけど、そこにもいないんだ。帰って来ない」

「連れ去られる前、キリウは何かいっていなかった？」

「何も」

苦し気な表情で、

「元々、そんなに喋る奴じゃないんだよ。いつだって下を向いて、ゲーム機の画面ばかり見てる。連れていかれる時だって……」

タカシロの言葉が蘇った。通信機能の失われたゲーム機を抱え――

もし私が、少年と同じ状況に置かれたら。

限られた手札で、生き残る方法を、真剣に見付け出そうとするなら。

クロハは立ち上がって携帯端末を取り出し、急ぎシイナの番号を探し出す。呼び出し音の続く時間に瞼を閉じて耐えていると、やがて応答があり、

「クロハです。至急、お願いしたい件があります」

返事を待たず、

「この三日の間に、新たに申請された《柱》を調べて欲しいの。いいえ、一度アプリは消去されているから、k・i・l・uではなく、新規のアカウント名で登録されているはず。k・i・r・i・u、あるいはそれに近い綴りで申請された《柱》を全て拾い上げるよう、運営会社に伝えて。ぐずぐずしていたら本当に子供が一人死ぬ、って。少年が今もどこかに、監禁されているんです。《柱》は、その唯一の手掛かりになるかもしれない」

了解しました、と短く答えてシイナが接続を切った。敷地の外へ歩き出そうとするクロハへ、

「キリウは、上着を着ていないんだよ」

痩せ細った少年が追い縋り、

「脱げ、って『あの人』に命令されて。こんなに寒いのに。キリウ、あんまり喋らないからさ、その時も黙ったまま……」

泣き出す少年の頭髪に、クロハは手のひらを置いた。子供らしくない脂っぽさを感じる。静かに撫でた後、最善をつくします、とだけ口にして少年から離れた。

＋

建物周辺の道路からは、地域課の警察車両も機動捜査隊の覆面車両も全て消えていた。全車が少年の捜索に回された、ということだったが、範囲も対象となる建造物も定まらない漠然とした捜索活動にどれほどの効力があるものか確信は持てず、際限なく体内の不安が膨らもうとする。陽が陰り始め、クロハには路上も建物も同じ質感の灰色に見えていた。

指揮官車に乗り込み、運転手からの慰労の言葉に上の空で返答しつつ、ダウンコートと

防弾ベストを後部座席へ脱ぎ捨てる。自分の外套を探して視線を彷徨わせるが、見当たらない。クロハは座席に座って机に肘を突き、携帯端末を両手で握って、額に押しつけた。

途端に端末が震え出し、はっとして画面を確かめるが表示されたのは番号だけだった。

接続すると、

「俺だ。シオサキだ。無事か」

「大丈夫です。すみません、他からの連絡を待っていて……」

通話を切ろうとするが、

「あんたの姿が見えない。広場に入ったところだが……」

「指揮官車にいます。今、出ます」

ショルダーバッグを摑んでスライドドアを開けマイクロバスから下りると、二輪車進入防止柵を跨いで道路へ出ようとする大柄な制服警察官と目が合った。急ぎ足でシオサキが歩み寄り、

「ナツメから、あんたの無事を確認して欲しい、と頼まれた。一人で庁舎内に入ったと聞いて……」

「怪我一つしていません。それよりも」

クロハの方からも、シオサキへ詰め寄り、

「ここまで、どうやって来たのですか」

「地域課の車で、一人で来た。あんたが無事なら、それでいい。俺はこれからすぐに、被害者の捜索に加わらなければ……」

「同乗させてください」

さらに前に出て、

「捜索に参加させてください」

「被害者の捜索は、地域課員としての職務だ。あんたは……今は捜査一課か？　自分の部署の中で動くべきだろう」

「それでは、動きが鈍くなってしまいます。少年は恐らく、瀕死の状態です。間に合わなくなる」

クロハの視線に、シオサキは何かを察したらしく、

「被害者の居場所に、心当たりがあるのか」

「今は分かりません。ですが、これから判明するかもしれません」

しばらく沈黙したのち、いいだろう、と制服警察官がいった。

助手席に座ったクロハは行き先を訊ねられ、少し迷ったのち、街の中心方向へ、と伝えた。シオサキが警察車両を発進させつつ、

「辺縁地区じゃないのか……被害者が監禁されているのは」

「まだそれは分かりません。どの位置にいてもすぐに到達できるよう、高速道路網の中心部付近で待機しましょう」

了解、と返答したシオサキがコントロールパネルに手を伸ばし、車内の空調の温度設定を上げた。自分が上着を着ていないことに気付き、送風口から流れる温かさを意識すると、今度は罪悪感らしき苦味が、口の中に広がり始めた。少年は、キリウは今、どんな格好で、どんなところに、そしてどんな気持ちでいるのだろう。そもそも生きている、という保証さえ――

堪らず膝の上のバッグを探り、ＨＭＤを取り出して顔に装着する。それは、というシオサキの質問に、

「少年は今も、ゲーム機を所持しているはずです。無線電話網を利用した通信機能は失わ

れているけど、ローカルエリア・ネットワークの無線であれば、接続することができる。無料の公衆無線エリアに入りさえすれば、新たにアプリをダウンロードすることも、もう一度アカウントを作ることもできます」

「被害者に、そんな時間があったのか？」

「移動中でも可能です。問題は無線ポイントの有無の方です。公共施設やカフェの提供するポイントがうまく捉まえられるかどうか。でも」

助手席に、あるいは後部座席にもたれ、液晶画面へ視線を落とし続ける、少年の姿。

「これから何が起きるのかを予想していたら、私ならそうします。少なくとも、そうしようと試みる。他に『大人』の目を盗んで、自分の位置を広く知らせる方法はないはずです」

ＨＭＤと繋いだ携帯端末上で、『侵×抗（シンコウ）』を起動させた。クロハの片目を覆う透過性のディスプレイが、赤と青に輝く光の柱を視界の中に幾本も出現させる。付近にｋｉｒｉｕの文字は見当たらなかった。

鉄の味がする。クロハは下唇を嚙んでいた。そもそも『ｋｉｌｕ』とは殺しの意味ではなく、学校に通わない少年が、自分の名前を英文字に直そうと苦心した結果にすぎない。『ｋｉｌｕ』がＭＭＯＲＰＧ内で作り上げようとしたものは殺しを誇示するための仕組みではなく、最初から助けを求めての——

振動。アプリの表示が消える。シイナからの連絡。急ぎ、通話アイコンに触れた。

『c・i・r・uのアカウントが三日前に、新規に作成されています』

シイナは早口で、

『そのアカウントなら、作成直後の一時間程度の間に大量の《柱》の申請を行っており、座標の重複を除き、すでに全部が設置されています』

見付けた、とクロハは心の中でいった。キリウからの救難信号。今度こそ、絶対に――

「――全ての位置をこちらに知らせてください。特捜本部にも伝えて。その周辺に少年がいる、と」

すぐに、住所情報がメイルで送られてきた。クロハは少年の位置を推測しようとする。《柱》は二ヶ所の位置に固まって設置されている。身を乗り出してダッシュボード内の無線自動車動態表示（カーロケータ）システムに触れ、それぞれの《柱》付近を走る地域課警察車両を見付けようとするが、存在しなかった。液晶上の地図を指差し、シイナへ、

「この交差点へ向かってください」

「そこに被害者がいるのか」

「近くにいるとは限りません。でも、《柱》の設置された時間を比べれば、どこへ向かったかの推測はできます。緊急走行を」

シオサキが頷いた。スイッチを押し、サイレン・アンプを起動させる。大音量の警報が辺りに響き渡り、速度を緩める一般車両を追い越し、加速した。

高速道路から一般道に進入する。携帯端末で地図を確認するクロハは、キリウが三ヶ所のコンビニエンスストアの無線ポイントから《柱》を申請したことを理解した。そのため設置場所が偏在してしまっている。そしてこれらの座標は、ただキリウを乗せた自動車が通り過ぎた位置、というだけでしかない。交差点で速度を緩め、どうする、とシオサキが訊いてきた。

「付近を捜索するか、それともこのまま……」

「このまま、真っ直ぐに」

クロハは視界の中の《柱》を確かめつつ、前方を指差した。

「一番遠い《柱》が、その先にあります。ここを通過した、と見做して進みましょう」

上り坂に入り、道幅が狭くなり、クロハの焦りが増してゆく。道の両側には防球ネットが聳(そび)え立ち、地図で確認してみても、この先にはゴルフ・コースの他、何も存在しないはずだった。

コンクリートを落書きで覆われた、短いトンネルを潜った。クロハは必死に、少年の居場所を想像しようとする。小さな賃貸住宅。廃屋。鍵の掛かった場所、立ち上がることもできない狭い空間、とタカシロはいった。廃棄された金庫。内部のリリースケーブルを切断すれば、車のトランクの中に閉じこめることも可能だろう。

選択肢の多さに、冷静さを保つのが難しくなる。クロハは頭部からＨＭＤを剝ぎ取った。視界の中にはもう、指標となる《柱》は存在しなかった。

ゴルフ・コースの冬枯れした黄土色の芝生と、墨色の雲とのわずかな隙間に傷口のように赤みの広がる光景があり、陽がさらに落ちようとしているのをクロハは知る。コースとコースの合間に、フェンスに囲まれた狭い一角が見えた。

「停めてください」

シオサキへ声をかける。警察車両から下り、少しだけ後方に過ぎたその場所へ、クロハは走った。レンタル・トランクルーム。ゴルフ用品を臨時に収める場所だろうか。フェンスにプラスチック製の料金表が括りつけられているが印刷は陽に焼け、掠れていた。フェンスの内側でコの字状に並んだ青色のトランクルームの周囲にはイヌムギが生い茂っていて、人が立ち入るのを拒んでいるようだった。

トランクルームの一つ一つは、ゴルフ用品が幾らか入る程度の高さと幅しかなく、その用途であっても、どれも利用されているようには見えない。金属製の箱は大きな鋲で互いを接続され、その周囲は塗装が剥がれ、銀色と錆で斑(まだら)になっていた。

クロハは雑草を踏み、敷地内に足を踏み入れた。地面に利用者の痕跡を探そうとするが暗く、見付けることができない。金属製の直方体の列を目の当たりにし、風がシャツを通して肌に刺さり、足が竦んだ。コンテナの内部に隔離されたアイの姿を連想していた。思わず、胸元のバロック真珠の位置を確かめ、シャツの上から握り締めた。

震える拳でトランクルームの扉を叩くと、安っぽい金属の感触が返ってきた。端から順に叩き、キリウ、と呼んで耳を澄ませるが、直方体は全て沈黙したまま反応を見せなかった。

その場で呆然とし、もう一度確認するべきか、新たな場所を探してすぐに出発するべきか迷っていると、トランクルームの一つから小さな金属音が聞こえた気がした。警察車両へ引き返し、こちらに近付こうとしていたシオサキへ、鉄梃(バール)を、と大声で指示を送った。渡された鉄梃を手にして、微かな音が聞こえたはずのトランクルームに走り寄り、扉の隙間に工具の先端を捩じ込んで、思い切り力を込めた。錠が弾け飛び、アルミ製の扉が大きく歪み、異臭がクロハの鼻を突いた。

開け放たれた扉の奥の暗闇。息を止め覗き込むと、膝を抱えてうずくまるTシャツとデニム姿の、痩せ細った少年の姿があった。キリウ、と呼びかけたクロハの言葉は囁きにしかならなかった。

身じろぎもしなかった少年が、やがて膝から顔を離し、虚ろな目でクロハを見上げる。ごめんなさい、と呟くのが聞こえた。

「……僕、凄く汚いんだ」

両腕を伸ばし、クロハはキリウを抱き寄せた。長い髪に顔を埋め、脂の匂いを嗅いだ。瞼を閉じると押し出された涙が流れ落ち、キリウの黒髪の中へ染み込んでゆく。もう大丈夫、と少年へ伝えようとするが、うまく声に出すことができない。

少年の両手が力なく、それでもクロハのシャツの背を摑んだ。

冷えきった、小さな体。

けれど、その奥に。

取材協力

小川泰平
徳弘　崇

解説

吉田伸子（よしだのぶこ）
（文芸評論家）

どうして、こんなにもクロハに惹かれてしまうのだろう。そんなことを考えながら、本書を読んでいた。女性で警察官、というのであれば、たとえば誉田哲也氏描く姫川玲子、たとえば秦建日子氏描く雪平夏見、他にもクロハ以上に〝有名人〟は沢山いて、強烈な個性で読むものを惹きつけてやまない。けれど、クロハは、彼女たちとはちょっと違う。もちろん、特筆に値する射撃の能力はある（学生時代、射撃の国体優勝経験あり）。容姿も端正だし、頭も切れる。けれど、クロハの場合は、何かが、どこかが、決定的に既存の女性刑事たちとは違うのだ。それは何なのか。そのことがずっと心に引っかかっていた。

（ここからは、本書の内容にはもちろんですが、クロハシリーズ全体の内容にも触れますので、シリーズ未読の方はお気をつけください）

本書は『プラ・バロック』に始まるクロハシリーズの第四作で、長編だけでいうと三作目にあたる（シリーズ三作目の『衛星を使い、私に』は短編集なので）。『プラ・バロック』は、第十二回日本ミステリー文学大賞新人賞受賞作で、私は、その新人賞に予選委員──応募作の中から最終選考作品に挙げる作品を選ぶ仕事──として携わっているのだが、『プラ・バロック』を読んだ時の衝撃は、今でも忘れられない（最終選考時における、各選考委員の評価は、文庫版の『プラ・バロック』の解説で、当の選考委員である有栖川有栖氏が書かれているので、そちらをご参照ください）。

とにかく、図抜けていたのである。二次選考に残った応募作の中で、『プラ・バロック』は特別だった。〝謎〟の起点である、レンタルの冷凍コンテナから発見された十四人の遺体──。冒頭から、張りつめたような緊張感が漂い、その緊張感は物語が終わるまで一度も途切れることなく、予選委員である私たちは物語に引き込まれていた。

『プラ・バロック』では、物語の中で常にさぁさぁと雨が降っているかのような印象があるのだが、それは第二作の『エコイック・メモリ』も、本書も同様で、それがクロハシリーズ全体のトーンにもなっている。この、雨の印象の根っこになっているのは何か。クロハが実際に雨に濡れるシーンが意識の底に残る、ということもあるのだが、本書を読んで思ったのは、雨、というのは、電脳空間のノイズとダブってイメージされているのではないか、ということだ。電脳空間のノイズというよりは、テレビの砂嵐に近いかもしれない（デジタル放送の現在ではなくなったのだけど、アナログ放送の時代にはあったのだ。興味のある方は、ネットで検索すれば出てきます）。あくまでも、私の個人的なイメージだが。

そのことは、クロハシリーズの長編三作に共通している背景にも繋がって行く。『プラ・バロック』しかり、『エコイック・メモリ』しかり、そして本書もまた、現実世界とインターネット上の世界が、メビウスの輪のように、事件と絡まり合っているのだ。

本書は、前作で唯一の肉親である姉の忘れ形見、アイの親権を姉の元夫に渡してしまったことで、埋められない欠落を抱えることとなったクロハが、職場でも県警本部の刑事職から離れ、所轄署の警務課勤務になっているところから始まる。交通安全を呼びかけるイベントの、最後を飾る警察音楽隊の演奏。事件は、その時起こった。駐車場から現れた、白い薄着を纏（まと）った女性が、叫び声をあげてその場で倒れたのだ。花模様がちりばめられたかのように見えたその薄着は、白いワンピースで、花模様は女性の血痕だった。警察に保護された後に亡くなったその女性の口の中には、一本の歯も見当たらなかった。

事案発生の現場にいたにもかかわらず、警務課に所属するクロハは事件の捜査に加われない。所属する所轄署では、その事件の他にも、会計課員の自殺という〝問題〟を抱えており、そんな時に転属となってやって来たクロハは、署内で異分子のように扱われていたのだ。それればかりか、クロハ自身のあずかり知らぬところで、所轄署の署員たちの思惑が渦巻いていることも、クロハは感じ取っていた。

そんな中、クロハは警務課員として、区役所の子供支援室からの依頼を受ける。児童相談所の職員とともに虐待の疑いのある少年の保護に向かうので、立ち会って欲しいというものだった。その件は、少年を保護することで無事に済んだのだが、その後の続報を伝える区役所の職員から、クロハはある相談を受ける。無戸籍の可能性のある少年の存在について、調べてみてはもらえないか、と。専従捜査はできないが、事実確認程度であれば、とその職員・イマイの要望を受けたクロハは、独自にその少年の足跡を追い始める。

そんなクロハに、県警本部生活安全部電脳犯罪対策課に所属しているシイナから、連絡が入る。シイナと会ったクロハは、『侵×抗（シンコウ）』という携帯端末用のMMORPGを見せられる。『侵×抗』とは、物凄く乱暴に説明するなら、陣取り合戦みたいなもので、アンカーに支えられている《柱（ポール）》を「侵」と「抗」に分かれて奪い合い、陣営の面積を増やしていき、その面積を競うというゲームだ。「GPSを利用して、現実世界の地理と仮想世界の情報を重ね合わせている」ということで、これは実際にある「ingress」を想起させる。

シイナが言うには、その《柱》に問題があるのだ、と。kilu（キル）という作成者が立てる《柱》は、殺人のあった場所なのだ、と。しかも、その《柱》は、事件が発覚する前に、ゲームの運営会社に申請されているのだ、と。折しも、クロハが現場にいた、白い薄着を着た女性が倒れた場所にも、ｋｉｌｕが申請した《柱》が設置されていた。しかも、申請した時間は、事件発生の直後、警察側の記録の三十五分後だった。

クロハが追う謎の少年、積み重ねられていく殺人事件と、それに呼応するｋｉｌｕの《柱》、クロハの背後で蠢（うごめ）く、所轄署の不穏な動き。やがて、クロハの目の前で、会計課員のニシが射殺されたことを皮切りに、クロハはそれらすべての件に主体的にかかわらざるを得なくなっていく。

『プラ・バロック』も『エコイック・メモリ』もそうであったように、事件の本質には、口にするのもおぞましく醜い、犯人の「悪意」がある。自殺志願者の最期の願いすら嘲笑（あざわら）った『プラ・バロック』の「鼓動」、玩具のように人を殺害する過程、「回線上の死」を投稿する「ｅｃｈｏ」、そして本書で描かれる犯人。彼らは、あくまでも作者の創造したキャラクタなのだが、これがもう、悪意のモンスターとでも名付けたいくらいで、人間として壊れているとしか思えない。けれど、二十一世紀のこの現代で、こんなキャラはあり得ない、とは言い難いことも事実で、そこが、読み手の胸にリアルな恐怖として迫ってくる。

クロハが戦っているのは、そういう「悪意」だ。いくら射撃のスペシャリストとはいえ、「悪意」までは撃ち抜けない。けれど、クロハは立ち向かって行く。何度も倒れ、傷つき、絶望しながらも、向かって行く。現実にはハッピーエンドなんて、ない。事件の解決の先にあるのは、苦い水でしかない。それでも、クロハは、真実をその手に摑み取るまで、戦いをやめない。

ああ、そうだ、このクロハの姿だ、私が惹かれてしまうのは。「悪意」という鵺のようなものに、何度押しつぶされそうになっても、そこから立ち上がっていくその姿だ。クロハシリーズで描かれる「悪意」には、常識では推し量れない気持ち悪さがあって、それは、既存の女性警察官たちが立ち向かう「悪」とは似ているけれど、本質が違っている。何と言うか、生理的な怖さの〝総量〟が圧倒的なのだ。

クロハ自身が、常に自身の孤独と向き合っている、というのもいい。最愛の甥であるアイと離れて暮らすこと、その身を切るような寂しさ。姉を喪い、この世でたった一人である、という寄る辺なさ。ただ、そんなクロハにも仲間がいて、『プラ・バロック』で共に事件を追ったシイナ、サトウ、そしてクロハのアバターでもあるアゲハが仮想空間で出会い、本書では遂にリアルでも対面するキリ、といった脇役たちがクロハを支えている。クロハは孤独ではあるけれど、孤立してはいないのだ。

『プラ・バロック』が刊行されたのが二〇〇九年、本書『アルゴリズム・キル』の単行本の刊行が二〇一六年。現実世界には、ますます得体の知れない「悪意」が蔓延しつつあるように感じるのは私だけだろうか。クロハシリーズは、そんな現実世界に放たれたｂｕｌｌｅｔのような気がしてならない。

〈初出〉「小説宝石」二〇一五年六月号〜二〇一六年二月号

この作品はフィクションです。
実在の人物・団体・事件などにはいっさい関係ありません。

二〇一六年六月　光文社刊

光文社文庫

アルゴリズム・キル

著者　結城充考（ゆうきみつたか）

2018年6月20日　初版1刷発行

発行者　鈴木広和
印刷　萩原印刷
製本　ナショナル製本

発行所　株式会社　光文社
〒112-8011　東京都文京区音羽1-16-6
電話（03）5395-8149　編集部
8116　書籍販売部
8125　業務部

落丁本・乱丁本は業務部にご連絡くだされば、お取替えいたします。
ISBN978-4-334-77664-0　Printed in Japan

組版　萩原印刷